古典詩歌研究彙刊

第二五輯

龔鵬程 主編

第 3 冊

白居易「閒適」詩研究
——以「情性」為考察基點 (下)

蔡叔珍 著

國家圖書館出版品預行編目資料

白居易「閒適」詩研究——以「情性」為考察基點（下）／
蔡叔珍 著 — 初版 — 新北市：花木蘭文化事業有限公司，2019
〔民 108〕
目 4+222 面；17×24 公分
（古典詩歌研究彙刊 第二五輯；第 3 冊）
ISBN 978-986-485-631-2（精裝）
1.（唐）白居易 2.唐詩 3.詩評
820.91   108000645

ISBN-978-986-485-631-2

9 789864 856312

古典詩歌研究彙刊
第二五輯　第三冊　　　　　　ISBN：978-986-485-631-2

白居易「閒適」詩研究
——以「情性」為考察基點(下)

作　　　者　蔡叔珍
主　　　編　龔鵬程
總 編 輯　杜潔祥
副總編輯　楊嘉樂
編　　　輯　許郁翎、王筑　美術編輯　陳逸婷
出　　　版　花木蘭文化事業有限公司
發 行 人　高小娟
聯絡地址　235 新北市中和區中安街七二號十三樓
　　　　　　電話：02-2923-1455 ／傳眞：02-2923-1452
網　　　址　http://www.huamulan.tw 信箱 hml 810518@gmail.com
印　　　刷　普羅文化出版廣告事業
初　　　版　2019 年 3 月
全書字數　288100 字
定　　　價　第二五輯共 6 冊（精裝）新台幣 10,000 元

白居易「閒適」詩研究
──以「情性」為考察基點(下)

蔡叔珍　著

目

次

第四章　白居易閒適詩的提出與 作品呈現（二）—— 後集閒適詩的界定

　　白居易在〈白氏長慶集後序〉雖言前集編定止於長慶二年冬，但由岑仲勉、謝思煒的質疑與考證，可瞭解前、後集作品混淆的問題。筆者藉由實際作品的考察，得知閒適詩在前、後集也出現相似的問題。前集的作品依照諷諭、閒適、感傷、雜律四類而分，井然有序。後集由於分類方式的改變，詩歌性質不復前集顯著，即使有閒適情調的詩歌，樂天也不刻意分出，使得閒適詩具有雙重範圍。前集閒適詩的範圍相當確定，但後集閒適詩的範圍，樂天並沒有明確告訴讀者。欲在龐大的詩作中找尋閒適詩，必須用前集閒適詩的定義為基礎來界定，以釐清後集閒適詩的相關問題。

　　經由實際作品印證，可瞭解前集作品的分類非止於長慶年間，而到了寶曆元年樂天任職左庶子分司東都期間。作品雖分前、後集，但前後集中卻出現重疊的時間點，換言之，由實際作品的考察，發現後集也出現長慶三年至寶曆元年間的作品。所以，這段期間是樂天前、後集閒適詩混淆的階段。再仔細核對這期間前、後集閒適詩的作品，發覺並無重複之作。由此可知，後集這段時間的作品，元稹當時在編

《元氏長慶集》時並沒有看見，其中的原因至今已不可考。但放置在後集中長慶三年至寶曆元年間的作品，內容上樂天雖無分類，但可從中找出閒適詩的作品，因而探討後集閒適詩的相關問題時，首先必須將長慶三年至寶曆元年的閒適詩作一番釐清工作，將閒適的作品劃入本論文的討論範圍。其次，以前集閒適詩的定義檢視寶曆元年後的詩作，一方面釐清閒適詩的作品，另一方面考察後集閒適詩的定義是否有所增廣。最後，以閒適詩的理論與實際作品進行考察，審視理論與作品間的開展關係。

樂天在元和十年明確提出一套詩歌分類標準，將詩歌分爲「諷諭」、「閒適」「感傷」、「雜律」四類，雖然這套分類標準不見得一致，依詩歌的內容分成諷諭、閒適、感傷三類，又以詩歌的形式作爲前三類與雜律的區分依據，明確將古詩與近體詩分別整理。導致雜律類中各種內容的詩歌都有可能出現，但樂天並不特意區分。雖有些瑕疵，但整體而言仍可看出樂天各詩類創作的內容風格。但在後集中不再特別區分詩歌內容，只以形式作劃分。學術界基本上已認定樂天晚期創作以閒適詩居多，但晚期閒適詩的範圍及界定爲何，卻沒有進一步被探討。

筆者在此擬從三方面著手：前、後集分類方式改變之意義、長慶三年至寶曆元年閒適作品的內涵探析，以及寶曆元年後閒適作品的內涵探析。先探討分類方式改變的核心問題，釐清樂天在前、後期詩歌創作的審美風尚是否有所轉移。其次，從分析前集閒適詩的內容特色，歸納得出的界定標準，來考察寶曆元年後閒適詩的範圍，以及定義是否有所增廣。

第一節　前後集分類方式改變之意義

樂天在寶曆以後約二十年所寫的詩，不再用「諷諭」、「閒適」、「閒適」、「感傷」的分類，而止用「格詩」、「律詩」的分法。寶曆以下，

樂天並非沒有閒適詩，但他卻放棄原先強調的詩類分法，這樣的轉變在清代學者趙翼《甌北詩話》一書中，有如下的闡述：

> 香山詩凡數次訂輯，其長慶集經元微之編次者，分諷諭、
> 閒適、感傷三類。蓋其少年欲有所濟天下，而托之諷諭，
> 冀以流聞宮禁，裨益時政；閒適、感傷，則隨時寫景、述
> 懷、贈答之作，故次之。其自序謂『志在兼濟，行在獨善。
> 諷諭者，兼濟之義也；閒適、感傷者，獨善之義也。』大
> 指如此。至後集則長慶以後，無復當世之志，惟以安和知
> 足、翫景適情為事，故不復分類；但分格詩、律詩二種，
> 隨年編次而已。〔註1〕

趙翼認為樂天最看重的詩類是諷諭詩，少年時期的樂天希望達到兼濟天下之理想，將詩歌託之以諷諭，冀求流傳於皇宮之中，達到俾利時政的實用目的。至於閒適、感傷類則是樂天次為看重的詩類，內容不離寫景、述懷、贈答之作。趙翼根據樂天所言「志在兼濟，行在獨善」一語，認為諷諭詩符合樂天兼濟之義，閒適詩及感傷詩則符合樂天獨善之義。至於後集是指長慶以後的詩作，由於樂天不復有兼濟天下的志向，惟以安和知足、玩景適情為主，故不再以詩歌內容為分類，只以格詩、律詩兩種形式，隨年編次而已。趙翼在這一段話提及幾個重要論點，首先認為樂天看重的詩類依序是諷諭詩、閒適詩及感傷詩。第二，將諷諭詩歸入兼濟之志，將閒適詩及感傷詩歸入獨善之義。第三，他認定的後集指長慶年以後的作品。最後，提及晚年改變分類方法的原因。趙翼的意見若對照樂天在〈與元九書〉的看法，將會發現趙翼有些看法不見得正確，甚至有誤讀的現象，這現象筆者在此暫不申論。但趙翼在此提出一個試圖解決後集分類的切入點，認為樂天早期詩歌分類有一定的對比意義存在，兼濟與獨善之義皆備，晚年時期由於不再有兼濟天下的理想，務為和易，因而無須強調詩歌的實際內

〔註1〕趙翼：《甌北詩話》卷四（臺北：木鐸出版社，1982年4月），頁36
　　　～37。

容。不再強調兼濟之志，又何須特意強調獨善，因而樂天晚年才會改變詩歌的分類方式。

　　對於這個問題，陳寅恪提出自己的一套推測，他說道：「又樂天初編詩集時，其分類如此，後來則唯分格詩與律詩二類，不復如前之詳細，殆亦嫌其過於繁瑣耶」〔註2〕，認為樂天之後會改變詩歌分類的方式，或許嫌之前分法太過繁瑣，因而改以二分法。至於其他學者，如林明珠、鍾優民各提出不同的意見〔註3〕，雖然各學者皆有不同的觀察角度，但也可看出此分類的改變引起研究白詩者的關注。

　　樂天對於自己後集的編集方式，只用簡短一語帶過「邇來復有格詩、律詩、碑誌、序記、表贊，以類相從，合為卷軸，又從五十一以降，卷而第之」（頁 454），針對詩歌而言，「格詩」、「律詩」則是主要分類的方式。但何謂「格詩」，以「格詩」、「律詩」相類分的意義何在，也是歷來學者欲解決的議題。

　　樂天在後集序中僅言「格詩」「律詩」二類，但由實際作品得知，還有「半格詩」一類，因而一併列入討論。對於「格詩」、「半格詩」的定義，歷來有多種說法，其一見清代汪立名《白香山詩集‧格詩》注云：

　　　　唐人詩集中，無號格詩者。即大曆以還，有齊梁格、元白
　　　　格、元和格……顧格詩之義雖亡考，而見諸公之文章者可
　　　　證。元少尹集序：「宗簡，河南人……著格詩若干首，律詩
　　　　若干首，賦述銘記等若干首，合為三十卷。由是觀之，格

〔註2〕參見陳寅恪著：《元白詩箋證稿》（北京：三聯書店，2001 年 4 月），頁 343。

〔註3〕林明珠：《白居易詩探析》：「其實除了繁瑣的理由之外，閒適、感傷兩類詩有許多重疊的區域，很難強分。即使如早期的明顯標目分類，其實也無法從內容上釐清閒適與感傷兩類的區別」參見林明珠：《白居易詩探析》（臺北：私立東吳大學中國文學系博士論文，1997 年 5 月），頁 159～160。鍾優民：「從白居易的詩歌分類看出，前三種是按詩歌內容劃分，後一種是從詩歌形式著眼，標準並不統一。詩人晚年似乎察覺到這種分類殊欠精確，故自編詩文集時，詩歌另行分成格詩、律詩兩大類」參見鍾優民：《新樂府詩派研究》（瀋陽：遼寧大學出版社，1997 年 9 月），頁 200。

者但別於律詩之謂。公前集既分古調、樂府、歌行，以類
各次於諷諭、閒適、感傷之卷，後集不復分類別卷，遂統
稱之曰格詩耳。時本於十一卷之首，格詩下復繫歌行雜體
字，是以格詩另爲古詩之一體矣……又時本三十六卷，首
作半格詩，附律詩，半者，本謂卷內半是格詩而附以律詩
云爾，乃直標半格詩而注附律詩於其旁，是又將以半格詩
另爲一體矣。〔註4〕

汪立名認爲唐人詩集中並無「格詩」一體的稱謂，雖然格詩的定義已
亡佚，但從他人文章還是可以找出一些線索。引用元宗簡在《元少尹
集序》的一段話來說明格詩與半格詩的定義。認爲格詩的提出是爲了
與律詩有所區別，樂天在後集中將前集的古調、樂府、歌行三類，全
部以「格詩」的形式出現。依汪氏所言，「格詩」即爲「古體詩」，至
於「半格詩」則不算詩體名，僅爲該卷中格詩與律詩之份量相當，故
以「半」來稱呼，以便與「格詩」作區分。

　　陳寅恪在《元白詩箋證稿》一書中頗認定汪氏之說，其云：「汪氏
論格詩爲『格者，但別於律詩之謂』此語甚是」〔註5〕，對於汪氏所言
格詩是針對律詩而別名之說，雖表贊同，但又有更深入的見解：

蓋樂天所謂格詩，實又有廣狹二義。就廣義而言，格與律對
言，格詩即今所謂古體詩，律詩即今所謂近體詩，此即汪氏
所論者也。就狹義言之，格者，格力骨格之謂。則格詩依樂
天之意，唯其前集之古調詩始足以當之。然則白氏長慶集伍
壹格詩下復繫歌行雜體者，即謂歌行雜體就廣義言之固可視
爲格詩，若嚴格論之，尚與格詩微有別也。至於格詩諸卷中
又有於題下特著齊梁格者，蓋齊梁格與古調詩同爲五言，尤
須明其不同於狹義之格詩也。又格詩諸卷中凡有長短句多標
明雜言，豈以雜言之體殊爲駁雜耶？〔註6〕

〔註4〕唐・白居易撰、汪立名編：《白香山詩集》（臺北：世界書局，1978
　　　年4月），頁231。
〔註5〕同註2，頁344。
〔註6〕同註2，頁345。

陳寅恪認爲樂天所言的「格詩」有廣狹二義，廣義來說，如汪氏所言，指的是體格、格樣之格。陳氏在此又增加格之狹義，認爲「格」爲格力骨格之格。依樂天之意，格詩相當於前集中的古體詩，但樂天在後集的格詩類中，又有「格詩歌行雜體」一類，歌行雜體廣義言之雖可放入格詩一類，但若嚴格論之，還是與格詩不同。在格詩卷中，另有一類題爲「齊梁格」，雖然齊梁格與古調詩同爲五言體，但必須分辨清楚：這一類詩歌不同於狹義的格詩。至於格詩卷中還有長短句多標明爲「格詩雜體」，也必須分辨清楚，不可混淆。歸納言之，陳氏認爲樂天的格詩有廣狹二義，廣義則指與「古調詩」相同；狹義則特指詩的骨格風力。因而格詩卷中又有歌行雜體、齊梁體或雜言體，都非狹義的格詩，只能算是廣義的格詩而已。

　　無論汪氏或陳氏的論述，大抵認爲格詩爲古體詩之別名，但近來的研究又有新的看法產生，如李立信針對白氏格詩作了全面的分析，提出格詩必須具備四項特色，以此四項特色說明格詩與律詩、古詩及齊梁體都不盡相同，卻與「永明體」最爲近似，因而白氏之格詩，其實就是以「永明體」爲基礎，加上白氏詩歌的兩個特色而成〔註7〕。又如陳茂仁認爲「白氏既於諸詩體中另列出格詩來，既已表明格詩與已往諸詩體有其不同處……白集中之格詩，爲由古調詩之基礎所發展演變而來，然格詩非古調詩，亦非齊梁格詩，因爲古調詩、齊梁格全爲齊言形式，格詩則齊言、雜言兼具，且格詩多有合粘對者」〔註8〕，認爲格詩雖從古調詩發展而來，但與古調詩甚至與齊梁格詩皆有所不

〔註7〕李立信提出白氏格詩的四項特色爲：五言多而七言少；對仗頻繁，尤多隔句對；人爲聲律之安排；用語樸素淺易。因而言《白氏長慶集》中的格詩，其實是在「以五言爲正宗」，且融入人爲聲律安排的「永明體」的基礎上，加上白氏詩歌的兩大特色——對仗頻繁，尤多隔句對，及平易淺顯，樸素白描的詞彙。就成爲白氏格詩的註冊商標。以上論點詳見李立信：〈論《白氏長慶集》中的格詩〉，《東海中文學報》十二期，1998年12月，頁49。

〔註8〕陳茂仁：〈白居易「格詩」意涵試探〉，《中正大學中國文學研究所研究生論文集刊》1999年5月，頁49。

同，無法混爲一談。

　　綜合而言，《白氏長慶集》中格詩定義，歷來說法紛紜，未見定論。上述的論點，大致可知學者爭論點在於應把「格詩」定義爲古詩或近體詩。既然「格詩」的定義歷年來向無定論，筆者在此也不打算解決這個議題，只就研究成果作一番論述。回到作品本身，將發現白氏前集將閒適詩放置在古體類，而且全都爲「五古」，至於在「又有五言、七言、長句、絕句，自一百韻至兩韻者四百餘首」雜律類中間有閒適情調的詩歌，因爲不是樂天看重的詩類，因而筆者不將此部分劃入閒適詩。前集閒適詩清一色爲五古體裁，至後集有了明顯轉變，後集詩歌中只有四卷爲格詩體〔註9〕，其餘皆爲律詩。前集的雜律類也就是律詩，樂天自言「或誘於一時一物，發於一笑一吟，率然成章，非平生所尚者」，律詩非其重視的詩類。至後集編纂時卻產生一個有趣的現象，原本只是隨筆寫來，詩人也不重視的詩類卻成爲後集重要的詩歌類別。閒適詩由原本的五古創作至後集轉變成以律詩寫作。探討「律詩」對樂天的價值及意義，將可看出前、後集諸多問題的癥結。

　　前章曾論及樂天對詩歌本質的認定：「詩者，根情、苗言、華聲、實義」，情感、語言、聲律、內涵皆爲構成詩歌不可或缺的因素。從前集的編集可知，樂天看重的是詩歌的內容與情感，不求聲律的優美及語言的華麗，因而詩作多以「古詩」呈現，相對於古詩體的律詩，樂天則率爾成章，不刻意要求詩歌內涵。但這類詩歌之後也成爲「元和體」的一部份，且在樂天晚期大量被創作，如此巨大的轉變，背後有一定的成因，先就「古詩」及「律詩」的特性作一番探析。

　　依照古人對詩體的分類，漢魏以後的五七言歌謠、樂府古辭、擬題樂府、歌行詩、新樂府和其他五、七言古詩，都可稱爲古體詩，總體特點主要是：第一，句數沒有限制，可多可少，可奇可偶。第二，每句字數也無嚴格限制，一般是五、七言，也有四言、六言、八言、

─────────────

〔註 9〕　卷二十一：「格詩歌行雜體」，卷二十二：「格詩雜體」，卷三十：「格詩」，卷三十六：「半格詩」。

九言、雜言。第三，用韻靈活自由。古體詩雖要求押韻，但比較自由、靈活，沒有嚴格要求。第四，對字詞的平仄、對仗沒有什麼要求。第五，語言自由，可俗可雅。基於以上特點，詩人們運用古詩自由、充分地敘事、抒情，因而古體詩便有一種酣暢淋漓的氣勢和易動人心的感染力。〔註10〕五言詩更是傳統文人看重的詩歌體裁，以「古詩十九首」爲代表，《文心雕龍‧明詩》便云：「觀其結體散文，直而不野，婉轉附物，怊悵切情，實五言之冠冕也」〔註11〕，「古時十九首」的結構體式及煥發的文采，可謂質樸而不鄙野；不僅措辭委婉，有比附事物之用，同時表達作者內心的哀傷，亦能切合人情至性，實在是五言詩的傑作。將「古詩十九首」視爲五言詩的代表性作品，其內容特質也代表著五言詩的共同特質。建安時代更是五言詩創作的高峰期——「建安之初，五言騰躍」〔註12〕，之後五言詩的創作連綿不絕，成爲中國詩歌的大宗。

　　律詩相對於古詩而言，因而律詩講究聲律、平仄、對仗等形式美感。初唐格律興盛之故，表象理由是科舉，爲了評比方便且有客觀依據，這個機制促進人們對詩律的探索。〔註13〕除了評比方便且較有客

〔註10〕上述的論點參考楊仲義著：《中國古代詩體簡論》（北京：中華書局，1997 年 12 月），頁 190～191。

〔註11〕參見梁‧劉勰著、周振甫注：《文心雕龍注釋》（北京：人民文學出版社，2002 年 7 月），頁 49。

〔註12〕同注 11。

〔註13〕張伯偉：《全唐五代詩格校考‧詩格論》：「初唐科舉之法，沿襲隋代之舊，其內容以經術爲主。到高宗後期才有所轉變⋯⋯進士考試的詩稱『試律詩』，通常爲五言六韻，共十二句。因爲是律詩，有著格律、聲韻的標準，就便於主考官掌握一個較爲統一的衡量尺度⋯⋯這就是以詩賦爲試的一項原因」，參見張伯偉編撰：《全唐五代詩格校考》（西安：陝西人民教育出版社，1996 年 7 月），頁 10。吳相洲：「學界在談到初唐詩人爲何如此熱衷於近體詩律的探索時⋯⋯一般都認爲：唐代以詩賦取士，而詩賦是要講究格律的，這樣便於考官在判卷時有一個客觀標準作爲依據，這一機制促進了人們對詩律的探索」，參見吳相洲：《唐代歌詩與詩歌——論歌詩傳唱在唐詩創作中的地位和作用》（北京：北京大學出版社，2000 年 5 月），頁 62～63。

觀依據外，學界還有一種說法：漢代的詩多半是合樂的，魏晉南北朝
以來，詩樂分離，於是人們轉而研究詩歌內在的音樂因素──聲律。
〔註14〕如朱光潛在〈中國詩何以走上「律」的道路〉一文中，也提出
類似的意見，詳細的論證過程筆者在此不贅述。〔註15〕總之，律詩在
唐代經歷嘗試、開發至定型階段，成為唐代重要詩歌類別。

　　樂天閒適詩從前集的古體詩移至到後集的律詩，古詩重內容，律
詩重形式的優美，可見樂天從內容的重視轉移至形式的追求，這樣的
轉變是如何形成的，筆者提出一些可能的推論。首先，對詩歌價值取
向的改變，樂天在早期深受儒家思想主導，不僅在政治上力求努力，
在詩歌理論上也是遵奉《詩經》為經典，以「復古」為取向，冀以恢
復傳統的詩教系統，〈與元九書〉言道：

> 洎周衰秦興，採詩官廢，上不以詩補察時政，下不以歌洩
> 導人情：乃至於諂成之風動，救失之道缺，于時，六義始
> 刓矣。國風變為騷辭，五言始於蘇、李。蘇、李，騷人，
> 皆不遇者，各繫其志，發而為文……晉、宋已還，得者蓋
> 寡。以康樂之奧博，多溺於山水；以淵明之高古，偏放於
> 田園。江鮑之流，又挾於此……陵夷至於梁陳間，率不過
> 嘲風雪，弄花草而已……故僕所謂嘲風雪，弄花草而已。
> 于時，六義盡去矣。唐興二百年，其間詩人，不可勝數。
> 所可舉者，陳子昂有《感遇》詩二十首，鮑魴有《感興》
> 詩十五首……僕常痛詩道崩壞，忽忽憤發，或食輟哺，夜
> 輟寢，不量才力，欲扶起之。（頁960～962）

〔註14〕參見吳相洲：《唐代歌詩與詩歌──論歌詩傳唱在唐詩創作中的地位
　　　　和作用》，見前揭書，頁64。

〔註15〕朱光潛：〈中國詩何以走上「律」的道路（下）：聲律的研究〉：「音
　　　　樂是詩的生命，從前外在的樂調既然丟去，詩人不得不在文字本身
　　　　上做音樂的功夫，這是聲律運動的主因之一……齊梁時代，樂府遞
　　　　化為文人詩到了最後的階段。詩有詞而無調，外在的音樂消失，文
　　　　字本身的音樂起來代替它。永明聲律運動就是這種演化的自然結果」，
　　　　收入朱光潛：《詩論》（上海：上海古籍出版社，2001年6月），頁
　　　　195～196。

到了周衰秦興，採詩的官職被廢，上位者不用詩歌來檢查補救政治上
的得失，爲官者也不用詩歌來表達引導大眾的願望，以致於阿諛吹捧
的風氣流行，補救過失的方法消失，因而「六義」開始削弱。國風再
變爲騷辭，五言詩創作始於蘇武、李陵，而蘇、李，騷人，皆懷才不
遇，他們都依照自己的思想感情，創作詩歌，雖然「六義」不夠完整，
也還繼承著國風的某些優良傳統，但「六義」從此也就開始殘缺了。
晉、宋以來，能繼承詩經「六義」的人更少了。以謝靈運的深奧淵博
之才，卻沉迷於山水之作中；以陶淵明的高潔古雅之性，卻偏重描寫
田園詩歌；江淹、鮑照這些人，內容上則又更加狹窄。《詩經》的傳
統到了梁、陳時代，大抵不過是吟詠風雪，玩弄花草罷了，此時「六
義」完全喪失了。唐朝興起二百年來，中間的詩人多得數不清。值得
提出的只有陳子昂的感遇詩二十首，鮑魴的感興詩十五首。因而樂天
經常痛惜詩歌寫作原則的崩壞，十分焦慮氣急，有時甚至難以入眠下
飯。此段文字完全從政治立場、諷諭政治得失爲目的，並不看重詩歌
抒發各人情性的功用，因而蘇武、李陵以降，直到唐代作者，樂天都
認爲《詩經》中的「六義」傳統完全喪失。

　　因爲這時期樂天注重詩歌的實際政治功用，推崇古代詩論，認爲
今不如昔，因而選擇創作的詩體也是以「古詩」爲重，古詩質樸的風
尚才能符合樂天對六義的標準，加上樂天看重的詩歌類別依次爲諷諭、
閒適、感傷，因而這三類詩歌都選擇以古詩的形式進行創作。

　　其次，由於唐代以詩賦取士，「律詩」對樂天而言只是應酬類的
詩歌，並無太大的意義，加上律詩講究外在形式，更不是樂天此時所
欲強調的重點，所以儘管樂天創作爲數眾多的律詩，但卻自言：「或
誘於一時一物，發於一笑一吟，率然成章，非平生所尚者；但以親朋
合散之際，取其釋恨佐懽。今銓次之間，未能刪去；他時有爲我編集
斯文者，略之可也」，將律詩定位在誘發於一時一物，一笑一吟，信
手寫成的詩歌，並非平生所看重，若將來有人替其編集詩歌時，便可
刪去。對律詩的輕率態度，因而律詩類中不再多作區分，即使有諷諭、

閒適、感傷的情調，樂天也不特意區分。

　　但事實也告訴我們，這些數量眾多的律詩類，最後非但沒被刪除，反而成爲後集詩歌中的大宗，這個現象告知我們，樂天後期對詩歌的要求由內容轉變爲形式，開始欣賞詩歌的格律之美。由於後期的生活多在閒適中度過，閒適情調的詩歌占其多數，內容上不需刻意強調詩歌的內容，反以形式爲區分。

　　再者，受元稹多次與樂天唱和的間接影響。雖然元白二人感情深厚，但在詩歌創作路途上，兩人的關係「亦敵亦友」〔註16〕，越到晚期兩人尤喜以酬唱的方式，進行良性的競爭活動，元白之間又以元稹的興趣最爲濃厚，從樂天的〈和微之詩二十三首並序〉可得知：

> 微之又以近作四十三首寄來，命僕繼和。……由題曰：「奉煩只此一度，乞不見辭。」意欲定霸取威，置僕於窮地耳。大凡依次用韻，韻同而意殊；約體爲文，文成而理勝：此足下所長者，僕何有焉？……以足下來章，惟求相困；故老僕報語，不覺大誇。況曩者唱酬，近來因繼，已十六卷，凡千餘首矣。其爲敵也，當今不見，其爲多也，從古未聞，所謂天下英雄，唯使君與操耳。（頁477）

由此段話可知：樂天與元稹之間的唱和，到後來已經不是純粹以詩歌聯絡感情，而是帶有挑戰、比賽的意味。因爲元稹可以將自己的新作遠從三千里之地寄給樂天，「命」其繼和。樂天將此事視爲元稹「意欲定霸取威，置僕於窮地耳」所給的挑戰。元稹心底深處應該是將樂天當成一生中可敬的對手，樂天也明瞭這「亦敵亦友」的關係，因而言：「其爲敵也，當今不見」，而由「其爲多也，從古未聞」，也可得知兩人酬唱之作的數量是相當驚人的。和詩到了強調「依次用韻，韻

〔註16〕白居易：〈劉白唱和集解〉：「常戲微之云：僕與足下，二十年來，爲文友詩敵，幸也，亦不幸也。吟詠情性，播揚名聲其適遺形，其樂忘老，幸也；然江南士女，語才子者，多云『元、白』。以子之故，使僕不得獨步於吳越間，亦不幸也」，參見唐・白居易著、顧學頡校點：《白居易集》（北京：中華書局，1999年11月），頁1452。此爲論文主要引用文本，以下再引用此書時，僅於後文加注頁數。

同而意殊」時，就表示這兩人極度重視詩歌形式技巧的表現了，因此白居易晚年的詩在形式上富於變化，這與元稹強迫白居易和詩應該有一定的影響吧！〔註17〕

　　樂天在後集中將大部分的閒適詩放置在律詩類，律詩卷中又以七言爲多，「七律」的特色爲何？這將要從七律的發展談起。受到篇幅的限制，要求有和諧的音調，整齊的句式，這些是五律及七律共有的特色，但五律和七律在唐代的發展卻是不平衡的，不論從發展的前後或創作的數量而言，五律總是在七律之前形成風尚。七律，或謂之有唐一代之盛，是因爲五古、七古在唐以前已大量制作，五律和絕句也先於唐朝的建立而產生。〔註18〕任何一種新的文體從萌芽到成長，必須經過一段長時間的演變及許多作家的不斷嘗試，反覆實踐的過程。「初唐一百年間，留存至今的七律約一百三十首，應制詩近百首，佔四分之三。此與宮廷音樂的發展相聯繫。宮廷音樂，推動了七律形式的發展，亦限制了其題材風格的廣泛與多樣性，可謂功過參半」〔註19〕，因而七律一體從應制詩發展而來，起初內容單薄，多爲歌頌、酬唱之作。〔註20〕這情況直到杜甫的七律出現，才大大改變七律的整體風格。

　　杜甫不僅加深和拓廣了七律原本局促的意境〔註 21〕，也打開了

〔註17〕陳家煌：《白居易生命歷程對詩風影響之研究》（高雄：國立中山大學中國文學系碩士論文，1999 年 7 月），頁 28。
〔註18〕趙謙著：《唐七律藝術史》（臺北：文津出版社，1992 年 9 月），頁 1。
〔註19〕同注 18，頁 23。
〔註20〕馬茂元在〈思飄雲物動 律中鬼神驚——論杜甫和唐代的七言律詩〉也提出相同的意見：「七律一體，本是從應制詩中逐漸發展起來的；內容單薄，是它先天帶來的毛病。到了盛唐時期，這情況基本上還未改變。一般的都是歌頌、唱酬、流連光景之作」，參見馬茂元：〈思飄雲物動 律中鬼神驚——論杜甫和唐代的七言律詩〉，收入馬茂元撰：《馬茂元說唐詩》（上海：上海古籍出版社，2000 年 4 月），頁 34。
〔註21〕高友工認爲：「（杜甫）他在詩上最突出的成就，依我的意見，是加深和拓廣了七律原本局促的意境」，參見高友工作、劉翔飛譯：《律詩的美典（下）》，《中外文學》第十八卷第三期，1989 年 8 月，頁 38。

七律廣大的天地，七律的內容漸廣，自然景物、贈答唱酬、憂國憂民的情懷以及漂泊支離的身世之感皆收納在杜甫的七律當中。〔註22〕所以，唐代的七律到了杜甫，境界始廣。之後，唐七律的首次繁榮出現在德宗貞元中至文宗大和年間，短短四十年，創作七律的詩人近七十人，數量達兩千多首，超過了前兩百二十年七律創作的總和。〔註23〕樂天與元稹各有建樹，「眾稱元、白為千字律詩，或號元和格」〔註24〕，「元和格」即是「元和體」〔註25〕，主要稱元和後期元白之間長篇酬唱詩而言。除此之外，樂天將律詩的形式運用在閒適詩的創作上，關於這點，已有學者觀察到這個現象，並提出如下看法：

　　白居易以太子賓客分司東都以後，詩風發生了劇變……此

<hr>

〔註22〕 馬茂元提出：「入蜀以後，杜甫的七律在各體詩中的數量比重明顯地增長了。為什麼會突然有這樣的現象？問題的關鍵是在於他從詩歌的內容打開了七言律詩廣闊的天地。從這時起，杜甫以不僅僅用七律來描繪自然景物，用於贈答唱酬，而且以之抒寫憂民憂國的情懷和漂泊支離的身世之感」，同註26，頁37。後代的學者也都注意到杜甫對七律的開創地位，已有專著論及杜甫的七律，如簡明勇著：《杜甫七律研究與箋註》（臺北：五洲出版社，1973年）；周能昌撰：《杜甫七律的語法風格》（嘉義：國立中正大學中國文學系碩士論文，2002年）。

〔註23〕 同註18，頁155。趙謙根據《全唐詩》及《全唐詩外編》提出：「初盛唐七律約三七六首，中唐前期七律約五九○首」，頁207。

〔註24〕 白居易〈餘思未盡，加為六韻，重寄微之〉：「詩到元和體變新」一句下自注云：「眾稱元、白為千字律詩，或號元和格」，同註16，頁503。

〔註25〕 主要由元、白詩為主體構成的「元和體」，其內容非僅有長篇酬唱之一端，元稹早在元和十四年所作〈上令狐相公詩啟〉中有較詳細的說明：「稹自御史府謫官，於今十餘年矣……有詩向千餘首。其間感物寓意，可被朦瞽之諷者有之，詞直氣粗，罪尤是懼，固不敢陳露於人。唯杯酒光景間，屢為小碎篇章，以自吟暢，然以為律體卑下，格力不揚，苟無姿態，則陷流俗……江湖間多新進小生，不知天下文有宗主，妄相倣效，而又從而失之，遂至於支離褊淺之辭，皆目為元和詩體」，可見「元和體」不僅是指「次韻相酬」的「千言」或「五百言律詩」，還包括「杯酒光景間」的「小碎篇章」，甚至還有「感物寓意」、「詞直氣粗」的諷諭之作。詳見元稹撰：《元稹集》（臺北：漢京出版社，1983年10月），頁632～633。

　　　　種頹廢心態和落魄的生活方式，反映在七律中，加上他構
　　　　思造語的漫不經心，就構成了白居易晚年七律鄙俚平庸，
　　　　拖沓蕪蔓，語多意少，意象枯槁的面貌。〔註26〕

認爲樂天居洛陽期間，詩風發生明顯的改變，皆反映在七律當中。由
於當時的生活方式及漫不經心的創作態度，形成樂天晚年的七律風格
變爲鄙俚平庸，多拖沓之語，無太大的藝術價值。

　　上述的觀點，顯然對樂天在閒適詩中運用七律的手法並不讚賞。
但平心而論，樂天也將七律的範圍擴大了，運用到平常的日常生活
甚至日常事物之上。後集的創作由於詩人多處於閒適情境，不用刻
意追尋閒適，信筆寫來便具有閒適情調，因而改以追求詩歌審美功
用，選擇以律詩的形式加以發揮。由於整個文學風氣，七律的風尚
正在蔓延，加上元、白二人相互酬唱的推助力量下，七律成爲樂天
晚期最常創作的詩歌類型。因而，七律體裁在後集閒適詩中大量出
現，一方面來自當時的文學風尚，另一方面來自樂天對詩體創作的
自覺意識。

第二節　長慶三年至寶曆元年閒適作品的界定與意涵

　　前一章探析樂天前集閒適詩的同步，得出主要特徵在「吟詠情性」，
歌詠出的情性主要偏向兩大方面，一爲消極地說明自身的心境或處境，
包含：以「不才」爲自我定位，以不足爲滿足。二爲積極地向外尋找
閒適天地，包含凝聚社群，親近自然。用此標準檢視卷二十三的詩作，
發現共有十四首〔註27〕符合上述條件，因而筆者討論的範圍也將鎖定
這十四首。由附錄二「白居易閒適詩一覽表」可知，這期間閒適詩的
作品只有三首創作於杭州刺史任內，其餘皆在左庶子分司東都時，底
下將依照創作時間先後，分析詩作特徵。

―――――――――――――――

〔註26〕同注18，頁181。
〔註27〕詳細詩作其詩作繫年，請參閱附錄二「白居易閒適詩一覽表」。

　　杭州刺史任內創作的閒適詩有著一股慵懶、不問世事的情調，且看底下二首：

> 盡日前軒臥，神閒境亦空。有山當枕上，無事到心中。簾卷侵床日，屏遮入座風。望春春未到，應在海門東。（〈閒臥〉，頁 507）

> 北院人稀到，東窗事最偏。竹煙行灶上，石壁臥房前。性拙身多暇，心慵事少緣。還如病居士，唯置一床眠。（〈北院〉，頁 510）

整日在前軒內坐臥，精神與境界都相當悠閒、清空。環抱青山，享受無事到心中的悠閒。風將簾卷吹得很高，幾乎要碰觸到床面，但屏風遮住風的來向，因而自己的座位並沒有感受到風的吹拂。冀望春天的來臨，但春天尚未來到，有的話也在海門東吧！由〈閒臥〉一詩可看出樂天在郡亭內閒臥，無所事事，可享受自得其樂，有時閒望，有時冥想，生活相當清靜、自如。或選擇到人跡罕至的北院，又特意選擇北院中最偏僻的東窗，在此閒眠，有如一位病居士。因為才性拙劣，無所抱負，身心才能擁有較多的閒暇；也因為心態慵懶，世事多不關心。即使身為刺史一職，並不因官位的牽絆，忽略身心的調劑。樂天追求的境界常與眾不同，喜歡自己獨處，不愛熱鬧之地，喜至人跡罕至之地，輕鬆自在享受一個人的閒意與愜意。即使身為公眾人物，也希望保留一己自我空間，可以任意揮灑，不必帶有任何社會責任，只求自己自在、快樂。

　　不論官職的高低、事務的繁忙，創作仍是樂天最大的興趣，從不間斷，表現在〈詩解〉一詩：

> 新篇日日成，不是愛聲名。舊句時時改，無妨悅性情。但令長守郡，不覓卻歸城。祇擬江湖上，吟哦過一生。（頁 511）

新的詩歌不斷被創作，不是為了功利性的聲名目的。舊的篇章時時在修改，修改過程吟詠出的詩句皆可愉悅性情。樂天已把詩歌創作看作自我實踐目標，不帶有功利目的，對自我有著強烈體驗，正如心理學

家馬斯洛（A·H·Maslow）所言的「高峯經驗」：「享有高峯體驗的
人通常都感覺到自己正處於力量的高峯，自己的一切力量均獲妥善運
用並發揮到極致……他感覺自己比任何時刻都更聰明，更具有感知力、
更機智、更堅強、也更溫文優雅……因此他就像滔滔江河一往無阻般
洶湧奔向前去」〔註28〕，從詩歌創作中可以獲得更多的滿足與快樂。
本詩創作於長慶四年（824）〔註29〕，樂天原本希望長久身爲此郡刺
史，但也瞭解任職一旦屆滿，即將返回故鄉。現在只希望泛遊於江湖
之上，朗誦詩歌過一生。其實，不論是否擔任官職，創作詩歌一直都
是樂天執著的興趣，更期望有朝一日擺脫政治環境，吟詠詩歌，遨翔
在天地之中。

　　長慶四年五月杭州刺史任滿，樂天回到洛陽，除左庶子分司東都
一職，寫下許多吟詠身心狀況的詩歌，先以「分司」爲題，創作〈分
司〉一詩，陳述擔任分司一職的情況：

> 散秩留司殊有味，最宜病拙不才身。行香拜表爲公事，碧
> 洛青嵩當主人。已出閒遊多到夜，卻歸慵臥又經旬。錢唐
> 五馬留三匹，還擬騎遊攬擾春。（〈分司〉，頁521）

分司一職並無實際政務執行，也不需每日上朝，樂天對此閒散之職相
當滿意。自嘲此工作最宜病拙不才身，除了例行的行香拜表外，其餘
皆在碧洛青嵩間遊玩。常閒遊至半夜才歸，歸返後又在居宅內懶臥，
如此過了十多天。還希望騎著好馬，到處欣賞洛陽的春景。雖有官位
在身，但因職務清閒反而有更多閒暇時間可以遊玩，又可慵懶度日，
行動相當自由。其他的詩作，除了呈現同樣的旨趣外，還將這股閒情
分享給他人：

> 年來數出覓風光，亦不全閒亦不忙。放鞚體安騎穩馬，隔
> 袍身暖照晴陽。迎春日日添詩思，送老時時放酒狂。除卻

〔註28〕馬斯洛著、劉千美譯：《自我實現與人格成熟——存有心理學探微》
　　　　（臺北：光啓出版社，1989年12月），頁139～140。
〔註29〕唐·白居易著、朱金城箋校：《白居易集箋校》（上海：上海古籍出
　　　　版社，1988年12月），頁1555。

髭鬚白一色，其餘未伏少年郎。（〈閒出覓春，戲贈諸郎官〉，頁 524）

閒遶洛陽城，無人知姓名。病乘籃輿出，老著茜衫行。處處花相引，時時酒一傾。借君溪閣上，醉詠兩三聲。（〈城東閒行，因題尉遲司業水閣〉，頁 527）

這年來已數出尋覓風光，這樣的生活型態既不全然悠閒也不算忙碌。放掉控制馬的韁繩，任其隨行，晴陽照在衣袍上也顯得溫暖。迎春之日天天還可添增寫詩的靈感，送老之際常放縱自己飲酒。除了全白的髭鬚外，其餘都未輸給少年郎。即使年紀已達五十多歲，但寫詩、飲酒的狂放精神，完全不輸給年輕人。年紀雖大，心智未老，對詩、酒依舊樂此不疲。有時在洛陽城中閒遶，無人知其姓名。生病期間則改乘竹轎出遊，身著紅色上衣。出遊之地處處有花相引，時常飲酒尋樂。還將這份閒意寄給友人尉遲汾，希望能借用友人的溪閣，在此醉詠，享受平日清閒的樂趣。從中可感受「分司」一職的閒散，樂天也積極從日常生活尋覓樂趣，並將此份閒趣分享給友人。

　　前述已言樂天在洛陽買下履道宅，準備作為閒適生活的居處地，樂天對履道宅相當滿意，並借用陶淵明「吾亦愛吾廬」〔註30〕之典，寫下〈吾廬〉一詩：

吾廬不獨貯妻兒，自覺年侵身力衰。眼下營求容足地，心中準擬挂冠時。新昌小院松當戶，履道幽居竹遶池。莫道兩都空有宅，林泉風月是家資。（頁 521～522）

樂天深感年歲已大、體力漸衰，希望能覓得容身之地，等待辭官後可以修養身心。長安的新昌宅及洛陽的履道宅各有其特色，新昌宅的小院多松樹，履道宅則以竹樹、水池為其特徵。莫言東西兩都只是空有宅第，林泉風月之景便是家中資產。另外兩首也在歌頌身居履道宅的樂趣：

〔註30〕陶淵明〈讀山海經十三首〉之一：「孟夏草木長，遶屋樹扶疏。眾鳥欣有託，吾亦愛吾廬」，參見晉・陶淵明撰、逯欽立校注：《陶淵明集》（臺北：里仁出版社，1985 年 4 月），頁 133。

> 病憐官曹靜，閒慚俸祿優。琴書中有得，衣食外何求。濟
> 世才無取，謀身智不周。應須共心語，萬事一時休。(〈履
> 道新居二十韻〉，頁520)

> 門庭有水巷無塵，好稱閒官作主人。冷似崔羅雖少客，寬
> 於蝸舍足容身。疏通竹徑將迎月，掃掠莎臺欲待春。濟世
> 料君歸未得，南園北曲謾為鄰。(〈題新居，寄宣州崔相公〉，
> 頁522)

生病在家，辦公處的安靜反能感受到自身的愜意，閒適生活使得樂天
自慚俸祿的優厚。琴、書既可得，除衣食外又有何求！不論濟世之才
或謀身之智皆不求，只想過著清靜、無萬事干擾的日子。門庭前有水
巷而不受塵世干擾，好稱自己為閒官在此當主人。雖然居處偏僻，訪
客稀少，門可羅雀，但此居宅已寬於蝸舍，足以容納自身。此後將疏
通竹徑以迎月，輕掃莎臺以待春。履道宅的南邊即是崔家池，料想崔
群忙於濟世之事無法常返回居宅，即使無法與崔群實質當鄰居，但南
園北曲也算是相與為鄰。可知，此居宅座落於幽靜之地，少人打擾，
正好提供樂天修養身心的好地方。

　　履道宅內的風景也是樂天樂於歌頌的部分，著重在「小院」、「小
池」之上，試看底下幾首詩的陳述：

> 酒醒閒獨步，小院夜深涼。一領新秋簟，三間明月廊。未
> 收殘盞杓，初換熱衣裳。好是幽眠處，松陰六尺床。(〈小
> 院酒醒〉，頁518)

> 小竹園庭匝，平池與砌連。閒多臨水坐，老愛向陽眠。營
> 役拋身外，幽奇送枕前。誰家臥床腳，解繫釣魚船。(〈臨
> 池閒臥〉，頁521)

> 穿籬遶舍碧逶迤，十畝閒居半是池。食飽窗間新睡後，腳
> 輕林下獨行時。水能性淡為吾友，竹解心虛即我師。何必
> 悠悠人世上，勞心費目覓親知。(〈池上竹下作〉，頁523)

酒醒後在小院閒獨步，夜晚的小院更顯清涼。殘盃酒杓尚未清理，已
換上家居衣服，準備就寢。或於閒暇之日的白天，在小竹圍繞的池邊

臨水而坐，老愛面向陽光而眠。暫且將營役之事拋到身外，在水池邊閒臥。形容自己的居宅面積半爲池，可見「水」在樂天居住環境的重要性。食飽、睡飽後，獨自於林下閒行。並將「水」、「竹」視爲吾友、吾師，欣賞水的恬淡性格及竹子的虛心。有了這兩位親知，又何必在悠悠人世費心勞力尋覓！不論「小院」或「小池」，樂天著重描寫其清涼性，也是閒臥的好地方。

　　閒居在家的日子，樂天依舊離不開琴、詩二物，且看樂天對它們著迷的程度：

> 本性好絲桐，塵機聞即空。一聲來耳裏，萬事離心中。清暢堪銷疾，恬和好養蒙。尤宜聽三樂，安慰白頭翁。（〈好聽琴〉，頁 517）

> 辭章諷詠成千首，心行歸依向一乘。坐倚繩床閒自念，前生應是一詩僧。（〈愛詠詩〉，頁 517）

自認本性愛好絲竹音樂，一聞音樂可泯滅所有塵機。一聲來到耳裡，心中諸事皆離。音樂的作用還不僅於此，清暢的旋律足以使人忘卻疾病的痛苦，恬和的聲律又可以養其本性。唯有音樂才能爲年老孤寂的生命注入一股新的活力。自認愛好創作文章、吟詠詩歌，作品多達千首，內在行爲處世又皈依佛教，對詩歌、佛教的喜愛程度，樂天自認前生應是位詩僧。雖帶有些許佛教色彩，但樂天對佛教的態度也經歷許多轉變，並不算虔誠的信仰者，佛教對他而言只是一種調節的機制。〔註31〕不論聽琴、彈琴、創作詩歌或吟詠詩歌，都是樂天一生的志向，

〔註31〕張思齊〈白居易閒適詩與基督教聖詩簡論〉：「儘管在白居易的詩中有專門言道和言佛的作品，我們仍然不能認爲，白居易的一生基本上受到佛教思想支配或道德思想的支配。白居易的基本形象，並不是一個靜心求道的道家，也不是一個一心念佛的釋門弟子，他是一個進取心很強而又有節制的知足者，其基本思想傾向仍然是以儒家思想爲指導的，他所求的道是儒家的大道」，參見張思齊：〈白居易閒適詩與基督教聖詩簡論〉，收入中國唐代文學學會主編：《唐代文學研究》（第九輯）（桂林：廣西師範大學出版社，2002 年 4 月），頁535。關於樂天對佛教的態度可參考羅聯添：〈白居易與佛道關係重探〉，收入羅聯添著：《唐代文學論集》（臺北：學生出版社，1989 年

至老都不曾有所改變。

　　上述已提及元稹代樂天分類詩歌一事，這樣的想法是樂天主動向元稹提出，元稹也盡量依照樂天原意編集詩作，樂天是否滿意或同意元稹的分法，並無相關資料證明，因而無法對此現象作更進一步地說明。由之前對樂天前、後集混淆問題的探討中得知，前、後集收錄詩作的時間理論上止於長慶三年，但實際上長慶三、四年的作品在前、後集均有出現，謝思煒將這個現象視爲編集者難免收錄不全的結果。由現存白居易集來看，列入閒適詩的時間延續到寶曆元年，不止於長慶二年或三年、四年，可知，元稹編集白居易前集時，已有樂天長慶四年甚至寶曆元年的詩作；後集中又重複出現長慶三年至寶曆元年這段期間的詩作，而且詩作無重複者，可見元稹當時並沒有看見這些詩作。

　　若依照謝思煒的說法，詩人在收集詩作，尤其將作品分爲前、後集的情況中，詩人難免產生收錄作品混淆的現象，也就是說，前集收錄不全的詩歌會放到後集的現象。但若換另一個角度來檢視其論點，將發現有其不足之處。爲何唯獨長慶三年至寶曆元年間的作品會產生重疊現象，是樂天無意收錄，或者是樂天有意爲之。

　　古來詩人多矣，而嗜愛詩未有如樂天之甚者，自幼及老，吟詠不輟。生平之事無論大小，皆可入於詩，故其詩篇特多。樂天自謂好詩、愛詩，常自稱「詩僻」、「詩魔」、「詩仙」、「詩客」、「詩僧」等。將畢生精力奉獻於詩，自言從幼至老，不斷握筆從事創作，作品多達七十卷，約三千篇。作品創作後歷經多次的編纂，最後分藏在不同地方，可看出樂天對於自己作品的看重與珍視程度，況且「閒適詩」是樂天看重的詩類，應當對其整理、分類工作更加謹慎。

　　樂天對詩歌創作的執著與珍惜，看待詩歌的態度理當比其他人更

---

5 月）；孫昌武：〈白居易與洪州禪〉，收入孫昌武著：《詩與禪》（臺北：東大圖書公司，1994 年 8 月）；陳寅恪：〈白樂天之思想行爲與佛道關係〉，收入陳寅恪著：《元白詩箋證稿》（北京：三聯書店，2001年 4 月）。

為謹慎，遺落詩作的情形應不多見，但萬事難免有所疏忽，寄予元稹的時候遺漏掉某些詩作的可能性也有，但遺漏的詩作只限某一時期，其中的合理性有待商榷。筆者尚觀察到卷二十三閒適詩的創作時間多集中在長慶四年，樂天任職左庶子分司東都，樂天是否有意在後集中彌補元稹此階段收錄閒適詩的不足，則是筆者提出的另一種可能性。事實真相為何，已無法考辨。唯一可推論的是，由於前集交由元稹編定，之後無論樂天發現之前的遺漏之作或者樂天有意補元稹分類之不足，唯一的作法都只能將作品放在後集。

　　根據上章對閒適詩的定義來檢視卷二十三的詩作，發覺共有十四首符合此標準，茲將此階段閒適詩「知足保和」的呈現與「情性」開展情形，歸納如下：

　　一、以不才為自我定位：主要強調自我的「性拙」及「心慵」表現出的情調，如〈閑臥〉、〈北院〉、〈詩解〉、〈分司〉、〈好聽琴〉、〈愛詠詩〉、〈詩解〉諸詩。

　　二、以不足為滿足：論點集中在樂天居宅上，不嫌棄它地理位置偏僻，反讚賞它的周遭美景，如〈履道新居二十韻〉、〈吾廬〉、〈題新居寄宣州崔相公〉等詩。

　　三、凝聚社群：樂天將自己的心情寄與友人，冀望一起共享閒適之心，如〈閑出覓春戲贈諸郎官〉、〈城東閑行因題尉遲司業水閣〉二詩。

　　四、親近自然：在居家環境中發掘幽境閒情之作，如〈小院酒醒〉、〈臨池閑臥〉二詩。

　　從後集中揀擇出這些詩作，在時間點上正補足前集中這期間的閒適詩，前集中長慶四年至寶曆元年間，樂天任職左庶子分司東都期間的閒適詩只有四首，但經由對卷二十三的釐析後，這段期間的閒適詩頓時多增加十一首。雖然長慶三年至寶曆元年間的作品被分成兩部分收集的原因迄今已不可考，但可確定的是，卷二十三中的確有一部份該劃入閒適詩。

第三節　寶曆元年後閒適作品的界定與意涵

　　寶曆元年後的作品不復以內容分類，諷諭、閒適、感傷類的作品全都不分，只以詩歌形式爲區分依據。雖然白居易創作前後期閒適詩的心態不同，但在此要界定閒適詩，則必須參照之前對閒適詩的定義爲擇選標準，透過此標準來分析後期閒適詩的書寫情況。

一、閒適詩的面向之一：以「不才」爲自我定位

　　樂天雖身爲官員，但對於外在的榮華富貴自有一番省思，面對達官貴人的榮耀，也不爲所動，反激起他甘於淡泊的心志，常把自己定位在「不才」〔註32〕，在政治圈中當個不才者，不必背負沉重的社會、國家責任，反而可以依照自己的方式過日子，也不會有愧疚之心。〈問秋光〉一詩反映樂天想脫離政治中心，東至洛陽修養身心的想法：

> 殷卿領北鎮，崔尹開南幕。外事信爲榮，中懷未必樂。何如不才者，兀兀無所作。不引窗下琴，即舉池上酌。淡交唯對水，老伴無如鶴。自適頗從容，旁觀誠濩落。身心轉恬泰，煙景彌淡泊。迴首語秋光，東來應不錯。（頁 490）

此詩創作於大和三年（829）〔註33〕，樂天已在洛陽任職太子賓客分司。面對殷卿鎮守北方爲節度使，崔尹爲嶺南節度使的豐功偉業，樂天認爲他們外表雖爲風光，但內心卻未必快樂。還不如當個不才者，面對政治環境可以無所作爲，政治上不求功業，面對自身可以愜意十

〔註32〕白居易「不才」的觀念一直貫穿在閒適詩中，而對自身「不才」的定位，來自莊子的「不材」、「無用之用」說法，以曲轅櫟社樹及商丘大木爲例。《莊子·人間世》：「匠石之齊，至於曲轅，見櫟社樹……以爲舟則沈，以爲棺槨則速腐，以爲器則速毀，以爲門戶則液橢，以爲柱則蠹。是不材之木也，無所可用，故能若是之壽」，參見郭慶藩輯：《莊子集釋》（臺北：華正書局，1997 年 11 月），頁 171。《莊子·山木》：「莊子行於山中，見大木，枝葉盛茂，伐木者止其旁而不取也。問其故，曰：『無所可用。』莊子曰：『此木以不材得終其天年』」，見前揭書，頁 667。莊子在〈人間世〉中最後也總結出「山木自寇也，膏火自煎也。桂可食，故伐之；漆可用，故割之。人皆知有用之用，而莫知無用之用也」，頁 186。

〔註33〕同注 29，頁 1494。

足。不在窗下彈琴，便在小池邊酌飲。與水培養出淡交之情，鶴也隨
侍在側。這樣的生活自顧頗從容自得，但旁觀者看來卻顯得不合時宜，
即使如此也不必在乎。因身心轉而恬泰，眼前得失也轉為淡泊。樂天
還回首告訴秋光，東至洛陽為太子賓客分司一職應當不錯，可以過著
自由、愜意的生活。不必羨慕中央官員獲得的榮耀，重要在尋求自我
內心的快樂。

　　樂天不僅在政治仕途上寧願當個不才者，無意在政治上有重大作
為，還自喜可以身為不才之人，試看〈與僧智如夜話〉一詩：

　　　懶鈍尤知命，幽棲漸得朋。門閑無謁客，室靜有禪僧。爐
　　向初冬火，籠停半夜燈。憂勞緣智巧，自喜百無能。（頁562）

此詩主要描寫：初冬來臨，東都聖善寺住持智如大師來訪，樂天高興
之餘，請智如下榻家中，二人促膝長談，夜以繼日。樂天先將自己的
性格定位在「懶鈍」，對於自我的懶鈍也不排斥，反以「知命」說明
自己安於現狀。即使處於幽棲之地，有朋友相陪，已足以自喜、滿足。
憂勞心的產生都緣自智巧個性，自喜為無才者，百端無能，才沒有憂
勞產生，過得自在、無憂。

　　樂天自認為不才者，宣示著無意追求政治生涯，只想過自在、遨
遊的快意生活，這樣的理念不斷在詩中出現，試看底下這些詩句的闡
述：

　　　龍門澗下濯塵纓，擬作閒人過此生。筋力不將諸處用，登
　　山臨水詠詩行。（〈龍門下作〉，頁567）

　　　我年日已老，我身日已閒。閒出都門望，但見水與山。關
　　塞碧巖巖，伊流清潺潺。中有古精舍，軒戶無扃關。岸草
　　歇可藉，逕蘿行可攀。朝隨浮雲出，夕與飛鳥還。吾道本
　　迂拙，世途多險艱。嘗聞嵇呂輩，尤悔生疏頑。巢悟入箕
　　穎，皓知返商顏。豈唯樂肥遁，聊復袪憂患。吾亦從此去，
　　終老伊嵩間。（〈晚歸香山寺，因詠所懷〉，頁668）

　　　身慵難勉強，性拙易遲迴。布被辰時起，柴門午後開。忙
　　驅能者去，閒逐鈍人來。自喜誰能會，無才勝有才。（〈自

喜〉，頁 696）

龍門澗下可濯去塵纓，希望當個「閒人」過此生，全身體力也不用於他途，準備用在登山臨水、創作詩歌之際。可見，悠閒、遊山玩水、詠詩的日子才是樂天追求的生活型態。年紀隨著日子老去，身心卻日漸悠閒。閒出都門遠望，只見青山綠水，中有一精舍，軒戶敞開，岸草可歇，逡羅可攀，過著早出晚歸的日子。自認本性迂拙，又體認到世途艱險，古聖賢的經驗也告知世人，不如歸去，當個隱士。樂天並非喜愛隱居避世，只是姑且讓自身免去憂患。因而樂天也決定從此退隱，終老在伊嵩自然美景間。世途的艱險、變化的無常，樂天寧願以樸拙個性應世，無所事事，終老於自然山水間。身慵與性拙皆是樂天對自己個性的註解，自言睡到辰時才醒，柴門午後才開，不僅睡得晚，連門也懶得開啓。擁有才能者多被忙碌牽絆，只有鈍人能享受悠閒，自喜無才勝有才。有才之人爲諸事而忙碌不已，無才之人因社會對其無太大期許，反而可以落得清閒，隨心所欲過日，既然如此，何不讓自己當個不才者。

　　由於對名利不再有追求之意，甘於目前的生活狀態，即使蘇州刺史任滿，返回洛陽的途中，樂天也毫無侷促之感，仍是一派悠閒，〈自問行何遲〉便是描述這種心態：

> 前月發京口，今辰次淮涯。二旬四百里，自問行何遲。還鄉無他計，罷郡有餘資。進不慕富貴，退未憂寒飢。以此易過日，騰騰何所爲。逢山輒倚櫂，遇寺多題詩。酒醒夜深後，睡足日高時。眼底一無事，心中百不知。想到京國日，懶放亦如斯。何必冒風水，促促赴程歸。（〈自問行何遲〉，頁 467～468）

前月從蘇州出發，二十天才走了四百里的路程，自問爲何行程走的緩慢。罷蘇州刺史還鄉，一時尚無計畫，況且罷郡後還有餘財，不憂衣食。進退自得，進不憂富貴，退也免受飢寒之苦。以此過日，又何必勞勞碌碌、匆匆忙忙呢！遇見名山就停船，隨緣欣賞，游覽各處好風

景；遇寺廟則停下來駐留，還在壁上題詩。過著飲酒、晚起的生活。眼前無一事可關心，心裡什麼也不管，好像全然不知。現在如此，以後也是如此，因而預想回到長安的時候，自己還是這麼慵懶吧！又何必冒大風浪濤之險，急急忙忙趕回去呢？既無意在政治上有所作為，還不如在返鄉途中多逗留，欣賞沿途風景，不必急著趕回長安名利之地。藉著自問自答的方式，說明自我眼底無事，心中無滯的狀態。

　　既然不羨慕達官貴人的富貴，自己又寧願甘於平凡，過自足的生活，因而面對自我的生活環境，即使非華麗高蓋，也能甘之如飴，從中尋找自我的生活樂趣，不把焦點放在外在的生活條件上，〈偶作二首〉便是描述自我自適、快活的生活景象：

> 擾擾貪生人，幾何不夭閼。遑遑愛名人，幾何能貴達。伊余信多幸，拖紫垂白髮。身為三品官，年已五十八。筋骸雖早衰，尚未苦羸憊。資產雖不豐，亦不甚貧竭。登山力猶在，遇酒興時發。無事日月長，不羈天地闊。安身有處所，適意無時節。解帶松下風，抱琴池上月。人間所重者，相印將軍鉞。謀慮繫安危，威權主生殺。燋心一身苦，炙手旁人熱。未必方寸間，得如吾快活。

> 日出起盥櫛，振衣入道場。寂然無他念，但對一爐香。日高始就食，食亦非膏粱。精麤隨所有，亦足飽充腸。日午脫巾簪，燕息窗下床。清風颯然至，臥可致羲皇。日西引杖屨，散步遊林塘。或飲茶一盞，或吟詩一章。日入多不食，有時唯命觴。何以送閒夜，一曲秋霓裳。一日分五時，作息率有常。自喜老後健，不嫌閒中忙。是非一以貫，身世交相忘。若問此何許，此是無何鄉。（頁492～493）

紛紛擾擾的世人，誰能逃脫死亡的命運。憂急追求名利的世人，又有幾人真正能得到富貴。樂天認為自己能在五十八歲的年紀，位居為三品的高官，實屬幸運。筋骸雖已早衰，但還不至瘠瘦疲憊；資產雖不豐富，還不到貧竭地步。登山之力猶在，酒興發時也不刻意約束，依舊如往昔般飲酒。心中無拘束牽掛，便覺日月漫長，天地遼闊無比。

人生本多愁，不外富貴利達，那些得志之人，心焦身苦，也容易引起別人的嫉妒。還不如學習樂天長閒逍遙，過著快活的日子，藉以消解人生的憂愁、苦悶。接著描述生活細節，早起盥洗，入佛堂對香靜坐。中午時分才用餐，所吃雖非精美食物，亦足以飽食。日午時分脫去巾簪，安逸躺在床上休息。清風颯然而至，閒臥之中彷如置身於羲皇之世。日西時分，引仗閒步在林塘邊，或者飲茶，或者吟詩。太陽西下後多不進食，有時只喝著酒，一曲霓裳舞衣曲便足以消磨閒夜。將一日分爲五部分，作息相當規律。自喜年老後反能在悠閒中忙碌，達到是非一視同仁，身心交相忘的境界。此種心境感受有如進入虛無之鄉，是一種烏托邦的理想境界。

　　不論自我目前的生活環境爲何，都能自我滿足、自足，即使面對自我居宅也是同樣的心態，都以擁有爲滿足，不必羨慕別人的宅第：

> 驛吏引藤輿，家童開竹扉。往時多暫住，今日是長歸。眼下有衣食，耳邊無是非。不論貧與富，飲水亦應肥。（〈歸履道宅〉，頁610）

> 門前有流水，牆上多高樹。竹逕繞荷池，縈迴百餘步。波閒戲魚鱉，風靜下鷗鷺。寂無城市喧，渺有江湖趣。吾廬在其上，偃臥朝復暮。洛下安一居，山中亦慵去。時逢過客愛，問是誰家住。此是白家翁，閉門終老處。（〈閒居自題〉，頁676）

> 小宅里閭接，疏籬雞犬通。渠分南巷水，窗借北家風。庾信園殊小，陶潛屋不豐。何勞問寬窄，寬窄在心中。（〈小宅〉，頁731～732）

以往只將洛陽履道宅視爲暫時居住之所，今日歸來卻有長住的打算。眼下無衣食之缺，耳邊無是非干擾，這樣的生活不論貧富，都能過著愜意的日子，心中既然快樂，即使飲水也能增肥。這座宅第周圍的環境是：門前有流水，牆上多高樹，竹樹圍繞著荷池。池中養著魚鱉，池邊也是鷗鷺逗留之地。此地感受不到城市的喧擾，頗有江湖之趣。樂天之廬便建在其上，早晚都在其中偃臥。既在洛陽城覓得此居，山

中也懶得去。時逢過客問是誰家住，自言白家翁閉門歸老處。樂天居宅不僅無塵世干擾，周圍環境還頗具詩意，詩人常在其中徜徉，並視為歸老之地。樂天的宅院雖不大，但仍以此自足，並舉庾信與陶潛為例，說明他們的宅院雖不大，但也能在其中自得其樂。宅院的大小又何須問呢！寬窄自在人心，不必因為外在的標準而自限其中。

　　樂天能滿足目前的生活，主要在於對外在事物要求不高，衣食溫飽外，其餘之物皆不強求，因而無太多煩惱產生，可以過著快意的生活，如〈有感三首〉其三描述的生活場景，是樂天最適意的生活方式：

> 往事勿追思，追思多悲愴。來事勿相迎，相迎亦惆悵。不如兀然坐，不如塌然臥。食來即開口，睡來即合眼。二事最關身，安寢加餐飯。忘懷任行止，委命隨修短。更若有興來，狂歌酒一盞。（頁469）

往事勿追思，追思只是徒增悲愴。來事也勿相迎，相迎中亦懷惆悵。還不如兀然端坐，或者倒下而臥，心中無所思。吃飯與睡覺兩事最關係到身體，只求安寢與飽餐。忘懷行止得失，生命長短交由命運安排，一切皆不強求。如果興致所至，便狂歌飲酒一番。日常生活樂天只關心吃飯與睡覺，只要能吃飽、睡足，其餘皆不願多想，多想只會增加自我煩惱，還不如忘懷得失、委命而行，如果能飲酒，那是更好，飲酒之中狂歌一曲，暢盡心中無限事。因為樂天所求不高，詩中多展現慵懶、閒放的生活樣貌，如〈慵不能〉：

> 架上非無書，眼慵不能看。匣中亦有琴，手慵不能彈。腰慵不能帶，頭慵不能冠。午後恣情寢，午時隨事餐。一餐終日飽，一寢至夜安。飢寒亦閒事，況乃不飢寒。（頁494～495）

架上之書因慵懶而不讀，匣中之琴因慵懶而不彈，腰帶因慵懶而不佩帶，頭冠也因慵懶而不戴，一切事物都因自我心性的慵懶而全都不作。不論吃飯或睡眠都相當隨意，隨心所欲。午時一餐便可終日飽食，午後一覺便可至夜晚都安眠。飢寒本是閒事，更何況自身又不飢寒，因而更顯悠閒。同樣的心態也呈現在底下的詩句中：

> 兀兀出門何處去，新昌街晚樹陰斜。馬蹄知意緣行熟，不
> 向楊家即庾家。（〈閑出〉，頁 561）
>
> 見月連宵坐，聞風盡日眠。室香羅藥氣，籠煖焙茶煙。鶴
> 啄新晴地，雞棲薄暮天。自看淘酒米，倚杖小池前。（〈即
> 事〉，頁 620）
>
> 午時乘興出，薄暮未能還。高上煙中閣，平看雪後山。委
> 形群動裏，任性一生間。洛下多閒客，其中我最閒。（〈登
> 天宮閣〉，頁 639）

騎著馬出門將往何處去，此時新昌街已至傍晚時分，馬蹄緣著熟路而行，不是往楊汝士、楊虞卿家便是往庾敬休之家。出門無一定的目的，讓馬兒隨性而行，詩句間流露閒行出遊的味道。樂天生活步調相當緩慢，有時見月便可連夜閒坐，聞風便可盡日而眠。還倚仗在小池前，閒看淘洗中造酒的米。有時午時乘著興致而出，薄暮之際尚未返家。登上天宮閣閒看後山之雪。雖置身在紛擾的人世卻可以任性而過，洛陽之地雖然多閒客，就屬樂天爲最閒之人，即使身爲官員，還可以乘興而出，閒玩名勝。洛陽閒適生活之樂到底爲何，樂天以〈詠所樂〉一詩含括此概念：

> 獸樂在山谷，魚樂在陂池。蟲樂在深草，鳥樂在高枝。所
> 樂雖不同，同歸適其宜。不以彼易此，況論是與非。而我
> 何所樂，所樂在分司。分司有何樂，樂哉人不知。官優有
> 祿料，職散無羈縻。懶與道相近，鈍將閒自隨。昨朝拜表
> 迴，今晚行香歸。歸來北窗下，解巾脫塵衣。冷泉灌我頂，
> 暖水濯四肢。體中幸無疾，臥任清風吹。心中又無事，坐
> 任白日移。或開書一篇，或引酒一卮。但得如今日，終身
> 無厭時。（頁 663～664）

先說明野獸、池魚、草蟲、飛鳥的樂趣皆不同，所樂雖不同，但同歸於適其所宜。而我有何樂，樂在分司一職。分司又何所樂，樂在人不知。官俸優厚、職位閒散；懶與道相近、鈍性與閒相隨。獨處的日子過得相當愜意，又慶幸自己身體無疾病，閒臥任清風吹拂。心中無事

牽掛，閒坐任時光流逝。或讀書一卷或飲酒一卮，若幸得當今生活，終身將無厭倦之時。以野獸、池魚、草蟲、飛鳥為例，說明不同性格，不同處境的萬物，各有不同的樂趣可追尋。樂天安於本分，追求屬於自我的快樂，這快樂又與懶鈍相隨，只求過著自在、閒適的生活，無意與政治有太多牽扯。況且目前自身處境優渥，自覺已多幸，不該再貪求什麼！

二、閒適詩的面向之二：以不足為滿足

這裡所言「以不足為滿足」，指的都是一般人眼中認為不足之處，樂天卻以另一種角度視之，將缺憾之事轉化為值得快樂的事情。底下將考察樂天在何種情況下，如何轉化世人既定的看法，變成一件樂事。首先，即使隨著年紀老大，容貌漸衰，白髮增多的情形，也能坦然接受，怡然自得，如〈白髮〉一詩所言：

> 白白髮生來三十年，而今鬚鬢盡皤然。歌吟終日如狂叟，衰疾多時似瘦仙。八戒夜持香火印，三元朝念蕊珠篇。其餘便被春收拾，不作閒遊即醉眠。（頁 783）

白髮生來已三十年，至今鬚鬢皆皤然。歌吟終日如狂叟，衰疾之時則像瘦仙。平常不是信仰佛教，行八關齋戒，便是在三元時節的早晨讀蕊珠道經。其餘皆被外在的春景所吸引，整日不是閒遊便是醉眠過日。

即使面對身體的疾病，樂天也是以另一種角度省視，不為疾病所苦，甚至面對年老也無憂懼之心，反戲稱不想與衰老有約：

> 足疾無加亦不瘳，綿春歷夏復經秋。開顏且酌尊中酒，代步多乘池上舟。幸有眼前衣食在，兼無身後子孫憂。應須學取陶彭澤，但委心形任去留。（〈足疾〉，頁 800）

> 不與老為期，因何兩鬢絲。纔應免夭促，便已及衰羸。昨夜夢何在，明朝身不知。百憂非我所，三樂是吾師。閉目常閒坐，低頭每靜思。存神機慮息，養氣語言遲。行亦攜詩篋，眠多枕酒卮。自慚無一事，少有不安時。（〈不與老

爲期〉，頁 845）

足疾的毛病從春天延續到秋天，病情也不見得好轉或變壞。病痛雖在，但還是開顏飲酒作樂或在池上泛舟尋樂。幸運的是，眼前有衣食，又無子孫的憂愁。應學習陶潛的處世態度，只求心適，無意自身去留問題。樂天不想與老有約，但爲何已見兩鬢絲。即使可以免去夭折，卻無法掩飾身體的衰老。閉目常閒坐，低頭每靜思，藉以存神養氣。行走之中亦帶著詩篋，睡眠之中多枕著酒卮，可見詩與酒是詩人行立睡眠間難以忘懷之物。自認無一事讓自己覺得慚愧，內心少有不安。即使體衰年老，樂天仍不向年紀低頭，過閒靜的生活，詩酒依舊不離身。年紀並不影響閒適生活的營造與樂趣的追求。

　　酷愛詩酒，樂天早有所言，但在歷史記載中，愛詩酒琴之人多爲薄命，如今樂天卻能打破此例，已屬幸運，加上自認所得已多，更是狂喜，寫下〈詩酒琴人，例多薄命；予酷好三事，雅當此料，而所得已多，爲幸斯甚。偶成狂詠，聊寫愧懷〉一詩記之：

> 愛琴愛酒愛詩客，多賤多窮多苦辛。中散步兵終不貴，孟郊張籍過於貧。一之已歎關於命，三者何堪併在身。只合飄零隨草木，誰教凌屬出風塵。榮名厚祿二千石，樂飲閒遊三十春。何得無厭時咄咄，猶言薄命不如人。（頁 718）

先提出古往今來愛琴愛酒愛詩之人多爲窮賤、苦辛之命。嵇康、阮籍終不富貴，孟郊、張籍又太過貧窮。賤、窮、苦辛三者之中，每一種遭遇都歸於命運的安排，但三種不幸的遭遇都集中在一人身上，情何以堪！樂天不僅愛琴、愛酒也愛詩，理當受到同樣不幸的待遇，但幸運的是，他卻享有榮名並領有二千石的厚祿，樂飲閒遊之中已過三十年。如此受到上天的眷顧，怎能語出咄咄，抱怨自己薄命不如人！自身既無遭受賤、窮、苦辛的折磨，又擁有榮名厚祿，即使日常生活有不足之處，自省之下，也該對目前處境感到自足。

　　另一件以不足爲滿足的事件，相當具有現代性眼光。當時的社會往往重男輕女，生女兒並不值得高興，如今樂天卻在詩歌歌頌自己女

兒生下外孫女一事：

> 今旦夫妻喜，他人豈得知。自嗟生女晚，敢訝見孫遲。物
> 以稀爲貴，情因老更慈。新年逢吉日，滿月乞名時。桂燎
> 熏花果，蘭湯洗玉肌。懷中有可抱，何必是男兒。（〈小歲
> 日，喜談氏外孫女孩滿月〉，頁 766）

今且樂天夫婦喜上眉梢，所喜之事恐怕爲外人所不知。自嗟生女太晚，本不敢奢望能抱上孫輩，但隨著外孫女誕生，白居易化身爲慈祥老人。因而當外孫女滿月的時候，樂天還爲她辦了一個慶賀筵席。即使是外孫女，樂天依舊高興，認爲懷中有兒可抱即可，何必一定要男孩呢！

三、閒適詩的面向之三：與好友分享閒適心情

樂天朋友眾多，與朋友往來的方式大都藉著詩歌，在閒適詩中吟詠閒適之情，樂天常寄與朋友一同分享，這些朋友也是樂天認定能理解他性格的人，試分析這些詩作呈現的意涵，先看〈寄皇甫賓客〉一詩：

> 名利既兩忘，形體方自遂。臥掩羅雀門，無人驚我睡。睡
> 足斗擻衣，閒步中庭地。食飽摩挲腹，心頭無一事。除卻
> 玄晏翁，何人知此味。（頁 471）

名利之心既兩忘，形體才能自遂。掩門而睡，無人可以驚擾樂天的睡眠。睡足之後抖落衣裳中的灰塵，並閒步在中庭。食飽後還在腹中摩挲，心頭無一事干擾。此種閒適心境除了皇甫鏞外，又有何人知此味。樂天急欲與好友分享閒適心情，而心態的陳述又非人人皆可告知。由此可見，樂天日常生活尋覓不到可以分享閒適心境的知己，於是藉著詩歌向好友陳述內心眞正的感覺。向好友陳述懶放心情的寫照也表現在〈懶放二首，呈劉夢得、吳方之〉二詩：

> 青衣報平旦，呼我起盥櫛。今早天氣寒，郎君應不出。又
> 無賓客至，何以銷閒日。已向微陽前，煖酒開詩袟。
> 朝憐一床日，暮愛一爐火。床暖日高眠，爐溫夜深坐。雀
> 羅門懶出，鶴髮頭慵裹。除卻劉與吳，何人來問我。（頁 671）

婢女進來傳報清晨已至，呼叫詩人起來盥洗。今早天氣寒冷，自想應
該不會出門。不出門又無賓客來訪，該何以消磨這悠閒之日。還不如
至微陽前，溫酒開詩帙，準備飲酒吟詩。早上眷戀在床日，晚上愛在
火爐邊取暖。床被的溫暖使得詩人可以日高而眠，火爐的溫暖可以讓
詩人在夜晚閒坐，也不會感覺寒冷。既懶得出門，頭髮也因慵懶而沒
有梳理。除了劉夢得、吳方之二人外，還有誰會來問候詩人呢！也只
能將平日懶放之心寄予二位分享，不然誰又能瞭解樂天眞正的想法
呢！

　　齋居日子的生活樣態，同樣具有閒適心情，樂天茲將「吏隱」生
活情趣寄予好友分享：

> 腥血與葷蔬，停來一月餘。肌膚雖瘦損，方寸任清虛。體
> 道通宵坐，頭慵隔日梳。眼前無俗物，身外即僧居。水榭
> 風來遠，松廊雨過初。褰簾放巢燕，投食施池魚。久別閒
> 遊伴，頻勞問疾書。不知湖與越，吏隱興何如。（〈仲夏齋
> 居，偶題八韻，寄微之及崔湖州〉，頁 545）

腥血與葷蔬已經暫時食用一個多月了，肌膚雖然變得瘦損，但心情還
是相當清虛。爲了體道有時連夜靜坐，頭髮也因慵懶，隔日才梳理。
眼前無俗物，身外如僧居的日子。水榭、松廊前風已遠去，雨才剛過，
褰起帘放巢燕出去，往池中投入食物餵魚。面對久別的元稹及崔湖州
心中頗爲想念，只能靠書信問候。不知元稹與崔湖州各身在湖州與越
州，能感受吏隱的趣味嗎？雖是透過書信向好友表達問候之意，但也
是將自我吏隱之狀況陳述在其中，希望能得到二人的共鳴。

　　有時與三五好友一同宴遊之趣，樂天當場創作，寫成詩歌贈送當
場諸位，如〈張常侍池、涼夜閒讌，贈諸公〉一詩：

> 竹橋新月上，水岸涼風至。對月五六人，管弦三兩事。留
> 連池上酌，款曲城外意。或嘯或謳吟，誰知此閒味。迴看
> 市朝客，砣砣趨名利。朝忙少遊宴，夕困多眠睡。清涼屬
> 吾徒，相逢勿辭醉。（頁 668）

竹橋上可以望見新月，水岸邊又有涼風至。在此佳景美地與好友一同

宴飲。同行者五六人，管弦在宴席間演奏著。在池上流連往返地飲酒，頗有城外之愜意。或嘯歌或謳吟詩歌，這股閒味外人誰能知曉？回頭看那些市朝客，孜孜矻矻地追尋名利，白天忙碌的生活以致沒時間遊宴，夜晚到時又因太過勞累而將時間多用在睡眠。夜晚的清涼意只有宴席間的這些人享受得到，既然如此，大家就來個不醉不歸。宴席間的樂趣，往往只有席間的諸位才能深刻體會，因而樂天懂得將此樂趣分享給席間的友人，大家一同歡醉，享受美麗的夜晚時光。

　　風雪之日晚起後，樂天書寫內心的閒適，並表達自身的處境，寫下一詩並呈給好友：

> 窮陰蒼蒼雪霏霏，雪深沒脛泥埋輪。東家典錢歸礙夜，南家糴米出凌晨。我獨何者無此弊，複帳重衾暖若春。怕寒放懶不肯動，日高眠足方頻伸。瓶中有酒爐有炭，甕中有飯庖有薪。奴溫婢飽身晏起，致茲快活良有因。上無皋陶伯益廊廟材，的不能匡君輔國活生民。下無巢父許由箕潁操，又不能食薇飲水自苦辛。君不見：南山悠悠多白雲。又不見：西京浩浩唯紅塵。紅塵鬧熱白雲冷，好於冷熱中間安置身。三年徵倖忝洛尹，兩任優穩為商賓。非賢非愚非智慧，不貴不富不賤貧。舟舟老去過六十，騰騰閒來經七春。不知張韋與皇甫，私喚我作何如人。（〈雪中晏起，偶詠所懷，兼呈張常侍、韋庶子、皇甫郎中雜言〉，頁 677～678）

窮陰蒼蒼、降雪霏霏的風雪日，積雪的深度足以埋沒車輪。東家為了典當錢，南家為了賣米不得不在風雪日出門奔波。樂天獨無此憂，尚在複帳重衾中享受溫暖的好眠。怕自己因天冷而凡事慵懶不想行動，因而直到太陽高昇睡飽後才願意起床。瓶中有酒，火爐中有炭火；甕中有飯，庖廚中有材薪，物物皆不缺。奴婢盡得溫飽，自身也晏起，這種快活的生活其來有故。上無才能可以輔助國君、救濟百姓，下無堅定的節操，可以效法巢父、許由過著苦辛的日子。南山的白雲多麼悠閒，西京的世界又多麼熱鬧非凡，彷如滾滾紅塵。但紅塵太過熱鬧，

白雲又太過冷清，還不如處於中間地帶，冷熱適中。三年爲河南尹，幸得兩任爲太子賓客。自認才能非賢非愚也非有智慧，處境非貴非富但不貧賤。冉冉老去六十年頭，閒來過日已經七年。姑將閒適之情寄予張常侍、韋庶子及皇甫郎中，不知私下他們將以何名稱呼吾身。詩中一方面書寫自我的幸運及所得已多，另一方面則希望處於中間地帶，不需太過兩極，可以安置自身。「吏隱」的生活型態及樣貌在此詩表現得更爲明顯，也透露樂天將以「吏隱」的心態度過此生。

既然擁有官職，享有一定俸祿，不用煩心日常生活支出，因而樂天也將生活重心轉向與好友一同出遊，並將出遊的快樂心情，選擇用詩歌記錄下來，如〈贈皇甫六、張十五、李二十，三賓客〉一詩：

> 昨日三川新罷守，今年四皓盡分司。幸陪散秩閒居日，好是登山臨水時。家未苦貧常釀酒，身雖衰病尚吟詩。龍門泉石香山月，早晚同遊報一期。（頁 698）

此詩創作於大和七年（833）〔註34〕，樂天身職太子賓客一職。樂天於大和七年四月罷河南尹，「昨日三川新罷守」當指此事。碰巧的是，自己與皇甫鏞、張仲方、李紳四人同一年俱爲太子賓客分司東都。好友三人皆爲閒散的職官，正是登山臨水好時機。家境未清苦貧因而可以常釀酒，身體雖常衰病但尚能吟詩。面對洛陽地區的龍門泉石以及香山月美景，期待能與好友一同出遊。底下的詩句亦呈現樂天與好友一同出遊的樂趣：

> 天宮閣上醉蕭辰，絲管閒聽酒慢巡。爲向涼風清景道，今朝屬我兩三人。（〈早秋登天宮寺閣，贈諸客〉，頁 722）
>
> 月好共傳唯此夜，境閒皆道是東都。嵩山表裏千重雪，洛水高低兩顆珠。清景難逢宜愛惜，白頭相勸強歡娛。誠知亦有來年會，保得晴明強健無。（〈八月十五夜，同諸客玩月〉，頁 722～723）

早秋之季與好友兩三人登上天宮寺閣遊玩，夜晚之時相醉飲，聽著管

〔註34〕同注29，頁 2118。

弦，喝著酒。面向涼風吹拂之地，今晚的清涼樂趣只有這幾人體會得到。八月十五日為滿月佳日，加上洛陽為閒地，更該把握此佳景，雖已白頭更該相勸一同歡娛。雖然此聚會明年亦有，但誰能保證明年每人還能擁有強健的身體！事事難料，還不如把握當下，及時行樂，不要因年老而拘束追求玩樂的本心。

　　隨著年紀的老大，也常出現以「老」字為題的詩歌，對於年老樂天並不哀傷，並將此心悟得的體會，陳述給親朋好友，如〈詠老，贈夢得〉一詩：

> 與君俱老也，自問老何如。眼澀夜先臥，頭慵朝未梳。有時扶杖出，盡日閉門居。懶照新磨鏡，休看小字書。情於故人重，跡共少年疏。唯是閒談興，相逢尚有餘。（頁735）

樂天自稱與夢得皆為老年人，自問人到老年又該如何度過呢？樂天的生活型態是一切皆隨意而過，夜晚之時若因眼睛乾澀無法讀書便早早睡眠，頭髮常因慵懶而不想梳理。有時扶仗而出，有時整日掩門而居。即使新磨好的鏡子也懶得照，年老後便不再看小字書。與老友的情分還在，相逢後必可興起閒談之趣。〈自詠老身，示諸家屬〉一詩也具相同旨趣：

> 壽及七十五，俸霑五十千。夫妻偕老日，甥姪聚居年。粥美嘗新米，袍溫換故綿。家居雖濩落，眷屬幸團圓。置榻素屏下，移爐青帳前。書聽孫子讀，湯看侍兒煎。走筆還詩債，抽衣當藥錢。支分閒事了，爬背向陽眠。（頁855）

樂天自言年紀已經七十五歲，每月的俸祿五千石。夫妻幸得偕同為老，甥姪俱在身邊。衣食相當樸實，家居的生活條件或許不夠優渥，但眷屬間幸能團圓在一起。置榻於素屏之下，移火爐到青帳前。閒聽孫子讀書聲，閒看侍兒煎湯藥。拿筆創作是為了償還詩債，抽取衣物是為了藥錢而典當。還將這些閒事辦了，把背面向太陽，享受溫暖的陽光。年紀已達高齡的樂天，對事物更不關心，生活相當隨意，日子也相當素樸，一家人的團聚是比任何事物都還重要。自己幸得活至此，又幸

得全家團聚，心中的喜悅是不待而言，因而詩中陳述的老年世界是如此詳和、自在舒服。

　　樂天除了將當下的閒適之情寄予友人一起分享的方式外，詩歌中還有另一種方式也是屬於這個範疇，就是以「和詩」的方式呈現，樂天欣賞完友人的詩作後，常心有同感，便以「和詩」的寫作方式附和兩人相同的心境。不同之處在於，前者是樂天主動寫作詩歌分享給友人，後者則是因閱讀友人詩作，興起感懷，和詩以作，表達自我與友人具有相同的意趣，如此更能拉近兩人的心理距離。如樂天在〈和《知非》〉一詩中，與元稹一同分享如何排遣是非之心的途徑：

> 因君知非問，詮較天下事。第一莫若禪，第二無如醉。禪能泯人我，醉可忘榮悴。與君次第言，爲我少留意。儒教重禮法，道家養神氣。重禮足滋彰，養神多避忌。不如學禪定，中有甚深味。曠廓了如空，澄凝勝於睡。屛除默默念，銷盡悠悠思。春無傷春心，秋無感秋淚。坐成眞諦樂，如受空王賜。既得脫塵勞，兼應離慚愧。除禪其次醉，此說非無謂。一酌機即忘，三杯性咸遂。逐臣去室婦，降虜敗軍帥。思苦膏火煎，憂深扃鎖秘。須憑百杯沃，莫惜千金費。便似罩中魚，脫飛生兩翅。勸君雖老大，逢酒莫迴避。不然即學禪，兩途同一致。（頁 484）

因元稹問道如何泯除人世間的是非之爭，樂天提出第一莫若學禪，第二則是飲酒。學禪可以泯除人我界線，飲醉可以忘卻榮悴之分。雖然儒家重視禮法之教，道家重視修養神氣，但都不如學禪定，其中甚有深味。曠廓之境界將視萬物一切爲空，澄凝的功用勝過睡眠。摒除雜念，銷盡平生事。所以，並不會因爲春天的到來而有傷春之心，也不會因爲悲秋情懷而落淚。禪定既可脫離塵勞，亦可離慚愧。除了禪定外，飲酒也是不錯的方式，一酌即可忘卻世俗之機心，三杯後即可遂性，回復眞本性，不受世俗牽絆、影響，以此勸勉元稹雖然頗有年紀，逢酒時莫迴避。並認爲學禪與飲酒達到的境界差不多，可說是殊途同歸。

　　樂天雖然過著頗爲自在、閒適的生活，但常尋覓不到相同處境的知己，在〈和裴令公《一日日一年年雜言》見贈〉一詩中，便是書寫自己與裴度同爲閒人的心境：

> 一日日作老翁。一年年過春風。公心不以貴隔我，我散唯將閒伴公。我無才能忝高秩，合是人間閒散物。公有功德在生民，何因得作自由身。前日魏王潭上宴連夜，今日午橋池頭遊拂晨。山客硯前吟待月，野人尊前醉送春。不敢與公閒中爭第一，亦應占得第二第三人。（頁 673）

此詩創作於開成二年（837）〔註 35〕，以一日日一年年計量單位，顯示著時光的流逝，樂天與裴度俱爲老翁。裴度身居高官〔註 36〕，但不因職貴而與樂天有所隔閡，而樂天也以閒適之心相伴。自認自己無才能卻能居高秩，宜是人間閒散物。裴度卻有所不同，公對天下百姓建有功德，如此重責大任之身竟也能暫時享受自由。前日在魏王潭上夜宴數日，今日在午橋池出遊。即使身居高官也可抽空享受閒適之情，因而不敢與公在閒中爭第一，只能暫居第二或第三位。詩句雖帶幽默，但可看出樂天喜與裴度同爲閒人，一同在洛陽尋找閒適之樂。

　　除了與好友分享自己的閒適心態，其他詩作中則以另一種型態與好友分享，就是直接召集朋友一同來享受此趣，因而詩題中多有「招」字出現，如〈新昌閒居，招楊郎中兄弟〉一詩：

> 紗巾角枕病眠翁，忙少閒多誰與同。但有雙松當砌下，更無一事到心中。金章紫綬堪如夢，皂蓋朱輪別似空。暑月貧家何所有，客來唯贈北窗風。（頁 559）

裏著紗巾，敧著枕頭爲病眠翁，忙少閒多的日子又有誰與之相同！有時在雙松砌下邊閒坐，都無一事到心中。雖被授與金章紫，但再看彷

〔註 35〕同注 29，頁 2052。

〔註 36〕《舊書》卷 170 本傳：「（大和）八年三月，以本官判東都尚書省事、充東都留守。九年十月，進位中書令……開成二年五月，復以本官兼太原尹、北都留守、河東節度使」《舊記》同。則是年春度仍在東都。參見同注 29，頁 2052。

如一場夢，官位是如此不切實際。皂蓋朱輪等華屋華車，轉眼間便成
一場空，也不值得眷戀。正值悶熱的暑月，樂天一人在新昌宅閒居，
希望招楊汝士兄弟一同前來，但貧家該如何招待賓客呢？客來就贈送
北窗之風，雖生活環境不算華麗，但待客之心卻是十分真誠。同樣是
在長安新昌宅，樂天此次則以飲酒為由，希望再招楊汝士一同前來小
飲：

> 地偏坊遠巷仍斜，最近東頭是白家。宿雨長齊鄰舍柳，晴
> 光照出夾城花。春風小榼三升酒，寒食深爐一碗茶。能到
> 南園同醉否，笙歌隨分有些些。（〈自題新昌居止，因招楊
> 郎中小飲〉，頁 589）

樂天的新昌宅座落於地偏坊遠之地，昨夜之雨使得鄰舍的柳樹一一長
齊，今日的晴光又使得滿城花朵綻放。在此日，樂天已準備好三升酒
及一碗茶，希望招楊汝士前來同醉，隨著笙歌一同小飲。

　　樂天居住在洛陽履道宅中，閒居之際也是希望能招好友一同來享
受此種開放之情，如〈閑居偶吟，招鄭庶子、皇甫郎中〉：

> 自哂此迂叟，少迂老更迂。家計不一問，園林聊自娛。竹
> 間琴一張，池上酒一壺。更無俗物到，但與秋光俱。古石
> 蒼錯落，新泉碧縈紆。焉用車馬客，即此是吾徒。猶有所
> 思人，各在城一隅。杳然愛不見，搔首方踟躕。玄晏風韻
> 遠，子真雲貌孤。誠知厭朝市，何必憶江湖。能來小澗上，
> 一聽潺湲無。（頁 820～821）

自比為迂叟，老年時期比少年時期更顯得迂拙。家庭生計不過問，只
在園林中自娛。其中的陳設相當簡單，竹間擺一張琴，池上放著一壺
酒，更無俗物到，只與秋光同在。錯落的古石與碧綠的泉水即為知音，
焉需車馬客來訪？話雖如此，但仍有思念的友人各在城市一邊。還自
比履道宅中的閒趣可比擬泛遊於江湖之上，希望以此招二人前來，一
同前在小澗，聽聽潺湲的泉水聲。

　　樂天在洛陽過著閒意的生活，「宴遊」常是詩歌筆下的題材，一
日樂天與諸客宴遊後，不僅將此心情陳述給友人，並藉詩歌招劉夢得

一同來遊玩，此種情況便是〈分司洛中多暇，數與諸客宴遊，醉後狂吟，偶成十韻，因招夢得賓客，兼呈思黯奇章公〉一詩描述的：

> 性與時相遠，身將世兩忘。寄名朝士籍，寓興少年場。老
> 豈無談笑，貧猶有酒漿。隨時來伴侶，逐日用風光。數數
> 遊何爽，些些病未妨。天教榮啓樂，人恕接輿狂。改業爲
> 逋客，移家住醉鄉。不論招夢得，兼擬誘奇章。要路風波
> 險，權門市井忙。世間無可戀，不是不思量。（頁766）

本性與時俗認知相差甚大，還希望身將世兩忘。雖寄名在朝士列，卻寓興在少年場。老年豈無談笑歡樂之地，雖貧窮還有酒漿可飲。隨時都在徵求伴侶一同在洛陽城中遊玩，看盡洛陽風光。數次出遊的心情多麼爽快，即使身體有著些許病痛也無妨，追尋快樂及狂放之情溢於言表，幾可比擬爲榮啓期之樂、接輿之狂。其實可以改業爲仕途上的逋客，移家到醉鄉中。不僅希望以此種心態招來夢得，還要寄予牛僧孺一同分享。要路風波太險要，權門市井又太過忙碌，世間無可留戀之物，不是不思量，只是思量過後更加速這樣的決定。因爲看透政治場的險惡，即使身爲官職，也將此心放縱在遊玩、飲酒。

　　此時期交友方面的閒適詩較爲特別的現象是「以物爲友」，樂天將某些物品擬人化，視爲知己般對待，如〈雙石〉一詩：

> 蒼然兩片石，厥狀怪且醜。俗用無所堪，時人嫌不取。結
> 從胚渾始，得自洞庭口。萬古遺水濱，一朝入吾手。擔舁
> 來郡內，洗刷去泥垢。孔黑煙痕深，罅青苔色厚。老蛟蟠
> 作足，古劍插爲首。忽疑天上落，不似人間有。一可支吾
> 琴，一可貯吾酒。峭絕高數尺，坳泓容一斗。五弦倚其左，
> 一杯置其右。窪樽酌未空，玉山頹已久。人皆有所好，物
> 各求其偶。漸恐少年場，不容垂白叟。迴頭問雙石，能伴
> 老夫否。石雖不能言，許我爲三友。（頁461～462）

青綠的兩塊石頭，外型相當奇怪且醜陋。以世俗的眼光來看，它們簡直百無一用，因而一般人多不取用。樂天在洞庭湖口發現他們的蹤跡，萬古以來被遺棄在湖水濱，無人注目，直到今日才入吾手。樂天拾獲

後將其放置到郡宅內，先將刷洗外表以去除污垢。卻驚訝地發現它的
色澤與形狀相當特別，一個似老蛟蟠盤腳，另一個似古劍插在頭上。
忽疑天上掉下的寶物，人間不復有。其作用頗多，一可支撐琴的重量，
一可貯存酒。人皆有有喜好之物，物品也各自尋找相當的伴侶。還恐
怕自己年老的個性不容於少年場，回頭反問雙石，是否願意陪伴自己。
石頭雖不能言語，但樂天揣摩雙石的心意，把二石一樂天並爲三友。
由此也可見出，樂天對物品的審美價值已超越實用價值，即使是外人
眼中的奇石怪物，仍可從中發掘另類的趣味。

　　除了石頭外，琴、酒、詩三物皆是樂天之友，年老之際有竹、石
相伴，生活也過得較爲愜意，不至孤單：

> 今日北窗下，自問何所爲。欣然得三友，三友者爲誰。琴
> 罷輒舉酒，酒罷輒吟詩。三友遞相引，循環無已時。一彈
> 愜中心，一詠暢四肢。猶恐中有間，以酒彌縫之。豈獨吾
> 拙好，古人多若斯。嗜詩有淵明，嗜琴有啓期。嗜酒有伯
> 倫，三人皆吾師。或乏儋石儲，或穿帶索衣。弦歌復觴詠，
> 樂道知所歸。三師去已遠，高風不可追。三友游甚熟，無
> 日不相隨。（〈北窗三友〉，頁 665～666）

> 一片瑟瑟石，數竿青青竹。向我如有情，依然看不足。況
> 臨北窗簷下，復近西塘曲。筠風散餘清，苔雨含微綠。有
> 妻亦衰老，無子方煢獨。莫掩夜窗扉，共渠相伴宿。（〈北
> 窗竹石〉，頁 822）

樂天在北窗下欣然得琴、酒、詩三友，三友彼此之間還遞相引，彈琴
罷後便飲酒，飲酒過後又吟詩，如此循環無止休。一彈琴便可使內心
感到滿足，一吟詠詩歌便可使四肢通暢，中間的空缺則以飲酒彌補。
這些僻好豈吾獨自有，古人多有斯矣！嗜詩者如陶淵明，嗜琴者如榮
啓期，嗜酒者如劉伶，三人皆爲吾師。可惜三師已遠去，高風遺節不
可追，但與琴、詩、酒三友交遊甚熟，每日相隨在詩人左右。北窗的
竹石，樂天也將其視爲朋友，依舊相看兩不厭。況且又面臨北簷下，
靠近西塘曲，座落在風景清涼之地。年老之際雖有妻子相伴，但妻子

總會衰老，加上無子的哀傷，老年之際益覺煢獨，相形之下還是竹石爲伴最佳。因而莫把北窗掩上，希望與竹石一同相伴度過夜晚，以消解老年的孤寂。

四、閒適詩的面向之四：親近自然

此時期親近自然之作，也是分爲「遊山玩水」以及「營造居家休閒意境」兩方面論述。遊山玩水之作，樂天不一定要與大自然有所接觸，此階段的閒適詩由於創作地點較爲不拘，官舍內隨筆寫來，只要具有閒適情調的詩歌，都算是閒適詩。例如樂天任職蘇州刺史期間，有些創作閒適詩的地點便在居家環境中，此類作品描寫樂天在幽寂之境體驗到的幽獨之情，如底下二詩：

> 樹綠晚陰合，池涼朝氣清。蓮開有佳色，鶴唳無凡聲。唯此閒寂境，愜我幽獨情。病假十五日，十日臥茲亭。明朝吏呼起，還復視黎甿。（〈北亭臥〉，頁 456）
>
> 溫溫土爐火，耿耿紗籠燭。獨抱一張琴，夜入東齋宿。窗聲度殘漏，簾影浮初旭。頭癢曉梳多，眼昏春睡足。負暄簷宇下，散步池塘曲。南雁去未迴，東風來何速。雪依瓦溝白，草遶牆根綠。何言萬戶州，太守常幽獨。（〈宿東亭曉興〉，頁 462）

樂天的病假共十五天，其中就有十日都待在此亭閒臥。北亭周遭的景象：樹綠晚陰合，池涼朝氣清，蓮開有佳色，鶴唳無凡聲，都象徵此地的閒寂。閒寂境界正好可以滿足樂天的幽獨之情。今日過後，明日又得回到職位上，善盡刺史職務。趁著病假期間，來到閒寂之地接觸大自然，享受幾日的悠閒時光。或描述樂天夜宿東亭的情況。東亭內有著溫暖的火爐以及光亮的紗製燈籠蠟燭。樂天獨抱一張琴，徑入東齋內夜宿。享受一夜的自由與清閒，隔日醒來閒梳頭或者閒步在池塘邊。暫時脫離太守職位便是詩人身份，不必爲政務操心，可以盡情享受幽獨的情境，隨意創作詩歌。

之後，樂天任職太子賓客分司一職，依舊喜愛尋幽境，尋找的範

圍不離居家環境，如〈池上夜境〉一詩：

> 晴空星月落池塘，澄鮮淨綠表裏光。露簟清瑩迎夜滑，風
> 襟瀟灑先秋涼。無人驚處野禽下，新睡覺時幽草香。但問
> 塵埃能去否，濯纓何必向滄浪。（頁 496）

晴朗夜晚，星空盡映入池塘中，澄鮮淨綠泛著光芒。露在外面的竹席
也因夜晚露珠滴落而顯得清瑩，衣襟因風的吹拂感受到秋天的涼意。
野禽停留處在池塘邊，無人干擾，池邊幽草的花香也陣陣飄來。只問
是否能除去塵埃，想在紅塵中找尋人生樂土，如同濯纓何必向滄浪！
可見，幽寂之境存在於生活周遭，端看人心是否能體會出其中的幽獨
之情。底下二首也是描述樂天在水池邊獲得的閒適之樂：

> 柳老香絲宛，荷新鈿扇圓。殘春深樹裏，斜日小樓前。醉
> 遣收杯杓，閒聽理管弦。池邊更無事，看補採蓮船。（〈池
> 邊〉，頁 710）

> 水積春塘晚，陰交夏木繁。舟船如野渡，籬落似江村。靜
> 拂琴床席，香開酒庫門。慵閒無一事，時弄小嬌孫。（〈池
> 上早夏〉，頁 798）

先描寫池邊之景色，再將目光轉移到詩人身上。飲醉後遣人收拾杯杓，
詩人自在閒聽管弦。池邊更無事可做，還在一旁閒看採蓮船。或在早
夏時節拂琴自彈或者準備飲酒作樂，因心慵而無事可做，還時弄小嬌
孫，可見樂天的日子過得相當清閒。

除了居家環境獲得的幽情外，走出戶外，在寺廟或船中也能享受
同樣的感受，如：

> 雲樹玉泉寺，肩舁半日程。更無人作伴，祇共酒同行。新
> 葉千萬影，殘鶯三兩聲。閒遊竟未足，春盡有餘情。（〈獨
> 遊玉泉寺〉，頁 635）

> 潭邊霽後多清景，橋下涼來足好風。秋鶴一雙船一隻，夜
> 深相伴月明中。（〈舟中夜坐〉，頁 637）

樂天坐著轎子往雲樹縹緲間的玉泉寺邁進，行程大約半日才到。無人
作伴，只有酒陪伴著詩人。新長出的葉子在風的吹拂下幻成千萬影，

鶯鳥在其中閒啼兩三聲。春天雖盡，但遊玩之心仍沉浸在玉泉寺的林中。第二首描寫水潭邊的景象因霽後放晴而顯得清亮，橋下吹來的涼風使全身身舒暢。樂天獨在船中夜坐，與秋鶴相伴在月明夜色中。底下二首也是描寫樂天夜宿寺廟及出遊平原之樂：

> 高高白月上青林，客去僧歸獨夜深。葷血屏除唯對酒，歌鐘放散只留琴。更無俗物當人眼，但有泉聲洗我心。最愛曉亭東望好，太湖煙水綠沉沉。（〈宿靈巖寺上院〉，頁 549）
>
> 夏早日初長，南風草木香。肩輿頗平穩，澗路甚清涼。紫蕨行看採，青梅旋摘嘗。療飢兼解渴，一盞冷雲漿。（〈早夏遊平原迴〉，頁 713）

樂天此次去靈巖寺，已開始齋戒，即不食葷腥，不過他沒有戒酒，歌舞鐘鼓停了以後，只留下琴，等待自己撫弄。此時沒有世俗之物來成為眼障，只有清澈、悅耳的泉水聲洗滌他的心靈。最愛於天曉之際在亭上東望，閒看太湖之水綠沉沉的景象。早夏之季，白天顯得較長，南風吹來草木的香味。坐在轎中頗為平穩，行駛過小澗倍覺清涼。沿途中閒採紫厥，剛採下的青梅也隨即品嚐，實用後不僅可以止飢還兼止渴，彷彿飲用一杯冰涼的仙酒。

　　天氣悶熱，樂天便到香山寺石樓潭夜浴，享受片刻清涼，如〈香山寺石樓潭夜浴〉一詩：

> 炎光晝方熾，暑氣宵彌毒。搖扇風甚微，褰裳汗霢霂。起向月下行，來就潭上浴。平石為浴床，窪石為浴斛。綃巾薄露頂，草屨輕乘足。清涼詠而歸，歸上石樓宿。（頁 495～496）

炎熱的陽光使得白天熾熱無常，暑氣到了夜晚反更形嚴重。搖扇所得之風甚小，用手提起衣服，汗珠彷如小雨。起而向月行，不如來潭上沐浴。在潭中沐浴，如同以潭中平坦的大石為浴床，以凹陷的石頭作為浴盆，天然的浴池，不亦樂乎！清涼過後詠歌而歸，再於石樓上夜宿。從悶熱到清涼，此中的快樂、自足，是樂天欲表達的心情。

　　至於開發居家環境方面，樂天主要藉著發掘居家環境，以求得幽

境閒情的況味，如〈葺池上舊亭〉一詩描述的：

> 池月夜淒涼，池風曉蕭颯。欲入池上冬，先葺池上閤。向暖窗戶開，迎寒簾幕合。苔封舊瓦木，水照新朱蠟。軟火深土爐，香醪小瓷榼。中有獨宿翁，一燈對一榻。（頁 493）

池邊的月色在夜晚更顯淒涼，池邊之風在清晨更顯勁瑟。如果想要進入池上過冬，則必須先修補池上之閤樓。若有陽光之日則可開窗戶迎接溫暖，若寒冷則可將簾幕閉合。在此亭既可觀賞月景，也可聆聽風聲，又可享有室內的溫暖火爐，飲用著濃厚的小酒，享受夜晚的寂靜。

其餘皆圍繞在水亭或者與水相關的建築物，例如〈府西池北新葺水齋，即事招賓，偶題十六韻〉、〈重修府西水亭院〉、〈西街渠中種蓮壘石，頗有幽致，偶題小樓〉等詩，樂天對「水」情有獨鍾，常在水流經過處，開發出獨特的景致，以〈宅西有流水，牆下搆小樓，臨玩之時，頗有幽趣。因命酒歌，聊以自娛。獨醉獨吟，偶題五絕〉一詩為代表：

> 伊水分來不自由，無人解愛為誰流。家家拋向牆根底，唯我栽蓮起小樓。（頁 759）

伊水命中注定身來不自由，沒有人懂得愛惜伊水，那麼它又將為誰而流呢？家家戶戶並沒有對它多加關注，任憑它在牆腳下流過，只有樂天在其中栽植蓮花，在其身邊建造小樓，展現樂天特有的詩趣。

前述已言樂天前集閒適詩的特點歸納為四大面向，筆者在此也是先依照同樣的標準考察寶曆元年後閒適詩的呈現，僅就筆者觀察所得，論述前後集閒適詩內涵的差異與擴大之處。樂天在後集依舊將自我定位在「不才」的位置，反覆吟詠自己的個性無能、迂拙，因而可以為閒人、鈍人。常自足於目前的生活狀態，前集中樂天不論面對政治的順境或逆境，都能坦然以對，調整自我心態。此時期的樂天因官位越來越順遂，無所謂政治逆境的產生，詩歌中歌詠的閒適之情更為愜意，生活也過得更好，並以「河洛間一幸人」稱謂自己目前的狀態。富貴名利早已不看重，也非追求的目標，衣食溫飽外，常以慵懶為由，不

願作其他事情，多在閒眠、閒臥中度過，甚至常不出門，與外界刻意保持一定的距離。此階段的閒適詩仍有「以不足為滿足」的情性體現，樂天依舊可以轉化世俗的觀點，從不圓滿的事情中體會出不一樣的情調，只是隨著樂天年紀的老大，題材也有所轉移，這時期多關注在身體的變化及死亡的相關問題，例如白髮、生病、早夭的相關題材。

　　人際關係方面，前集閒適詩凝聚的對象包含古人與現今的友人，通常透由文字的閱讀或親自拜訪舊宅，思慕古人的高節逸行；或者透過與友人的直接往來，表達相處之樂或欣羨其人的高義之行，不論如何，無非都是想透露自己交往的社群範圍，以此形塑自我個性特色。到了後集，閒適詩凝聚的對象主要是友人，主要以詩歌往來及直接邀約友人的方式呈現，詩歌往來有時是將自我的閒適之情寄予友人一同分享，有時則以「和詩」的方式，藉由閱讀、唱和的方式表達彼此心中相似的閒適情調。較特別的地方在「以物為友」，將外在的石、竹等物視為交遊對象。「分享閒適」這類型詩作在後集中數量明顯增多，包括外在的幽境與內在的適意，往往想與友人分享，因而藉由題贈、酬唱、書信或者直接邀約的方式一同來分享，可看出後期樂天推廣閒適的積極性，以及執著追求閒適的心境及態度。

　　至於「親近自然」這部分，也是樂天閒適詩強調的部分。樂天不論身處何地，都喜愛與大自然親近，更會利用周圍環境，把官舍布置得具有山水之趣。每到一個環境便開始物色居處，布置環境，成為樂天的獨特點，在前後集詩中均有呈現，後集描寫較前集更為細膩，但均以「水景」為重。關於遊山玩水部分，前集閒適詩較著重描述因外有適意物、內無心事牽絆所得出的幽適情性，並不一定要侷限到某一地，可以因一景、一事或一物便能觸發詩人閒適詩的寫作。後集的閒適詩則通常於一景之中言內心的閒適，有時透過幽寂之境的探訪言幽獨之情，或者描述一景之時便已注入閒情的成分。可見詩人在後集的閒適詩中更可在平常情景中體現閒適的味道。

　　後期閒適詩有一類特別被樂天提到，就是「飲酒」的部分，常以

飲酒爲主題言內心的泰然，例如〈卯時酒〉所言：「五十年來心，未如今日泰」（頁467），又如〈對酒五首〉、〈勸酒十四首〉、〈卯飲〉等詩作。前集閒適詩中樂天當然也會提到酒，但都不如此時詳細地說到自己飲酒的時間、飲酒的功用。綜上所述，前後集的閒適詩特點大體而言差異性不大，後集的閒適詩往往比前集詩作更有所發揮，說明也更透徹。這樣的現象正好說明：樂天晚年的生活大都在閒適中度過，後集的閒適詩數量也比前集增加許多，大都沉浸在閒適氛圍當中，因而樂天也不需特別標明閒適詩。

第四節　閒適詩理論與作品的相互印證──「斂理入情」的意義與呈現

樂天對「閒適詩」既提出理論根據，又有實際作品呈現，有助於考察「閒適詩」理論與作品間的相關性。前章提過閒適詩的核心議題在「吟詠情性」，體現的面向不外乎「獨善」與「知足保和」兩面向。「獨善」與「知足」的概念在先秦時代均被視爲哲學命題，前者是儒家探討士人出處命題，後者是是道家勸勉世人持盈保泰、明哲保身之道。觀點不同，但皆觸及個人安身立命的途徑。樂天在閒適詩運用這兩個概念，也可看出樂天欲在閒適詩中尋求一己之安頓。樂天不僅在閒適詩觀提及「獨善」與「知足」概念，在詩歌創作過程中，也將觀念內化至詩歌中，哲學命題如何放進詩歌討論，這是樂天閒適詩另一獨特考察點，理性的哲學內涵運用在感性的詩歌書寫，這種書寫特色，筆者稱之爲「斂理入情」──在抒情的詩歌中加入理性的哲學思考。

「斂理入情」勢必要將傳統的哲學內涵有所轉化，才能運用到詩歌當中，底下將根據閒適詩觀呈顯出的兩大情性面向「獨善」、「知足保和」加以探討。考察樂天如何轉化「獨善」與「知足」概念，並觀察轉化後的觀念，如何在閒適詩中開展，最後歸納閒適詩「斂理入情」的意義與呈現面向。以期更能掌握樂天閒適詩的特色，突顯樂天閒適

詩在中國詩學的地位，以及樂天如何開展情性觀念。

一、「獨善」面向的體現

（一）「獨善」之義的原始論述

　　中國士人一向具有強烈的自我實現意識，所追求無非是後人所謂的「三不朽」——「立德」、「立功」、「立言」〔註37〕。概括言之，便是對「名」的追求。「名」作爲自我價値獲得社會認可的標誌，因而古代士人對名的追求也特別強烈，孔子曾言：「君子疾沒世而名不稱焉」〔註38〕，屈原在〈離騷〉也云：「老冉冉其將至兮，恐脩名之不立」〔註39〕，都呈顯出：文人害怕自身隨著時光流逝卻一事無成的茫然感。加上傳統儒家賦予「士志於道」〔註40〕的偉大情操，要求每位士人必須超越自己個體和群體的利害得失，深厚關懷整個社會、國家〔註41〕，甚至在「仕」的問題上，孔子已強調士人應當考慮的乃是「道」的得失而非個人的利害，提出「君子謀道不謀食。耕也，餒在其中矣。學也，祿在其中矣。君子憂道不憂貧」〔註42〕，強調士的價値取向必須以「道」爲最後的依據。不論傳統士人爲了「名」的追求或對「道」的闡揚，基本上都希望在政治上有所作爲，因而古

〔註37〕《左傳》襄公二十四年「太上有立德，其次有立功，其次有立言，雖久不廢，此之謂不朽」，參見楊伯峻編著：《春秋左傳注》（臺北：洪葉出版社，1993 年 5 月），頁 1088。

〔註38〕見《論語・衛靈公》，參見《論語注疏》（北京：北京大學出版社，1999 年 12 月），頁 214。

〔註39〕見宋・洪興祖：《楚辭補注》（臺北：大安出版社，1995 年 6 月），頁 16。

〔註40〕見《論語・里仁》：「士志於道，而恥惡衣惡食者，未足與議也」，參見同註 38，頁 50。

〔註41〕余英時：「所以中國知識階層剛剛出現在歷史舞臺上的時候，孔子便已努力給它貫注一種理想主義的精神，要求它的每一個分子——士——都能超越他自己個體的和群體的利害得失，而發展對整個社會的深厚關懷」，參見余英時：《中國知識階層史論》〈古代篇〉（臺北：聯經出版社，1997 年 4 月），頁 38。

〔註42〕見《論語・衛靈公》，參見同註 38，頁 216。

代士人與政治的關係相當密切,政治可視爲中國知識階層唯一有「價值」的行爲。〔註43〕當士人將政治視爲唯一有價值的行爲時,便在政治圈中積極謀求一己之位,但理想性與現實性總存有一段差距,現實政治環境無法滿足每位士人皆擁有一官之位;即使身爲政府官員,日後的政途也絕非一帆風順,政治環境的詭譎多變,又豈能預料得到!士人在不得志的情況下,「懷才不遇」主題的文學書寫大量增加〔註44〕。一方面可知士人對政治的看重與執著,另一方面也可窺出士人面臨政治失敗後,找尋不到安身立命的處所。

　　傳統儒家多將焦點放在如何培養士人具有修身、齊家、治國乃至平天下的本事,若在政治場遭遇失敗,該如何自處,相較之下,重要性則被忽略。例如,孔子的理想人格是「博施於民而能濟眾」〔註45〕,

---

〔註43〕呂正惠:〈中國詩人與政治〉:「試問,在世界各文化傳統之中,有那一個知識階層像中國古代的知識分子一樣,和政治具有這樣密切的關係:政治是中國知識階層唯一有『價值』的行爲,其他任何活動,如果還值得做的話,也是因爲和政治可以聯繫得起來,至少知識分子『相信』可以聯繫起來」,參見呂正惠:〈中國詩人與政治〉,收入呂正惠:《抒情傳統與政治現實》(臺北:大安出版社,1989年9月),頁223。

〔註44〕相關的討論可參見張仲謀所言:「出仕爲官,兼濟天下,這種單一而渺茫的價值取向,使得歷代士人不斷重複著相似的人生軌跡,同時也釀成無數的人生悲劇」,參見張仲謀著:《兼濟與獨善——古代士大夫處世心理剖析》(北京:東方出版社,1998年2月),頁35。劉明華:「懷才不遇便成爲文學的主題。從作品體裁看,有一個從賦到詩的過程。董仲舒有《士不遇賦》,司馬遷有《悲士不遇賦》,陶淵明有《感士不遇賦》,阮籍的《詠懷》是在詩中感士不遇,陳子昂第一個以「感遇」作爲詩的題目,而且一寫就是一組,38首」,參見劉明華:《叢生的文體——唐宋文學五大文體的繁榮》(南京:江蘇教育出版社,2002年1月),頁52。士人遭受「貶謫」命運,也算是懷才不遇的類型,尚永亮則根據元和時期五大詩人的貶謫命運探討中國文學中的「貶謫文學」,詳見尚永亮著:《元和五大詩人與貶謫文學考論》(臺北:文津出版社,1993年12月)

〔註45〕見《論語·雍也》:「子貢曰:『如有博施於民而能濟眾,何如?可謂仁乎?』子曰:『何事於仁!必也聖乎!堯、舜其猶病諸!夫仁者,己欲立而立人,己欲達而達人。能近取譬,可謂仁之方也已』」,參見同註38,頁83。

但事實證明其理想一再受挫，他便提出一套出處兩宜的原則進行自我安慰：「天下有道則現，無道則隱」、「用之則行，捨之則藏」〔註46〕，但重點還在「出仕」，自處之道是用在無法出仕的不得已之途。眞正爲傳統士人提出一套立身處世原則，並影響後世甚大的是孟子在〈盡心〉篇說道：

> 故士窮不失義，達不離道。窮不失義，故士得己焉。達不離道，故民不失望焉。古之人得志，澤加於民；不得志，修身見於世。窮則獨善其身，達則兼善天下。〔註47〕

孟子在這裡談了作爲士人處理「窮」與「達」不同情況下應持的操守：一、窮不失義，達不離道。二、得志，澤加於民；不得志，修身見於世。三、窮則獨善其身，達則兼善天下。「窮」與「達」應解釋爲個人在政途上的顯達與否。認爲士人得志之時，該發揮自己的長才，爲天下百姓謀福利；不得志之時，退而修養自我身心。「獨善其身」是講個人的修養，在理想不得實行（也就是面對仕途不如意）之時，要堅持自己的操守，不做不合義理的事以謀求富貴。「兼善天下」的目的是要「澤加於民」，在可以實行自我政治理想的時候，更應該不離正道，不違背自己的政治理想，付諸實行，爲天下百姓謀福利。

　　孟子提出「兼濟」與「獨善」這兩大概念，做爲士人進退處世的一套標準，在此「兼濟」與「獨善」兩大意涵並不衝突，因爲孟子講「兼濟」的時候並非不說「獨善」，講「獨善」的時候也沒有忽略「兼濟」之志。它們只是同一政治品德原則在不同政治形勢下的不同體現，是完全統一於政治理想或「道」的，也就是要求人們無論在政治形勢有利或不利的情況下都要堅持自己的理想和節操。〔註48〕「獨善」與

〔註46〕分別見於《論語・泰伯》、《論語・述而》，參見同注38，頁104、87。

〔註47〕見《孟子・盡心上》，參見《孟子注疏》（北京：北京大學出版社，1999年12月），頁355。

〔註48〕張安祖：〈「兼濟」與「獨善」〉，《文學評論》1983年第2期，頁132。

「兼濟」可謂相輔相成，以修養自身品德爲基礎，希望達到進入中央體制目的。即言之，修養自身的同時也可以有「兼濟」天下的理想；進入仕途後，實施政治理想的同時也不忘隨時修養自身品德。因而「窮則獨善其身，達則兼善天下」，被歷來知識分子奉爲圭臬。

（二）樂天閒適詩中「獨善」之義與實踐

樂天在〈與元九書〉提出「兼濟」與「獨善」兩大概念，其中的一段話典型地體現他的思想狀況：

> 古人云：窮則獨善其身，達則兼善天下。僕雖不肖，常師此語。大丈夫所守者道，所待者時。時之來也，爲雲龍，爲風鵬，勃然突然，陳力以出；時之不來也，爲霧豹，爲冥鴻，寂兮寥兮，奉身而退。進退出處，何往而不自得哉？故僕志在兼濟，行在獨善：奉而始終之則爲道，言之發明之則爲詩。謂之「諷諭詩」，兼濟之志也。謂之「閒適詩」，獨善之義也。故覽僕詩，知僕之道焉。（頁964～965）

樂天這裡所指的古人便是孟子，自言常拿「窮則獨善其身，達則兼善天下」此語當座右銘。大丈夫堅持的是真理，等待的是時機。時機到來，便像雲中的龍、風中的大鵬，毫不猶豫拿出自己的才能奮力前進；時機若不來，則像隱入雲霧中的豹子，飛入高空的大鵬，無聲無影地隱退。不論進、退，建立功業也好，退隱閒居也好，都無入而不自得。自認其志向在兼濟天下，行爲準則在獨善其身。將此行爲準則貫徹始終便是「道」的闡發，用語言文字表達出來，便是詩歌。稱爲「諷諭詩」的，體現樂天兼濟天下的志向；稱爲「閒適詩」的，則反映獨善其身的內容。觀其詩，則可知其之爲人。

由上可知，「兼濟」是受「時」的條件制約，時之不來，「兼濟」之志無法實行，但「獨善」則不受「時」的影響，完全可以由個人掌握。樂天將「兼濟」視作「志」，「獨善」視爲「行」，「志」與「行」相搭配，「兼濟」與「獨善」並不互相衝突，反而相輔佐，左右著樂天的行爲處世。即使樂天得志，身爲政府官員，關心百姓，寫作諷諭詩

之餘，仍可創作閒適詩。值得注意的是，儒家的思想，在此被樂天改造。「獨善其身」的原意，是講個人的道德修養，是「修身見於世」，而在樂天這裡，則變成了「奉身而退」，變成了「閒適」的同義語。〔註49〕樂天將原本修養自身道德以見於世的「獨善」之義轉化為退公之餘、面對自己體現出閒適的「獨善」之義。樂天〈秋日與張賓客、舒著作同遊龍門，醉中狂歌，凡二百三十八字〉一詩也說明這樣的旨趣：

> 丈夫一生有二志，兼濟獨善難得并。不能救療生民病，即
> 須先濯塵土纓。況吾頭白眼已暗，終日戚促何所成？不如
> 展眉開口笑，龍門醉臥香山行！（頁660）

士人一生有二個志向──「兼濟」與「獨善」，但考量「兼濟」之志與「獨善」之行難以兼顧，如果不能兼濟天下，拯救天下百姓，樂天則認為還不如先讓自己遠離政治環境，過著清靜的生活。更何況此時的樂天已六十二歲〔註50〕，身體狀況已頭白眼昏，若終日再侷促不安，棲棲遑遑，所為何事！倒不如展眉開口笑，把握人生的時光，盡情遊玩，享受閒適的生活情趣。這裡樂天已將「獨善」與「閒適」視為密不可分的關係。

　　「獨善」並非要修養自身品德，而是要以培養生活情趣，過悠閒、適意的生活為重，因而樂天將「獨善」的內涵由道德轉向審美，以一種優美、閒靜的心態對待周圍環境，與之取得一種融洽、協調的關係，從而得到一種心理上的放鬆和愉悅。〔註51〕因而樂天閒適詩所言的獨善都在一種保和心境中言自身滿足與愉悅，與外在環境取得一定的和諧。樂天的「獨善」就是在尋找自身安身立命之所，不論為官與否，

〔註49〕參見葛培嶺：〈論白居易思想的權變品格〉，收入陳飛主編：《中國古典文學與文獻學研究》（第一輯）（北京：學苑出版社，2002年11月），頁239。

〔註50〕此詩創作於大和七年（833），同註30，頁2012。

〔註51〕葛培嶺：「這種改造的關鍵，是將「獨善」的內涵由道德轉向審美。居易的所謂「閒適」，並不是如某些儒者所說的「寂然不動」，而是以一種優美、閒靜的心態對待周圍環境，與之取得一種融洽、協調的關係，從而得到一種心理上的放鬆和愉悅」，同註50，頁240。

都能安頓自身,閒適過活。底下將從閒適詩的創作歷程言樂天「獨善」面向的呈現,探討閒適詩的創作高峰,並探析背後之成因。

　　樂天任職江州司馬時,曾以「六命三登科」〔註52〕說明自己官運的亨通,所謂的「六命」是指至任江州司馬止,總共擔任六種官職,依序爲:秘書省校書郎、盩厔縣尉、左拾遺、京兆府戶曹參軍、太子左贊善大夫、江州司馬,其中不包括翰林學士一職。這段期間創作的閒適詩收錄在卷五至卷六,茲將作品數量與當時官位的對照用表格名之〔註53〕:

閒適詩卷數	樂天生命歷程	閒適詩作品數量
卷五	秘書省校書郎	5
卷五	盩厔縣縣尉	11
卷五、卷六	左拾遺仍充翰林學士	7
卷五	京兆戶曹參軍	2
卷五、卷六	退居下邽	52
卷六	太子左贊善大夫	9

由上表的統計可得知:元和六年(811)至元和九年(814)退居渭村期間是創作閒適詩的高峯期。至於爲官期間,則以身爲盩厔縣尉創作的數量較多。

　　即使閒適詩中對政治環境有所微言,但樂天身爲政府官員,仍盡其努力扮演好職位,關懷民生大眾。閒適詩的創作是其修養自身、「獨善」面向的開展。元和元年(806)四月憲宗策試舉人,樂天應材識兼茂明於體用科,辛酉(二十八日)發榜,樂天入第四等,授盩厔縣尉。〔註54〕盩厔縣屬京兆府管轄〔註55〕,位於長安以西,是靠

〔註52〕〈答故人〉:「自從筮仕來,六命三登科」,同注16,頁130。
〔註53〕白居易詩作的所有繫年,筆者參考朱金城的看法,同注30。
〔註54〕羅聯添:《白樂天年譜》(臺北:國立編譯館出版,1989年7月),頁52。
〔註55〕《唐史》:「京兆府:領萬年、長安、藍田、渭南、昭應、三原……盩厔、奉先、奉天、華原、美原、同官、凡二十三縣」,參見章羣著:《唐史》(臺北:華岡出版社,1978年6月),頁470。

近京城的畿縣〔註56〕。至於「畿縣縣尉」的地位在唐代比較特殊，爲日後成爲政府高級行政官員的一個重要資歷，其特殊性可由《唐語林》的一段記載得知：

> 議者戲云：畿尉有六道，入御史爲佛道，入評事爲仙道，入京尉爲人道，入畿丞爲苦海道，入縣令爲畜生道，入判司爲餓鬼道。〔註57〕

以佛教的六道比喻畿尉任滿後升遷的情況，雖是戲言，卻反映出畿尉職位是基層中比較好的一項，提供未來高級官員一個地方行政的經歷。雖身處地方，卻是入朝爲京官的最佳跳板，此職位對樂天而言，成了進入京官前的暖身工作。

另一方面，身爲縣尉得以與庶民階層有更深一步的接觸與觀察，〈觀刈麥〉一首，便是樂天於盩厔縣尉任內觀察到的農民問題：「右手秉遺穗，左臂懸敝筐。聽其相顧言，聞者爲悲傷。家田輸稅盡，拾此充飢腸」（頁4），由於將收成全部繳官稅都不夠，只得賣田繳納稅賦，最後只好淪落至撿拾遺穗充飢。《唐六典》也記載縣尉的工作性質：「縣尉親理庶務，分判眾曹，割斷追徵，收率課調」〔註58〕，縣尉要親自處理各項具體事務，分管所屬各曹，包括徵收賦稅、追催和收繳總計等事務。縣務的工作對樂天而言是忙碌不堪的，但對閒適詩的創作並無太大影響，由上述表格得知，閒適詩的數量比起其他時期的官職不但沒有減少，反而多了一些。可見，越是忙於公事的樂天，越是有創作閒適詩的動力，公事之餘，更要懂得與自己相處，疼惜自己，讓自己能夠享受閒適之樂。

元和六年（811）四月三日，樂天母陳氏卒於長安宣平里第，第

〔註56〕《舊唐書‧職官志》：「京兆、河南、太原所管諸縣謂之畿縣」，參見後晉‧劉昫等撰：《新校本舊唐書附索引》（臺北：鼎文書局，1981年1月），頁1920。

〔註57〕《唐語林》卷五，見宋‧王讜撰、周勛初校證：《唐語林校證》（北京：中華書局，1997年12月），頁447。

〔註58〕見唐‧李隆基撰、唐‧李林甫注、日‧廣池千九郎校注、日‧內田智雄補注：《大唐六典》（西安：三秦出版社，1991年6月），頁531。

二日，樂天辭翰林學士，退居下邽縣渭村。〔註59〕守喪、退居下邽期間是樂天政治生涯第一次「退」的階段，閒適詩創作量卻在此時大量增加。樂天自元和六年四月喪母後隨即退居下邽，至元和九年冬才重回長安任太子左贊善大夫，中間隔了三年半，但這期間並非全爲守喪期。根據杜佑《通典》所錄的《開元禮》，王公以下對凶禮的規定是：守喪二十七個月舉行禫祭之後，就算是正式除服了〔註60〕，所以樂天除服的時間應該是在元和八年夏末之際〔註61〕。守喪期間，除了衣著有規定外，連飲食都有一套規定，飲食行止都不能太過放縱，更不能飲酒〔註62〕，除非生病期間才可破例飲酒吃肉〔註63〕。由於諸多限制，因而守喪期間，詩思難免受到影響〔註64〕，在「閒適類」中可確立寫作時間的在守喪時的詩，是卷二自〈遣懷〉至〈首夏病間〉。〔註65〕由此得知，除服之後創作的閒適詩數量較守喪期間爲多。

　　除服後的日子，飲食、行動都不受拘束，過得較閒逸，創作閒適

〔註59〕同注 54，頁 106。

〔註60〕杜佑：「王公以下皆三月而葬，葬而虞，三虞而卒哭。十三月小祥……二十五月大祥……二十七月禫祭，玄冠皁纓，仍布深衣，革帶吉履，婦人緇總，衣履如男子。踰月，復平常」，詳見唐‧杜佑撰、王文錦等人點校：《通典》（北京：中華書局，1992 年 6 月），頁 3437～3438。

〔註61〕王拾遺在《白居易生活繫年》中也指出：「元和八年五月，樂天丁憂期滿」，參見王拾遺編著：《白居易生活繫年》（銀川：遼寧人民出版社，1981 年 6 月），頁 89。

〔註62〕《通典》：「自卒哭之後，朝一哭，夕一哭，蔬食飲水，周而小祥……自小祥以後，止朝夕之哭，始食菜果，飯素食，飲水漿，無鹽酪不能食，鹽酪可。又周而大祥……自大祥後，外無哭者，食有醯醬……自禫以後，內無哭者，始飲醴酒，食乾肉」，同注 60，頁 3549～3553。

〔註63〕《通典》：「父母之喪，居倚廬，寢苫枕凵，寢不脫絰帶，頭有瘡則沐，身有瘍則浴。有疾則飲酒食肉，疾止復初」，同注 60，頁 3577。

〔註64〕關於此點，陳家煌曾形容白居易下邽期間的詩風爲蕭瑟，詳見同注 17，頁 31～42。

〔註65〕詳見同注 17，頁 39。陳家煌提出的根據是依照宋人陳振孫及清人汪立名對白居易詩作的繫年所得。

詩的數量也較多。總體而言，退居下邽期間，沒有公務纏身，是一種閒適、退隱的生活。不必為公事煩心，有更多時間可以反省、規劃日後的生活。閒適詩歌詠的生活內容包含飲酒、出遊，飽食閒居，歌詠自己的不才與拙直，安於現狀的心態是此時期閒適詩的特點。因此，這時期閒適詩的創作比為官時增加了好幾倍。

　　此階段閒適詩以江州司馬任內創作數量最多，其中的緣由筆者在此作一番論析。江州附近有許多名勝，廬山在它的南方，鄱陽湖在它的東方。城北還有浩浩的長江流過，西方的湓水，在城西與長江會合，成為壯觀景點的湓口。樂天於江州司馬任內可以創作五十多首的閒適詩，一方面得力於這些天然景色，另一方面因為司馬一職可說是有名無實的職位，〈江州司馬廳記〉一文中對此有詳細說明：「自武德以來，庶官以便宜制事，大攝小，重侵輕；郡守之職，總於諸侯帥；郡佐之職，移於部從事。故自五大都督府至上中下郡，司馬之事盡去，唯員與俸在」，州郡司馬官成為僅存其編制而沒有職務的「冗官」，實際上沒有任何的工作及職務〔註66〕；加上江州郡守對樂天非常的客氣及禮遇〔註67〕，因而香鑪峯、潯陽樓、石門澗、陶淵明故居、東林寺、西林寺等景點皆有樂天的玩樂的足跡〔註68〕。樂天為閒官又可四處遊玩，此時閒適詩的創作量當然大增。此時心境的轉變與想法，在〈江州司馬廳記〉一文有清楚的呈現：

　　　官不官，繫乎時也；適不適，在乎人也……刺史，守土臣，
　　　不可遠觀遊；群吏，執事官，不敢自暇佚；惟司馬綽綽可

〔註66〕近代學者張晉藩言：「司馬多為閒職，用來安排斥貶大臣和宗室、武將」，見張晉藩主編：《中國官制通史》（北京：中國人民大學出版社，1992 年），頁 362。

〔註67〕《舊唐書・白居易傳》：「居易與湊、滿、朗、晦四禪師，追永、遠、宗、雷之跡，為人外之交。每相攜遊詠，躋危登險，極林泉之幽邃。至於儵然順適之際，幾欲忘其形骸。或經時不歸，或逾月而返，郡守以朝貴遇之，不之責」，同注 56，頁 4345。

〔註68〕這些地方的遊玩心境，樂天皆以詩作的方式表現之，如〈題潯陽樓〉、〈訪陶公舊宅〉、〈春遊二林寺〉、〈遊石門澗〉、〈登香鑪峯頂〉。

> 以從容於山水詩酒間……苟有志於吏隱者，捨此官何求焉？
> 案《唐六典》：上州司馬，秩五品，歲廩數百石，月俸六七
> 萬。官足以庇身，食足以給家。州民康，非司馬功；郡政
> 壞，非司馬罪。無言責，無事憂。噫！爲國謀，則尸素之
> 尤蠹者；爲身謀，則祿仕之優穩者。予佐是郡，行四年矣，
> 其心休休如一日二日，何哉？識時知命而已。（頁933）

樂天深刻體會到官運的亨通是交由時運所決定，但心境的閒適與否，則是由個人決定。閒官散職讓樂天興起「吏隱」的想法，生活經濟來源既不短缺，又可享受遊山玩水之樂。這樣的行徑如果說是爲國家謀福利，則如同尸位素餐；若爲自身謀福利，則可謂仕宦俸祿優厚者。並自言爲江州司馬這四年心境並無太大的起伏，原因在於「識時知命」罷了。

貶江州司馬對樂天而言，是政治生涯中第一次面對「困境」的時候。奉獻出自己的熱情卻得到如此的回報，這項重大的打擊與挫敗，不禁產生些許的精神苦悶〔註69〕，但不如意之事十之八九，總不能因一次的失意便以消極、悲傷態度過此生。一旦生命受到拘限或壓迫，自然會產生痛苦，樂天懂得把痛苦作爲一種自我超越的指標，在元和十一年（816）〈與楊虞卿書〉中悟出「人生未死間，千變萬化，若不情恕於外，理遣於中，欲何爲哉」的調適之理：「情恕於外」意味著他對外在於己的人事開始採取寬容的態度，淡漠視之；而「理遣於中」則表明他在對情感的理智制約下，努力尋找心理的內在平衡。〔註70〕一外一內，一情一理，標誌著白居易以情、理梳理個人的情性。其實，士人所求無非是一條安身立命的道路，尤其面對政治上的挫敗，如何安頓自我生命，更形成重要的問題。因而，司馬一職的閒官與江州的

〔註69〕〈我身〉：「我身何所似？似彼孤生蓬；秋霜翦根斷，浩浩隨長風。昔遊秦雍間，今落巴蠻中。昔爲意氣郎，今作寂寥翁」，見同注16，頁215。

〔註70〕尚永亮：《元和五大詩人與貶謫文學考論》（臺北：文津出版社，1993年12月），頁246。

美景，正提供樂天調適自己身心的良方。

　　當樂天瞭解到仕途的窮通無法掌握，生活的歡戚決定權在自己手中時，已不去計較無法掌握的部分，寧願選擇「朝餐夕安寢，用是爲身謀。此外即閒放，時尋山水幽」，過著遊山玩水的閒散日子。「知分心自足，委順身常安；故雖窮退日，而無戚戚顏」，即使再多的不如意也因「知足」、「委順」之心的調適，得以重新找到生活的重心，學會轉換心境。當初的困境也成了創作閒適詩的動力，不管外在職位的高低、窮通，只求溫飽，只在乎內心是否安適、閒散。因此，自足、常安的心境便是江州司馬任內閒適詩的最大特色。

　　在洛陽前後將近二十年的時間，擔任的官職計有：太子左庶子分司、太子賓客分司、河南尹、太子少傅分司。其中任河南尹一職比較忙碌，因為以東都洛陽爲中心的河南府，在行政上具有很高的地位〔註71〕，其首長爲牧，但爲「榮銜虛職」，故行政事務交由尹處理〔註72〕，因而樂天既要處理公務又擔著責任〔註73〕。至於太子左庶子是輔佐太子的官〔註74〕；太子賓客一職是隨侍在太子身邊，負責規諫和禮儀的

〔註71〕 楊樹藩：《唐代政制史》中言：「唐之京師及其他重要地方置府，府之地位相當於監州之都督府。首爲『京兆府』……次爲『河南府』」，見楊樹藩：《唐代政制史》（臺北：正中書局，1967年3月）頁222。
〔註72〕 《唐六典》：「尹、少尹、別駕、長史、司馬掌貳府、州之事，以綱紀眾務」，見同註58，頁524。
〔註73〕 《唐六典》卷三十：「京兆、河南、太原牧及都督、刺史掌清肅邦畿，考覈官吏，宣布德化，撫和齊人，勸課農桑，教諭五穀」，見同註59，頁524。《新唐書・百官志》：「西都、東都、北都、鳳翔、成都、河中、江陵、興元、興德府尹各一人，從三品。掌宣德化，歲巡屬縣，觀風俗，錄囚，恤鰥寡。親王典州，則歲以上佐巡縣」，見宋・歐陽修，宋祁撰：《新校本新唐書附索引》（臺北：鼎文書局，1981年），頁1311。
〔註74〕 《唐六典》：「左庶子之職掌侍從，贊相禮儀，駁正起奏。監省，封題，中允爲之貳」，見同註58，頁471。《新唐書・百官志》（卷四十九上）：「掌侍從贊相，駁正起奏。總司經、典膳、藥藏、內直、典設、宮門六局。皇太子出，則版奏外辦，中嚴；入則解嚴。凡令書下，則與中允、司議郎等畫諾、覆審，留所畫以爲案，更寫印署，注令諾，送詹事府」，見同註73之《新唐書》，頁1293。

工作〔註75〕；太子少傅則負責輔導和督促太子的官〔註76〕。太子賓客與太子少傅品秩雖高，卻無實質掌管的事務〔註77〕，只要在固定的時間「行香拜表爲公事」即可，其餘皆可過著悠哉的日子：「已出閑遊多到夜，卻歸慵臥又經旬」，外出閒遊常至夜晚才歸返，歸來慵懶地閒臥度日，這樣的日子不知不覺又過了一旬。

　　居洛陽期間是樂天最順遂的時期，不僅可以自行選擇職位，還常因病〔註78〕回到閒散的職位及洛陽宅第，這對樂天而言都是一項優渥，眞正看透政治，無意於仕途，心境眞正達到平和、閒適階段，都是醞釀閒適詩創作的最佳條件，因而才能產生一系列豐富的閒適詩。

　　因而，樂天言「獨善」並非講個人道德修爲，也非在政治失意後所求的獨善其身，逃避現世的消極態度，樂天的獨善面向可說是追求閒適生活的過程，追尋的閒適也非退居山野才能體會，反而是在一種豐衣足食後所言的閒適自得，在這種滿足感底下創作出的詩歌，便是

〔註75〕《唐六典》卷二十六：「太子賓客，掌侍從規諫，贊相禮儀，而先後焉。凡皇太子有賓客宴會，則爲之上齒」，見同注 58，頁 468。《新唐書·百官志》（卷四十九上）：「掌侍從規諫，贊相禮儀，宴會則上齒，侍讀，無常員，掌講導經學」，見同注 73 之《新唐書》，頁 1292。

〔註76〕《唐六典》卷二十六：「太子三少掌奉皇太子，以觀三師之道德而教諭焉」，見同注 59，頁 468。《新唐書·百官志》（卷四十九上）：「掌曉三師德行，以諭皇太子，奉太子以觀三師之道德。自太師以下唯其人，不必備」，見同注 73 之《新唐書》，頁 1292。

〔註77〕張晉藩針對東宮官屬的職責言：「太子擁有官屬，亦稱『東宮』，其東宮職官十分龐雜，但大體上模擬一個小朝廷，以培養太子學習執政當權的能力，但實際上又多半爲閒散之職」、「太子東宮官員平時除教習太子外，一般無具體職事，是爲散職」，同注 66，頁 350、353。

〔註78〕寶曆二年（826）因病免郡事，秋冬之交離蘇州，這次的病痛是因馬墜傷足損腰及得眼病，見《白樂天年譜》，同注 54，頁 239。大和二年（828）十二月得眼病，之後告假，大和三年百日假滿，免官授太子賓客分司洛陽，見《白樂天年譜》，同注 54，頁 254、265。大和七年（833）因頭風病，請假五旬，將辭河南尹，四月二十五日罷河南尹，再授賓客分司，歸履道里第，見《白樂天年譜》，同注 54，頁 296～297。

大量的閒適詩。〔註79〕閒適詩當中最顯著的特點便是「知足保和」的體現，因而底下將論述閒適詩中的「知足保和」面向。

二、「知足保和」面向的體現

（一）「知足」之理轉化的歷史機制

　　先秦時代中，孔子學說的重要意義在於：把古代原屬貴族的知識和學問開放出來，而其教育則從對個人的修身、處世、應事、接物，以至治國平天下。從中培養一種通才教育，藉此訓練出一批有能力、知識，在政治上可以輔佐君王實行仁政。知識份子雖以修身爲本，但卻以治國爲目的，他們具有強烈而執著的從政意識。因而在中國早期的詩作中，屈原塑造出來「余獨好脩以爲常」、「亦余心之所善兮，雖九死其猶未悔」濟世救國的人格特質，成了後世士大夫仿效的典範。儒家思想：積極出仕爲官、兼濟天下的單一取向，成了中國知識份子追求的最重大價值所在。

　　另一方面，相對於儒家學說的老子學說，最重要的主張在於「反璞歸眞，無爲而治」，認爲人類社會之所以有種種紛爭、問題，皆由於有爲。貧賤富貴、聰明愚蠢的這些區分，皆是人爲所塑造出，唯有對事物不加任何人爲的作用，才能回歸原來的素樸境界，一切的紛擾也才能得到眞正的解決。老子也看到凡事處於盛強之勢的同時，便必然會向衰弱方面發展，如果要保持「得而不失，盛而不衰」，便要懂得「持盈保泰」之道，故老子道德經云：「知足不辱、知止不殆」〔註80〕。「知足」哲學成了老子重要的思想點，只是在當時又有幾人能深入瞭解、體會並實踐之呢？

〔註79〕劉明華：「但以白居易爲代表的文人所追尋的閒適並不是退居山林方可體會到的閒散自適，而是豐衣足食知足保和的悠閒自得。這是一種退後一步天地寬的滿足感。描寫這種滿足感和在這種滿足感下寫詩，便是閒適詩的大量問世」，見劉明華：《叢生的文體——唐宋文學五大文體的繁榮》（南京：江蘇教育出版社，2002 年 1 月），頁 77。

〔註80〕王淮注釋：《老子探義》（臺北：商務印書館，1998 年 6 月），頁 182。

　　傳統士人有強烈的自我實現慾望，汲汲追求名利或自身理想，不易有「知足」的心態。之後雖有「欲而不知足，失其所以欲；有而不知止，失其所以有」〔註81〕的觀念產生，但真要付出實踐，恐怕還有一段距離。無可避免的，政治生涯中的挫折，深深打擊個人，一個生命如何承載這些外在所造成的負擔，「達則兼善天下，窮則獨善其身」，是士人思索出的一條合理道路。社會實踐不成，反求個人內在精神層面，但是否能從中找尋到一條自我安頓的道路呢，也是個很大的疑問點。

　　早期文人不論屈原或宋玉，皆於作品中表達懷才不遇之感。之後的文人，如：漢代賈誼（前201～前169）〈弔屈原賦〉其實是藉屈原的哀情，抒發自己的苦悶；司馬遷（前145～93）發憤著書《史記》，也是根源於苦悶的抒發。從漢末以降，政治、社會變動激烈，士人紛紛尋找自我的出路，個體自覺意識逐漸形成，反映在作品上，可說是文學的自覺時代。魏晉風度肯定人生，崇尚情感，雖反映了人的覺醒，但魏晉名士仍然陷於人生的苦悶之中無法自拔，文學基調仍為孤憤、怨憤說。這時尤可注意的當推陶淵明（字元亮，365～427），退隱山林、寄情山水，甚至親自下田耕種，企圖恢復農夫的身份：「先師有遺訓，憂道不憂貧……耕種有時息，行者無問津。日入相與歸，壺漿勞近鄰」〔註82〕；過著知足的生活：「稱心而言，人亦易足。揮茲一觴，陶然自樂」〔註83〕，並創作閒適旨趣的詩作，有名的〈飲酒〉二十首其五：「結廬在人境，而無車馬喧。問君何能爾？心遠地自偏。採菊東籬下，悠然見南山。山氣日夕佳，飛鳥相與還。此還有真意，欲辨已忘言」〔註84〕，便是一種適意、逍遙的境界。然而，企圖知足的

〔註81〕見於楊家駱主編：《新校本史記三家注・范睢蔡澤列傳》（臺北：鼎文書局，1984年1月），頁2424。
〔註82〕陶淵明：〈癸卯歲始春懷古田舍詩二首〉，參見同注30，頁77。
〔註83〕陶淵明：〈時運詩〉，同注30，頁13～14。
〔註84〕陶淵明：〈飲酒詩〉，同注30，頁89。

外表下，內心深處是否眞是如此，這其中還有許多討論的空間，﹝註85﹞
但卻爲後代詩人於詩作中探討知足之理做了開創性的嘗試作用。

　　陶淵明之後，開拓知足之理在詩歌中的運用，當屬中唐時代的白
居易。一方面是因外在政治、文化的氛圍；另一方面則與詩人的生長
環境、個性諸因素分不開。初、盛唐時期人人嚮往建功立業的文化心
理氛圍下，不太可能產生知足的文化現象。中唐韓愈提倡古文運動，
企圖恢復正統的儒家思想，〈原道〉、〈原人〉等篇開展一系列人性思
想探究，加上中唐新樂府創作的高潮，更加深詩人對人性的關注。再
者，陸時雍於《詩鏡總論》曾提出：「中唐詩近收斂，境斂而實，語
斂而精。勢大將收，物華反素。盛唐鋪張已極，無復可加，中唐所以
一反而之斂也」﹝註86﹞，中唐詩人往往通過內心的自我觀照，把握外
在世界的種種波動，描繪出自身的感覺，因而比起盛唐的氣象，中唐
則顯得內斂多了。內斂、從外往內的收束文學現象正好提供詩歌中思
索人生哲理的發展空間。

﹝註85﹞　例如：楊承祖於〈閒適詩初論〉中提到：「陶淵明固然開闢了閒適詩
　　　　類，然而他的閒適詩中蘊積的理想、志節、情操，可能比後來詩人
　　　　的閒適之作所含爲多……因此，如果就絕對的閒適詩而言，陶公也
　　　　許不夠純粹，這自然是由於深懷道德悲感和憂患意識的緣故。」參
　　　　見楊承祖：〈閒適詩初論〉，收入臺靜農先生八十壽慶論文集編輯委
　　　　員會編撰：《臺靜農先生八十壽慶論文集》（臺北：聯經出版社，1981
　　　　年11月），頁543。而宇文所安也認爲：「陶潛不是他所聲明的那樣
　　　　天眞與坦誠。陶潛是數以百計的唐、宋及後來古典詩人的鼻祖──
　　　　強烈的自我意識，爲自己的價值與行爲辯解，不願一切地試圖從內
　　　　在價値準則的衝突中獲得純樸。後人喜歡他的正是這種複雜性。陶
　　　　潛不是一個田園詩人，陶的「園田」不過是純樸自我的形象得以安
　　　　置的場景。」參見宇文所安：〈自我的完整映象──自傳詩〉，收入
　　　　樂黛雲、陳珏編選：《北美中國古典文學研究名家十年文選》（南京：
　　　　江蘇人民出版社，1996年5月），頁118。晉朝人鍾嶸於《詩品》中
　　　　稱讚陶潛爲「古今隱逸詩人之宗」，此後，陶潛的人品及詩境爲大家
　　　　競相模仿的對象，而陶潛的眞實內心世界，則少爲大家所剖析，舉
　　　　兩例說明，其中還有許多未定性，可再商榷。
﹝註86﹞　陸時雍《詩鏡總論》，收入丁仲祜編訂：《續歷代詩話》（臺北：藝文
　　　　出版社，1983年6月），頁1702。

　　中唐內斂的文學環境加上樂天在早年時期培養出的知足心，促使在〈與元九書〉中提出「閒適」詩觀，「知足保和」一詞彙所含括的兩部分：「保和」代表一種缺乏積極進取、少批判性及攻擊性的處事態度，但這又必須以「知足」爲前提。擁有知足之心，才能不汲汲追求外在的功名利祿，也唯有持一顆「知足」之心，才可享受或體會閒適的趣味。陳寅恪也曾指出：樂天之思想，一言以蔽之曰「知足」。〔註87〕大陸學者謝蒼霖也點出樂天閒適詩中搏動著一顆「知足」之心，並探討知足心積極與消極面的根源。〔註88〕然而，樂天閒適詩的知足觀還有許多層面可再加以發揮。

　　除了閒適詩中「知足」情性的體現面向外，重要的脈絡在於，將原本「知足」的哲學命題運用到實際詩歌創作，詩歌中加入理的成分，使得「斂理入情」成爲樂天閒適詩的獨特之處。也將用此觀點考察樂天如何在詩歌中運用「知足」概念及呈顯出的意涵。

（二）「知足」概念的實踐及開展

　　即使樂天位居政府重要職位，如元和四年（809）在長安擔任左拾遺、翰林學士，此時政治生涯達到顛峰，但心中卻興起退隱之心，以〈贈吳丹〉一詩爲例：

> 巧者力苦勞，智者心苦憂。愛君無巧智，終歲閒悠悠。……
> 宦途似風水，君心如虛舟；汎然而不有，進退得自由。……
> 人間有閒地，何必隱林丘？顧我愚且昧，勞生殊未休：一
> 入金門直，星霜三四周。主恩信難報，近地徒久留。終當
> 乞閒官，退與夫子遊。（頁98）

白居易已體會到仕宦生涯的許多不自由，而人世間的巧者、智者，非

〔註87〕同注2，頁337。
〔註88〕謝蒼霖主要認爲白居易常以不足爲滿足，與不如己者比，故能知足，甚且知愧。「兼濟」之志是其「知足」、「知愧」心積極方面的根源；官場生活的教訓、天命論以及佛、老思想的影響，是其「知足」心消極方面的根源。見謝蒼霖：〈白居易閒適詩中的「知足」心〉，《江西教育學院學報》（社會科學）2001年第5期，頁1。

詩人所欣慕嚮往的對象，他寧願像吳丹悠閒地過日子。面對紛擾的官宦生活，詩人認為要以虛靜之心看待之，才能進退皆自由；這自由不必隱居身林，處處有閒地，端賴人心是否能品味出。深知浩浩君恩無法報答，長安名利之地也非久留之處，還不如脫離政治中心，當個閒官。

對於「富貴」，也曾提出「心足即為富，身閑乃當貴。富貴在此中，何必居高位」的看法，企圖以「心足身閒」轉化現實生活中人們所認定的富貴。樂天形容過自己為官處境的危險：「今臣忘身命，瀝肝膽，為陛下痛言者，非不知逆耳，非不知危身，但以螻蟻之命至輕，社稷之計至重」〔註89〕，也明知自己「況多剛狷性，難與世同塵」、「況予方且介，舉動多忤累」：「狷直不合時」的真實個性，不適合於官場名利中打滾，因而企圖以「才小分易足，心寬體長舒」的「適性」心態，甘心謝絕一切名利，寧願為不才者。

可見，樂天早期詩歌中已有「知足」心的體現，主要體現在兩方面：精神生活的自足、物質方面的自足。精神方面的自足，總體而言，是在平和的心境下，用抒情的筆調寫出樂天退公之餘的閒情與自足。物質方面的自足來自深覺所得已多，不願花費心力追求多餘的身外之物。精神方面及物質方面的自足，歸納言之便是「身」與「心」的雙重自足。樂天在處理「身」與「心」兩者的關係時，他往往是從身體的快適而達到心靈的愉悅，他常常在詩中渲染著日常生活的慵懶和肢體的快適，寄託著他心靈的愉悅和滿足。〔註90〕可見，樂天言知足必先從身體開始，先求身體的適意，其次言心靈的愉悅。

與之相呼應的論點，也就是學者論述樂天形成閒適風格的過程——

〔註89〕元和四年（809），憲宗命宦者吐突承璀領兵征討王承宗，白居易頻頻論奏，堅決反對，見〈論承璀職名狀〉，同注16，頁1248。

〔註90〕參見史素昭：〈獨善和兼濟相交織，知足與保和相融合——試論白居易閒適詩體現出來的人生態度〉，《懷化學院學報》2002年第3期，頁61。

一由「閒適」到「自適」〔註91〕，簡言之，樂天早期的閒適詩多在「閒」
的階段，到了晚期的閒適詩，真正走入「適」的境界，也才真正達到
閒適的人生境界。因官職的拘束，早期只能利用為官閒暇之餘從事閒
適詩的創作，越到晚年，樂天的官職越顯清閒，加上又居住在洛陽，
閒官、閒地的絕佳外在環境，提供一個完美的創作機緣。不必再追求
閒暇之日，生活當下盡可追求心靈的自適。「知足」心態的呈現貫穿
樂天一生，從物質生活的自足到精神生活的自足，身心兩方面的知足，
都顯示樂天一生的處世態度及人生態度。詩中並以「知足」直接命題
歌詠的，試看〈知足吟〉（和崔十八《未貧作》）一詩：

> 不種一隴田，倉中有餘粟。不採一枝桑，箱中有餘服。官
> 閒離憂責，身泰無羈束。中人百戶稅，賓客一年祿。樽中
> 不乏酒，籬下仍多菊。是物皆有餘，非心無所欲。吟君未
> 貧作，同歌知足曲。自問此時心，不足何時足。（頁491）

此詩創作於大和三年（829）〔註92〕，樂天擔任太子賓客分司一職。
此詩先自述生活及經濟情況，進而表達人生貴「知足」的旨意。自言
不用親自下田耕種及採桑，便有糧食及衣食，從中可知身為政府官員，
屬於勞心階層，與勞力階層工作性質有別。擔任閒差的太子賓客一職，
可以遠離各種憂愁和責任；因為沒有外在的拘束，所以身體安泰。一
年的俸祿抵得上百戶中等人家的一年稅租。除此之外，還可飲酒，擁
有悠閒的心情。各種東西皆有餘，無非分之想。自問此心，此時不知
足，何時才可謂知足！雖然知足心在早期的閒適詩中已有體現，但直
到居東都、任職閒官時，樂天才闡釋自我的知足狀態。可以看出樂天
所言的知足是奠基在一定的生活水準，擁有固定的俸祿、不錯的官職、
無實際政事的閒官。

〔註91〕如日·松浦友九著、李寧琪譯：〈論白居易詩中「適」的意義——以
　　　　詩語史的獨立性為基礎〉，《山西師大學報》（社會科學版）1997年第
　　　　1期；陳忻：〈從「閒適」走向「自適」——論江州時期與忠州時期
　　　　白居易思想的發展變化〉，《重慶師院學報》（哲社版）2000年第4期。
〔註92〕同注29，頁1496。

　　也許有人覺得樂天言知足，未免帶有矯情的成分。〔註 93〕但以樂天的處境來看，並非絕佳，如果他願意主動追求，將可以獲取更多的名利，但這些早已不是樂天生活追逐的重心。要擁有「知足」心，最要緊的是能安於目前狀況，如果不滿足於現狀，汲汲營營追求更多身外之物，那就離知足更遠了。因此，樂天還狂言能如他擁有知足之心者，百人中無一人，且看〈狂言示諸姪〉一詩所言：

> 世欺不識字，我忝攻文筆。世欺不得官，我忝居班秩。人老多病苦，我今幸無疾。人老多憂累，我今婚嫁畢。心安不移轉，身泰無牽率。所以十年來，形神閒且逸。況當垂老歲，所要無多物。一裘煖過冬，一飯飽終日。勿言舍宅小，不過寢一室。何用鞍馬多，不能騎兩匹。如我優幸身，人中十有七。如我知足心，人中百無一。傍觀愚亦見，當己賢多失。不敢論他人，狂言示諸姪。（頁 689～690）

此詩中心主旨在言自我內心「知足」之情，擁有文筆、官位，無疾病拖累，無人事憂累，處於「心安身泰」的狀態，因而十年來過著形神閒逸的生活。更何況垂老之際，所求更不該過份，衣服只求能過冬，食物只求能飽餐。勿言官舍小，安寢之地也不過一室而已；馬匹也不求多，一次又不能騎兩匹馬，何需多求。擁有優幸身者，十人當中或許有七人；但擁有知足之心者，百人之中恐無一。將晚年知足心態表露無遺。那白居易如何獲得知足感，以〈吟四雖　雜言〉為例說明：

> 酒酣後，歌歇時，請君添一酌，聽我吟四雖。年雖老，猶少於韋長史。命雖薄，猶勝於鄭長水。眼雖病，猶明於徐郎中。家雖貧，猶富於郭庶子。省躬審分何僥倖，值酒逢歌且歡喜。忘榮知足委天和，亦應得盡生生理。分司同官中，韋長史蕡，年七十餘。郭庶子求，貧苦最甚。徐郎中晦，因疾喪明。予為河南尹時，見同年鄭俞，始受長水縣

〔註93〕最具代表性的言論是朱熹在《朱子語類》中所言：「樂天，人多說其清高，其實愛官職，詩中凡及富貴處，皆說得口津津地涎出」，參見陳友琴編：《白居易資料彙編》（北京：中華書局，1986 年 1 月），頁138。

令。因嘆四子而成此篇也。（頁666）

本詩作於大和八年（834）〔註94〕，面對現實的處境雖稱不上絕佳，但比起其他人，白居易也可體會「比上不足，比下有餘」的知足心態。省視自己的年老、命薄、眼疾、家貧，都不足悲傷、懊惱。「忘榮知足委天和」便是白居易最好的處世原則。不計名利，不計得失，「不想佔有，卻無所不有」的可能性，在白居易身上體現。以知足爲處世核心，順應生命的韻律，反能呈現生命的多向開展性。

　　人都有追求理想與美夢的慾望，不同地在於幸福的人，所擁有的東西與所追求的東西同比例，因爲他們不汲汲於追求許多想擁有的目標，在於降低所追求之事物，以所擁有的爲滿足。因此，白居易常拿不如己者做比較，從中得到幸福之感。知足心的作用便在「作爲自我調節的武器，則從內在方面幫助詩人承認並主動擺脫已喪失了的諸多權利，以維護心理的平衡」〔註95〕。換言之，「知足」消極地爲白居易平衡失去的缺憾；積極地替他找尋到快樂的區塊。白居易即使處於生命困頓之中，也能自我調和心理產生的衝突，因而吳功正認爲：「他（白居易）有一種「安」的意識，隨遇而安，一旦能尋找到安頓自己生活和靈魂的環境，他便心安意適了」〔註96〕。由知足出發呈顯出的平衡心態、隨遇而安心理，都成了樂天尋找自我生命的調節器。

　　由上可知，閒適詩「知足」觀念的運用，主要承繼老子的哲學觀，自言道：「五千言裡教知足」，五千言中主要從「知足不辱，知止不殆，可以長久」爲思考點。「知足不辱」一句簡潔的哲學話語，樂天在詩歌中多元地呈現，首先樂天是在一定的生活水準之上言「知足」，藉著「比上不足，比下有餘」的機制言自我在物質及精神方面的自足。所謂「知足不辱」的明哲保身之道，樂天在閒適詩中展現自我的人生

〔註94〕同注29，頁2032。

〔註95〕同注70，頁259。

〔註96〕吳功正：《唐代美學史》（西安：陝西大學出版社，1999年7月），頁601。

實踐，「知足常樂」再也不是一句口號，樂天身體力行，從中體驗實際的快樂。

除了從《老子》一書中汲取知足的思想根源，可發現禪宗也是影響樂天知足心呈現的重要因素，當時樂天對「南宗禪」〔註97〕產生濃厚的興趣，摯友李建也是熱愛者之一，樂天寫給李建的〈贈杓直〉一詩就說：

> 世路重祿位，棲棲者孔宣。人情愛年壽，天死者顏淵。二人如何人？不奈命與天！我今信多幸，撫己愧前賢。已年四十四，又爲五品官；況茲知足外，別有所安焉。早年以身代，直赴《逍遙》篇。近歲將心地，迴向南宗禪。外順世間法，內脫區中緣。進不厭朝市，退不戀人寰。自吾得此心，投足無不安。體非導引適，意無江湖閒。有興或飲酒，無事多掩關。寂靜夜深坐，安穩日高眠。秋不苦長夜，春不惜流年。委形老小外，忘懷生死間。昨日共君語，與余心膋然。此道不可道，因君聊強言。（頁125～126）

世俗之人一般都看重官祿爵位，爲了得到名利，驚慌煩惱的樣子如同孔子周遊列國般地急切；一般的人又特別偏愛長壽，而顏回卻只活了三十一歲。這二位是何等之人？無奈也是逃脫不了命與天所定。樂天今已多幸，捫心自問多有愧對前賢。如今他已四十四歲，又做了五品官。除了知足外，別無安身立命之處。早年多信奉道家之學，近年來，則把心地完全轉向南宗禪。對外順應世俗中的規矩，對內擺脫人世間的塵緣，以此達到進而不厭棄朝廷，退而不迷戀人間世俗。自從得到此種心態，舉手投足間無不安然。有興致的時候便飲酒，無事之時便

〔註97〕吳汝鈞：「慧能禪是禪之中最重要的思想，也是南宗禪的始創。南宗禪在整個禪的發展來說，是發展得最盛而又最久遠的。它早期與北宗禪處於對峙的形勢，但北宗禪始自神秀，以後幾代便沒有了，發展的時間很短。相反南宗禪由慧能開始，一直傳下去，降及宋、元、明、清以至近代，凡說禪的，均可一直上溯到慧能的禪法」，參見吳汝鈞：《中國佛學的現代詮釋》（臺北：文津出版社，1998 年 5 月），頁 159。

掩門而關。寂靜地坐禪到深夜，安穩地睡到日頭高照。秋天不愁苦夜長，春天不歡惜流年。置身於老小之外，忘懷於生死之間。昨日與李建共語南宗禪，南宗禪的道理本是不可言說的，但因李建也喜好南宗禪，所以二人姑且談禪。

　　歷來學者大多針對樂天閒適詩的「知足」進行探討，較少注意到「知止」的體現。原本「知足」與「知止」在《老子》是一組的概念，《老子》云：「知足不辱，知止不殆，可以長久」，河上公註解曰：「知足之人絕利去欲、不辱於身；知可止則財利不累身，聲色不亂於耳目，則身不危殆也」〔註98〕，認爲知足之人懂得拒絕利欲的誘惑，才不至讓自身受到侮辱；知足之人不讓財利累於身，不讓耳目在聲色之中迷亂，則此身將不處於危殆狀態。河上公雖有對老子之言作一番詮解，但對「知足」、「知止」的概念仍不夠明確，直到學者王淮才針對「知足」、「知止」二詞作概念性的區別：

> 知足、是主觀上之知止；知止、是客觀上之知足。易言之：知足是心理上的一種節制，知止是行爲上的一種節制。主觀心理上有節制，故不辱（辱、指心理上之煩惱與窘困）；客觀行爲上有節制，故不殆（殆、指行爲上之挫折與打擊）。又：知足是治本，知止是治標，標本兼治，故可以長久也。〔註99〕

王淮認爲知足是心理上的一種機制，內心能抗拒外界利誘，心理則不會產生煩惱或窘困；知止則是實際行爲上的一種節制，客觀行爲能對利誘有所節制，則不會受到行爲上的挫折與打擊。因而知足是治本，而知止只能治標。若能雙管齊下，則可使身心長久。

　　樂天在閒適詩會生發「知止」的概念，主要來自幾項因素，以底下詩句爲例說明：

> 朝見寵者辱，暮見安者危；紛紛無退者，相顧令人悲。（〈昔與微之在朝日，同蓄休退之心。迨今十年，淪落老大，追

〔註98〕同注80，頁182。
〔註99〕同注80，頁183。

尋前約，且結後期〉，頁 141）

吾觀權勢者，苦以身徇物。炙手外炎炎，履冰中慄慄。朝飢口忘味，夕惕心憂失。但有富貴名，而無富貴實！（「詠興五首」之〈出府歸吾廬〉，頁 655）

勸君少干名，名為錮身鎖；勸君少求利，利是焚身火。（〈閒坐看書，貽諸少年〉，頁 823）

樂天自己身在官場中，面對「名利」與「權勢者」的情況最清楚。也因為看透政治場中的詭譎、爾虞我詐的種種危險，因而不禁勸勉要踏入仕途的少年人三思，「名利」看似光鮮亮麗，但獲得後得到的拘束與痛苦，會讓身心備受煎熬。即使有富貴之名，卻也無富貴之實。

對官場的看透，對達官貴人日後的憂惕處境之瞭解，都讓樂天萌生隱退之心，在外在行為上也就不過分奢求，可以過著安穩的生活，「祇緣無過求」〔註 100〕。「知止」的實際表現為何，試看〈夏日作〉一詩：

葛衣疏且單，紗帽輕復寬。一衣與一帽，可以過炎天。止於便吾體，何必被羅紈。宿雨林筍嫩，晨露園葵鮮。烹葵炮嫩筍，可以備朝餐。止於適吾口，何必飫腥羶。飯訖盥漱已，捫腹方果然。婆娑庭前步，安穩窗下眠。外養物不費，內歸心不煩。不費用難盡，不煩神易安。庶幾無天閼，得以終天年。（頁 688）

只要有簡單的葛衣、輕寬的紗帽便可以度過炎熱的夏天。衣物只求實用，不求華美，食物只求可口，又何必要大魚大肉，即使是嫩筍也可以做出一番佳餚。飯後盥洗完畢，便在小庭前散步，之後在窗下安穩睡眠。對物質生活不過份要求，內心也無煩憂之事，身心安泰，得以終老天年。不過份要求，便是「知止」的要義，不僅對物質需求如此，對官位、名利的追求亦是如此：

〔註 100〕白居易〈老熱〉：「臥風北窗下，坐月南池頭。腦涼脫烏帽，足熱濯清流。慵發晝高枕，興來夜汎舟。何乃有餘適？祇緣無過求」，同註 16，頁 670。

公私頗多事，衰憊殊少歡。迎送賓客懶，鞭笞黎庶難。老
耳倦聲樂，病口厭杯盤。既無可戀者，何以不休官。

一日復一日，自問何留滯。爲貪逐日俸，擬作歸田計。亦
須隨豐約，可得無限劑。若待足始休，休官在何歲。（〈自
詠五首〉之三、四首，頁 463～464）

前二首創作於寶曆二年（826）〔註 101〕，樂天擔任蘇州刺史期間。繁
重的刺史工作，使得樂天疲憊不堪，更加深樂天對官場的厭倦。既懶
於送往迎來的宴會，鞭策百姓推行政策也不容易。加上年紀老大，耳
倦於聽樂，身體不好，口腹不振，不喜吃喝。既對官場無可留戀之處，
生活多苦少樂，何不早日罷官退隱。但人在作重大決定時，往往遲疑
拖延，樂天也不例外。自問何不早日歸田，卻又向自己解釋，想多存
點積蓄，以便養老不虞匱乏。但接著又勸自己不需要求太多，否則永
無休官之日，因爲人的慾望是無法滿足的。詩歌道出樂天矛盾的心情，
既想要辭官卻又必須爲家庭生計著想。但樂天比一般人更具自制力，
明知慾望的無窮，名利的誘惑，仍是期勉自己不可過份貪求。

對名利、官場的看透，因而凡事不貪求，滿足於目前的狀態，行
爲皆有所節制，內心自然能產生「知足」心態，「知止」、「知足」內外
配合，才能將自身抽離政治場，因而即使樂天一生爲官，卻仍可安享
天年；眞正體驗老子所言「知足不辱，知止不殆，可以長久」的眞理。

第五節　小結

經由上述的討論，可以針對白居易閒適詩後集詩歌的相關問題，
作出以下幾點結論：

第一，後集分類方式的改變主要呈顯樂天在前後集詩歌風尚的轉
移，閒適詩由以往的五古創作轉變至七律寫作，強調詩歌的內容性轉
移至強調詩歌的審美性。加上七律是在唐代發展出的一個新詩體，詩

〔註 101〕同注 29，頁 1428。

人們紛紛嘗試創作，至中唐形成繁盛的局面，以及元白二人喜愛唱和的詩歌表現手法，均促成樂天審美風尚的轉移。外在文學環境是主因之一，樂天心態的調整也是主因。樂天越到晚年，閒適之心越益明顯，信手拈來盡是閒適詩的創作，閒適心態的自然呈現也促使樂天不用刻意強調詩歌的內容，轉以追求詩歌的形式之美。

　　第二，後集中長慶三年至寶曆元年間的作品，若以時間點而言應歸入前集當中，但由於作品的遺落或樂天有意增補元稹分類之不足，因而在後集中加入應屬前集的詩歌。由於後集分類方式的改變，詩歌內容不明確，因而筆者特意獨立這一卷加以探討，依據前集閒適詩的取捨標準，揀擇出共有十四首閒適詩。

　　第三，寶曆元年後的閒適詩為數眾多，也代表樂天創作閒適詩的高峰期出現在晚年時期。相較於前後集的閒適詩定義，大體而言並無太大的差異存在，只是後集閒適詩寫作比前集更為細膩，創作場景漸轉移至居家環境，更喜愛與友人分享閒適之趣，飲酒之樂也頻頻出現在詩中，因而可說樂天越到晚年，詩寫得越多，酒也飲得更兇，閒適生活層面更加擴展。

　　第四，藉由閒適詩觀的理論與作品呈現，可觀察出樂天閒適詩「斂理入情」的審美意涵。閒適詩觀主要體現樂天「吟詠情性」的部分，又以「獨善」、「知足保和」為兩大面向。「獨善」、「知足」之理俱是傳統哲學論述議題，樂天將其運用在詩歌創作中，並給予另一番不同的意涵呈現。「獨善」之義由個人的道德修養轉化成「閒適」的同義詞，並在特定階段有突出的表現。「知足」之理不僅得自老子也受禪宗的影響。除「知足」之理的呈現外，「知止」也具體呈現在閒適詩中。不論「獨善」或「知足」，在閒適詩的創作底下，都成了樂天日常生活實踐的目標。

　　總之，透由第三章及第四章針對樂天閒適詩作全盤考察，從中可發現樂天閒適詩中重要而又常被人忽略的考察點，如元稹代樂天分類的意義，前後集時間點混淆的議題，前後集詩風的差異，閒適詩觀的

核心理論等等。經過一番探索也發覺閒適詩創作隨著詩人的際遇、外在的文學環境，詩風也有些許差異，這正證明閒適詩與詩人生命歷程的緊密性，唯有透過閒適詩的考察，也才能更貼近樂天的行爲處事，更貼近身爲詩人的本質。

第五章　白居易閒適詩的自我建構策略及意義

　　後代詩論家或文學家常把樂天定位在「社會詩人」角色，但若從樂天全部詩作來觀看，將發現此觀點的不足之處，「社會詩人」在樂天身上雖可成立，但無法代表樂天眞正的自我，況且這現象只在諷諭詩體現，在其他詩類中，樂天各有不同面向的展現。經過三、四章對樂天閒適詩作一個整體的爬梳工作後，發現樂天在閒適詩中喜言自我，不論個性、日常生活起居各方面，在詩中皆有呈現。魏晉時期政治、社會變動劇烈，士人紛紛尋找自我的出路，個體自覺意識逐漸形成，人意識到作爲獨立的個體，有權力決定自己要如何生存，以何種方式過活。樂天承繼此種自覺意識，不斷在詩中告訴自己也向世人訴說自我。透過詩歌傳達自己行爲反映出的精神樣貌。頓時，樂天化身爲一位自我描述者，藉著詩歌的書寫，自身往事的再現，試圖陳述自我角色的安置與主體建構。

　　樂天作爲一位書寫自我的詩人，如何書寫自我、呈現自我呢？筆者將分三部分論述：「寫眞」詩類的自我審察與描寫、「中隱」機制的開啓與自我定位、自我小眾社會的建構。先考察閒適詩「寫眞」類中，樂天如何呈現自我，又將自我描述爲怎樣的形象，藉由「寫眞」詩類，讓樂天更加瞭解自己眞實的個性，進一步作自我定位工作，找尋屬於

自我的區塊，並且在其中揮灑閒適之風。除了爲自身尋覓一條閒適快樂的道路，也積極向外尋找志同道合的朋友，形成一個閒適詩人群，儼然像一個小眾社會。爲了更確切貼近樂天的生命情調，除了作品的細讀外，作者的生平繫年也是筆者關注的焦點，兩者相對照，從中尋覓樂天如何透過詩作，傳達、建構自我角色，其背後的動機爲何，呈顯出何種意涵，將是這章欲處理的議題。

第一節　「寫眞」詩類的自我審察與描寫

　　樂天有意將詩歌分類創作，每類詩歌呈現不同的生活面貌，「諷諭詩」著重在政治方面，「閒適詩」梳理個人的閒適情性，「感傷詩」則表現個人感傷情懷。「閒適詩」與「感傷詩」側重個人情性，只是吟詠的面向有所不同。前幾章透過分析樂天的閒適詩，發現樂天在閒適詩中多次吟詠個人情性、自我處境及生活面向，可見樂天選擇閒適詩闡發「自我」概念。「自我」是現今心理學普遍使用的詞彙，「把自我作爲一個或多或少是分離的和獨立的要素、一種可以獨自存在的實體加以研究，已經是心理學的傾向」〔註1〕，現今心理學已把「自我」當成一個可以獨立研究的議題。樂天雖在詩歌中使用「自我」這詞彙〔註2〕，但大多不在閒適詩中運用，閒適詩中言「自我」〔註3〕，反

〔註1〕米德（George Herbert Mead）著；胡榮、王小章譯：《心靈、自我與社會》（臺北：桂冠圖書，1998年4月），頁164。

〔註2〕白居易在詩歌中使用「自我」這詞彙計有：〈贈元稹〉（卷一・諷諭詩）、〈傷唐衢二首〉（卷一・諷諭詩）、〈秋遊原上〉（卷六・閒適詩）、〈夢裴相公〉（卷十・感傷詩）、〈夜雨有念〉（卷十・感傷詩）、〈九江春望〉（卷十七・律詩）、〈三謠　朱藤謠〉（卷三十九・銘贊箴謠偈）、〈江南喜逢蕭九徹因話長安舊遊戲贈五十韻〉（外集），共八首。參見唐・白居易著、顧學頡校點：《白居易集》（北京：中華書局，1999年11月）。此爲論文主要引用文本，以下再引到此書時，不再贅注，僅於後文加注頁數。

〔註3〕林明珠在〈試論白居易詩中表現自我的藝術〉一文中，旨在考察白居易詩集中表現自我藝術的詩作，注意其與傳統詩作不同的特色，觸及到白居易詩中以自我爲題的詠歎，大量關於年齡、日期、官位、

是利用其他方式，如「寫眞」一系列的詩歌。「寫眞」就是請畫工爲自己畫像，這在唐代士大夫中頗爲流行，朱景玄在《唐朝名畫錄》裡，將「寫眞」劃爲一類〔註4〕，標示「寫眞」在唐代繪畫中的地位。以自我畫像爲詩作題材，在樂天之前沒有出現過，之前曾被寫眞的人物如孟浩然、張九齡這樣以詩名家的宰臣，也沒有這一類的作品，這題材在樂天身上算是具有開創性。〔註5〕樂天閒適詩的「寫眞」類，除了實際寫眞外，藉由照鏡子反映的鏡像世界也是另一種寫眞形式，再者，利用文字描摹來談論自己，也是寫眞的形式之一。因而，閒適詩包含的「寫眞」，由三部分組成：實際寫眞、鏡像世界、用文字描摹的寫眞。樂天便是透由寫眞類型的詩歌書寫，進行對自我的瞭解。

　　「自我」是一種能夠發展的東西；它並不是在一生下來就已存在的，而是在社會經驗和活動的過程中產生的，即作爲個體與這一整個過程及在這一個過程中其他個體關係的結果，在特定的個體中得到發展。〔註6〕因而自我與社會的關係密切，一個人在不同的場合可能會以不同的形貌出現，給予不同的人不同的印象，在社會環境表現出來的自我面貌，稱之爲「外表的我」，也就是心理學家詹姆斯（William James，1842～1910）所言的「社會我」（The social me）──任何人

　　俸祿的記載，自我畫像的歌詠，注意自我在水中的倒影，詩中大量的「鏡子」意象等等，詳見林明珠：〈試論白居易詩中表現自我的藝術〉，《International Journal of the Humanities》（＝國際人文年刊）第五期，1996 年 6 月，頁 81～110。

〔註4〕 朱景玄在《唐朝名畫錄》將書畫之屬的藝術類分爲「神妙能逸」四品，四品之中又分上中下三種，每一品中各列數人代表，在周昉、閻立本、王維、陳閎、程修己、李仲昌、李傲、孟仲暉等名目下皆列有「寫眞」一類，尤以神品中「周昉」──「兼寫諸眞」爲上，詳見唐・朱景玄撰：《唐朝名畫錄》（臺北：商務印書館，1983 年，景印文淵閣四庫全書），子部八，頁 357～373。

〔註5〕 林明珠：「在筆者粗略的翻檢《漢魏晉南北朝詩全集》及《全唐詩》之後，沒有發現在白居易之前有人寫過，以前曾被寫眞的人物如孟浩然、張九齡這樣以詩名家的宰臣，也沒有這一類的作品，可能這個題材算是開創性的」，同注3，頁 92。

〔註6〕 同注1，頁 135。

都有無數社會我，因爲他所接觸的每一個團體都分別保留有他的印象。〔註7〕樂天給予人的印象往往停留在政治方面，脫離不了「直言諷諫」、「替廣大民眾立言」的社會角色，因爲諷諭詩的詩歌創作，因而也將其人視爲社會詩人。但樂天「內在的我」，眞實的自我眞是如此嗎？值得進一步商榷。樂天如何爲自我立言，反映出自我的哪些面向，將是這節討論的要點。

與西方詩歌比較，中國（文人）詩歌最明顯也是最重要的特徵，不在於它的意象性、神韻、格調等等，而是它進入社會、進入歷史的一種特殊方式，即自傳方式。〔註8〕可見中國文人常在詩歌中自覺地體現自我，如同樂天在詩歌中大量呈現自我，與中國詩歌傳統風格分不開。古代傳記文學的發展到了唐朝進入繁榮期〔註9〕，並在中唐之際出現「自傳」〔註10〕一詞。中唐出現的這些以「自傳」命名的作品，其共同點都是強調自己與他人顯著不同，自己走過的人生道路獨一無二，不可重複。〔註11〕因而樂天在閒適詩中體現自我，並不是獨特的表現，而是與中唐整個文學環境要求有個人獨特風采的風氣有直接關

〔註 7〕心理學家在詹姆斯在《心理學原理》一書中指出自我的客體由三部分組成：物質我、社會我、精神我。所言的「社會我」即是：任何人都有無數社會我，因爲他所接觸的每一個團體都分別保留有他的印象。引自郭爲藩：《自我心理學》（臺北：師大書苑出版，1996 年 12 月），頁 11。

〔註 8〕謝思煒：〈論自傳詩人杜甫──兼論中國和西方的自傳詩傳統〉，《文學遺產》1990 年第 3 期，頁 68。

〔註 9〕陳蘭村：「代隋建立的唐朝，從 618 年建國到 907 年滅亡，有近 300 年的歷史，是中國封建社會最繁榮的時代，也是古代傳記文學發展變化的又一個重要階段。唐代的傳記文學各體得到全面的繁榮」，詳細參見陳蘭村：《中國傳記文學發展史》（北京：語文出版社，1999 年 1 月），頁 154〜155。

〔註10〕「自傳」這一用語正式出現在作品標題上，首見於唐代中葉陸羽（733？〜804？）的《陸文學自傳》，以及比陸羽大約晚了一代的劉禹錫（772〜842）的《子劉子自傳》。見日‧川合康三著：蔡毅譯：《中國的自傳文學》（北京：中央編譯出版社，1999 年 4 月），頁 172。

〔註11〕同注 10，頁 190。

係。謝思煒考察中國詩歌，把杜甫視為中國第一位自傳詩人，認為詩人詩歌的自傳性呈現及意義如下：

> 第一，他的全部創作都是圍繞著自己的生活經歷而展開的，完整地反映了他的生活經歷和思想經歷。第二，他在人生經歷的重要階段不斷寫出一些回顧性的長篇作品。第三，他在晚年還寫作了一些旨在總結描述自己一生的純粹的自傳作品……杜甫的自傳詩則最為真切地展示了詩人情感性的人生體驗過程，同時也揭示了他與他的時代、與他生活的世界的詩性關聯，也更突出了人生和歷史的悲劇的、詩性的因素。〔註12〕

經由謝思煒對中國自傳詩的考察，將杜甫定位在開創之先，主要的原因在於杜甫是一位自覺的自傳詩人，有意在詩歌中放入自我，運用了真正的自傳詩體。杜甫自傳詩的獨特處除了書寫自我，也道出自我與時代及生活世界的整體關係，利用回顧性詩歌體現人生滄桑之感，呈現人在歷史洪流當中的悲劇詩性。

　　杜甫之後，樂天也寫過一些自傳性長詩，但大都在江州以貶謫生活體驗為基點，敘述前後經歷的自傳性長詩，在通過自傷坎坷來回顧人生這一點上，和此前的自傳性詩篇構造是相同的。〔註13〕但這只是樂天自傳性詩歌的片面特徵，不能代表整體特色，但也可見中國自傳性詩歌的自傷情調易被一般學者發掘。自傳作品的核心在於作者對自我存在價值的解釋和敘述自我成長的歷史，樂天在作品中雖未出現「自傳」一詞的用語，但一系列的「寫真」詩卻是最好的切入點，透過圖像、鏡子或文字的自我論說，從中省視自我，反思自我，自視與反思的結果，讓讀者更清楚地瞭解樂天真實的自我。

　　樂天在閒適詩表現自我的方式主要以「寫真」類型的詩歌呈現，因而首先，筆者將「寫真」類詩歌視為樂天自我敘說的主要資料來源，其次依照類型的不同，自我敘說資料又可分為兩類：一是當下的敘說，

〔註12〕同注8，頁70～71。
〔註13〕詳見同注10，頁165。

二是現在的「我」和過去的「我」之間辯證的過程。前者主要以鏡子爲考察對象，後者則以寫眞畫爲考察對象，兩者之間最大的差別在於：照鏡子看到的，只是現在的自己，而「寫眞」描畫的自己和觀看畫像的自己之間，已存有一個時間差。前者側重在「自我描寫」，描寫當下的自己；後者重在「自我審察」，追蹤過去之我到現在之我的變化軌跡。

　　樂天「寫眞」詩透過畫工對自身的描摹來觀察自己，卻發現畫中的自己與現實社會的自己有了一個明顯的差距，以〈自題寫眞〉爲例：

> 我貌不字識，李放寫我眞：靜觀神與骨，合是山中人。蒲柳質易朽，麋鹿心難馴；何事赤墀上，五年爲仕臣？況多剛狷性，難與世同塵。不惟非貴相，但恐生禍因。宜當早罷去，收取雲泉身。（頁 109）

元和六年（811）〔註 14〕，當時樂天爲翰林學士。透過之前李放爲他作的圖像描繪、寫眞，發現自己的個性竟是如麋鹿心般地難以馴服，剛狷的性格難與世俗同浮沈。即使做了五年多的侍臣，但原本桀驁不訓的性格依舊沒有改變。爲了明哲保身，勸勉自己應當早日罷官，寄身於田野山林。體認自己該處於山澤間隱居，但現今的自我卻身爲朝廷官員，觀看描繪的自我與現實生活中的自我出現歧異，樂天察覺到了這點，「不惟非貴相，但恐生禍因」。因而他試圖尋找一個他所是的形象，一個剝離了所有虛妄的自我的完整映象，〔註 15〕簡言之，圖像中的自我與觀看的自我本身產生了對話，兩者企圖尋找一個平衡點。

〔註 14〕朱金城依據汪立名的看法，認爲此詩當作於元和五年，見唐‧白居易著、朱金城箋校：《白居易集箋校》（上海：上海古籍出版社，1988 年 12 月），頁 311。底下再引到詩作繫年資料，即指此書。羅聯添則認爲：詩中五年爲侍臣，侍臣指翰林學士，樂天元和二年十一月始入翰林，詩當爲六年四月未丁憂前所寫，汪氏以爲五年，實是錯誤；岑仲勉則主張是元和二年（三十六歲）李放爲他寫眞，而六年題這首詩，參見羅聯添：《白樂天年譜》（臺北：國立編譯館出版，1989 年 7 月），頁 110。

〔註 15〕宇文所安：〈自我的完整映象——自傳詩〉，收入樂黛雲、陳玨編選：《北美中國古典文學研究名家十年文選》（南京：江蘇人民出版社，1996 年 5 月），頁 134。

企圖在仕途中尋找自我安身立命之處，既可保全性命又不會扭曲自我本真性格的道路。

上述〈自題寫真〉一詩突出表現「外表的我」與「內在的我」之間的矛盾性。雖然樂天身為政府官員，為百姓謀福利，但真實個性卻不願如此，認為自我的剛直個性並不適合在政治場中打滾，容易得罪別人，還可能導致禍端，希望自己能早日脫離政治圈，過著山中退隱的生活。表面上，樂天藉由他人替其寫真，更瞭解自我的真實性格，但實際上樂天早有退隱的打算，關於這點，下節將會有更詳細的論述，在此先不論。另一類「寫真」詩著重描寫今昔的自身對比，隨著時光流逝，再回頭審視往昔的寫真圖，心中興起的情懷，如〈感舊寫真〉一詩所言：

> 李放寫我真，寫來二十載。莫問真何如，畫亦銷光彩。朱
> 顏與玄鬢，日夜改復改。無嗟貌遽非，且喜身猶在。（頁 489）

本詩寫於大和三年（829）〔註 16〕，距離元和五年李放為樂天畫寫真圖已二十年，樂天也從壯年時期逐漸邁入老年時期。二十年的時光冉冉流逝，容貌也不復昔日，朱顏已老，已見玄鬢，昔日的寫真圖也已失去光澤。但樂天並不因此而感歎，反認為容貌的變化無須嗟歎，面對當時的人常早夭而死，因而該對自身的存在感到高興，畢竟容貌隨著年紀而改變是正常的。

會昌二年（843），樂天進行第二次的寫真，當時年紀已超過七十高齡，所興所感與第一次進行寫真有所不同，心境的轉折呈現在〈香山居士寫真詩 並序〉一詩當中：

> 元和五年，予為左拾遺、翰林學士，奉詔寫真於集賢殿御
> 書院，時年三十七。會昌二年，罷太子少傅，為白衣居士，
> 又寫真於香山寺藏經堂，時年七十一。前後相望，殆將三
> 紀。觀今照昔，慨然自歎者久之。形容非一，世事幾變，
> 因題六十字，以寫所懷。

〔註 16〕見朱金城《白居易集箋校》一書，同注 14，頁 1491。

> 昔作少學士，圖形入集賢；今爲老居士，寫貌寄香山。鶴
> 毳變玄髮，雞膚換朱顏。前形與後貌，相去三十年。勿歎
> 韶華子，俄成婆叟仙。請看東海水，亦變作桑田。（頁 824
> ～825）

觀今照昔，形容非一，世事幾變，一切盡在詩中體現。從翰林學士角
色轉變爲白衣居士，不只是年齡上的改變，也是心境上的轉變。詩人
面對時光的荏苒，雖有所感歎，然並非沉陷在這股情緒當中，自怨自
艾；而是以一種平常、必然的心境面對：光陰一去不復返就猶如東海
水，有朝一天也會變成桑田。試圖把人世間的一切變化予以合理化。
明白時間的流逝、形體的衰老都是必然，「羲和鞭日走，不爲我少停。
形骸屬日月，老去何足驚」（〈題舊寫眞圖〉，頁 144），時光並不會因
爲某人而駐留，形骸也因歲月的流失而呈現在眼前，面對年老無須害
怕。如果體認到這一點，便會喜於生命的存在，無懼於容貌的變化。

　　由上可知，少年時期的寫眞主要用以審察自我的眞實個性，但隨
著年紀的老大，樂天描寫的重點也轉移至生命本質。除了畫像，詩人
也透過鏡子觀察自我，人鏡之間產生立即的反射效果，更讓人強烈感
受到時間刻畫在容顏上的無情，對此樂天呈顯出的心態將在底下進行
論述。

　　鏡子最基本的功能在於「照形」〔註17〕，妝奩與鏡臺爲古代女
性閨房獨擁的用物，爲了「女爲悅己者容」，但在中國傳統閨怨、宮
怨題材中將對鏡弄妝托論爲男性詩人將自我的追求與挫傷，藉著女性
角色來呈現，形成一套象徵符號系統，因而「對鏡」可能傳達的信息，
或者是論托爲才人志士品德之美的自憐自愛之情，或是修容自飾卻無
人知賞的寂寞自傷之情。〔註18〕但在樂天閒適詩筆下，脫去這層自愛、
自傷色彩，有了另一番不同的呈現。閒適詩中以「鏡子」作爲描寫自
我工具的詩歌主要呈現在〈對鏡吟〉、〈對鏡〉、〈覽鏡喜老〉三首，創

〔註17〕《淮南子・人閒》：「夫戟者，所以攻城也，鏡者，所以照形也」，參
　　　　見何寧：《淮南子集釋》（北京：中華書局，1998 年 10 月），頁 1297。
〔註18〕上述的說法，參見同註3，頁 101。

作時間集中在大和年間,相當於樂天的晚年時期,因而詩中主要體現樂天對「老境」〔註19〕的看法,且看約作於大和三年（829）至大和五年（831）〔註20〕的〈對鏡吟〉:

> 白頭老人照鏡時,掩鏡沈吟吟舊詩。二十年前一莖白,如今變作滿頭絲。吟罷迴頭索盃酒,醉來屈指屬親知:老於我者多窮賤,設使身存寒且飢。少於我者半爲土,墓樹已抽三五枝。我今幸得見頭白,祿俸不薄官不卑。眼前有酒心無苦,只合歡娛不合悲。（頁473）

鏡子置於遠處,詩人「以物觀我」的省視方法,告訴讀者他所見到的自己,雖然已是白髮蒼蒼,但比那些過著寒飢生活的老者及過世已久的少者好太多,自己官階不低、生活也不錯。面對這情況,心中已被知足感包圍,即使是被文人賦予「愁」味的酒,樂天依舊心中無苦,只有歡娛的心態。因爲他不斷告訴自己「我很好」:現今的我有幸見得頭髮白,對於生命猶存,俸祿也不少,官階也不算低的處境,樂天相當知足。此時樂天雖未滿六十歲,但因古人不如今日長壽,因而樂天面對半數親友已去世的情況,心情不免感慨多端,相對照下更覺自身的幸福。因而即使面對鏡中的白髮,樂天仍飲酒自勉歡娛。

大和九年（835）〔註21〕〈覽鏡喜老〉一詩中,樂天也表達對老的看法:

> 今朝覽明鏡,鬚鬢盡成絲。行年六十四,安得不衰羸。親屬惜我老,相顧興歡咨。而我獨微笑,此意何人知。笑罷仍命酒,掩鏡拋白髭。爾輩且安坐,從容聽我詞。生若不足戀,老亦何足悲。生若苟可戀,老即生多時。不老即須

〔註19〕針對樂天閒適詩中的「老境」呈現,已有學者注意到。韓學宏在〈白居易詩中的「老境」〉一文中,針對近三千首詩歌當中言及「老境」的四百餘首進行考察,認爲詩人有意歌詠「老境」的各層面,雖然不免流露出悲觀的色彩,不過,總體而言,詩人的情緒有更多的時候是在安分知命、知足常樂的積極態度中度過的。詳細參見韓學宏:〈白居易詩中的「老境」〉,《華梵學報》第四卷第一期,1997年5月,頁1～16。

〔註20〕同注14,頁1454。

〔註21〕同注14,頁2058。

天，不天即須衰。晚衰勝早夭，此理決不疑。古人亦有言，
浮生七十稀。我今欠六歲，多幸或庶幾。儻得及此限，何
羨榮啓期。當喜不當歎，更傾酒一卮。（頁 676）

今日照鏡子時，發現自己的鬚鬢盡成白絲，雖有些驚訝，但面對自身
年紀已達六十四歲，身體怎能不衰贏！先自我安慰一番。但親屬看見
年老的樂天，不禁嘆氣惋惜，唯獨樂天自己微笑，不以爲意，仍從容
命酒，撫弄自己的白髭，向親友間娓娓細訴：生若不值得眷戀，死亡
又何足悲傷！生命若可眷戀，那麼老年更該珍惜。晚年的衰老還勝過
早夭的命運，況且年紀老大者，身體必衰老，這是恆久不變的道理。
古人曾言「人生七十古來稀」，如果自身夠幸運，也許可以活到七十
歲。倘若能如此，又何必羨慕榮啓期〔註22〕的長壽，面對此情況當喜
不當憂，更該飲酒一卮慶祝。

　　由上可知，詩人透過「鏡像」〔註23〕詩歌，描寫自身隨著歲月
劇烈變化的情況，但仍坦然面對與接受，並以一種愉悅的心情自足於
其中。「時間」本身就存在著內部矛盾：自然力的表徵時間是永恆；
人類的時間是直線推移、短暫有限且永不復返。在對照無窮的宇宙生
命中，人自覺地感受到自身的渺小與無復性。「生年不滿百」是人類

〔註22〕《列子・天瑞》：「孔子遊於太山，見榮啓期行乎郕之野，鹿裘帶索，
　　　　鼓琴而歌・孔子問曰：『先生所以樂，何也？』對曰：『吾樂甚多：
　　　　天生萬物，唯人爲貴・而吾得爲人，是一樂也。男女之別，男尊女
　　　　卑，故以男爲貴；吾既得爲男矣，是二樂也。人生有不見日月、不
　　　　免襁褓者，吾既已行年九十矣，是三樂也。貧者士之常也，死者人
　　　　之終也，處常得終，當何憂哉？』」，參見周・列禦寇撰、後魏・張
　　　　湛注：《列子》（臺北：中華書局，1982 年 11 月），頁 10～11。
〔註23〕白居易主要利用鏡子的反射審視自己，觀察當下的自身，藉以描寫
　　　　自我年老之際容貌的變化。現代心理學家也是利用鏡子的相同原理
　　　　發展出一套「鏡子階段」，主要用在指兒童（六～十八個月）逐步地
　　　　能辨認出自己的身體（在鏡子中）的形象，從而逐漸獲得自己身分
　　　　的基本同一性這樣一個經驗過程，這是心理學家拉康關於主體形成
　　　　的一套理論說明，拉康的鏡子階段是對人的心理發展過程的認識，
　　　　同樣是對人的自我意識生成的理論。詳見方漢文：《後現代主義文化
　　　　心理：拉康研究》（上海：三聯書店，2000 年 11 月），頁 29～33。

共同的限制，時間流逝代表生命的流失，生命不可逆，而死亡的大限更難以逾越，因而常常形成終生不解的憂患。〔註24〕人類的死亡、時間的流逝，成為中國古典詩歌的主題之一〔註25〕，不但突出人類生命直線式與大自然循環式無止盡的對抗，也發展出人生無常感之觸發。詩人或求化解超越，或沉溺感傷，呈顯出感受時間的不同方式，也左右著情感的基調。樂天獨特之處在於依照「自我」的「現實原則」，企圖從中尋找快樂原則，符合「本我」的需求。

　　奧地利心理學家佛洛依德（Sigmund Freud，1856～1939）在 1923 年出版的《自我與本我》一書中提出「人格三部結構」說，將人格分為三大系統：本我（id）、自我（ego）、超我（superego）。〔註26〕「本我」的功能在於滿足基本的生命原則，只受支配於避苦趨樂的「快樂原則」，從不思考，只有願望和行動。「自我」即是人與外界之間交往而形成的一個心理系統，一個活動在人與外界之間的媒介，換言之，

〔註24〕李澤厚：「自《楚辭》、漢挽歌、《古詩十九首》到魏晉悲愴，環繞著這個體生死的詠歎調」，見李澤厚：《華夏美學》（臺北：時報文化，1989 年四月），頁 146。《楚辭》中時間流逝的焦慮，陳世驤稱之為一種「感歎時間消逝的深沈傷感」，見陳世驤著；吳菲菲譯：〈楚辭九歌的結構分析〉，《幼獅月刊》49 卷 5 期，1979 年，頁 58。漢代的挽歌及古詩十九首中呈現的時間流逝感，更加深生命短暫、生命死亡的意象，這種意識在魏晉南北朝更加普遍，吉川幸次郎稱之為「推移的悲哀」，他說：「這樣的情感意識，不但在「十九首」裡，而且也構成了以後貫穿三國六朝詩的基本特色」，見吉川幸次郎著；鄭清茂譯：〈推移的悲哀（上）──古詩十九首的主題〉，《中外文學》6 卷 4 期，1977 年 9 月，頁 53。

〔註25〕由此引發出來的觀念多為「傷春」、「悲秋」傳統，關於這方面的論述，如有陳清俊：〈盛唐「傷春」與「悲秋」詩的主題探討〉，《國文學報》23 期，1994 年 6 月；何寄澎：〈悲秋──中國文學傳統中時空意識的一種典型〉，《臺大中文學報》7 期，1995 年 4 月；王立：〈春恨文學表現的本質原因及其與悲秋的比較〉，《古今藝文》26 卷 3 期，2000 年 5 月等期刊。

〔註26〕晚期，弗洛伊德在《自我與本我》（1923）一書中提出了「人格三部結構」說，他認為，人格是由本我（id）、自我（ego）和超我（super-ego）三部分所構成。參見車文博主編：《弗洛伊德文集》（長春：長春出版社，1998 年 2 月），頁 6。

它是內在與外在世界之間的仲裁,依「現實原則」來節制「本我」的本能衝動。但自我並不是要廢棄快樂原則,而只是迫於現實而暫緩實行快樂原則,自我的最終目的還是為了快樂。〔註27〕人一旦年紀老大,就得面對許多問題,諸如面貌的改變、身體狀況的衰老,因而白髮、病痛是最常面臨的問題。茅于美在《中西詩歌比較研究》一書中指出中國詩人描述「老境」的特點有四:一是功名未立,有志未逮的悲哀;二是氣衰體弱,身多疾病的苦惱;三是四壁蕭然,謀生乏術的困頓;四是家庭多難,孤獨無依的痛苦。〔註28〕可見,隨著年紀老大,心境也越趨頹喪,加上年顏老去,更接近人生的盡頭,死亡的潛在威脅更是擾人〔註29〕,可見人老時總有一些要面臨的困境。但若依照佛洛依德的人格架構,將會發現「本我」依舊欲循著快樂原則,想放縱自身滿足慾望,此時的「自我」就必須發揮作用,依循「現實原則」對「本我」進行控制。

此「現實原則」指的便是「年老」一事,它是個事實,容顏衰老、身體衰羸已足以說明這個事實。事實擺在眼前,個人要如何面對則端看個人的修為,樂天不僅明瞭這個現實,並依照「現實原則」,選擇坦然面對與接納,唯有如此才不會有更多的煩惱產生。遵循「現實原則」下尋找一條快樂道路,最終目的也是為了讓自身快樂過活,滿足「本我」的快樂取向。對於年老,樂天視為上天賜與的恩惠,加以珍惜,不該有所歎息。因而樂天在閒適詩呈現出的老年世界也有獨特的自我風格,且看底下二首描述老年心境的詩作:

〔註27〕沈毅著:《洞悉人類心靈的一面透鏡》(臺北:水牛圖書,1992 年 7月),頁 83。

〔註28〕參見茅于美:《中西詩歌比較研究》(北京:中國人民大學出版社,1987 年 12 月),頁 134。

〔註29〕王立:「死亡是一個永恆的存在,恰如人的生命有限這個事實是永恆真理一樣。生與死給予中國文人無法回避的困惑、憂懼、思考與感喟,使之成為引人注目的文學主題之一」,詳見王立:《中國古代文學十大主題──原型與流變》(臺北:文史哲出版社,1994 年 7 月),頁 285～314。

白鬚如雪五朝臣，又值新正第七旬。老過占他藍尾酒，病
餘收得到頭身。銷磨歲月成高位，比類時流是幸人。大曆
年中騎竹馬，幾人得見會昌春。（〈喜入新年，自詠〉，頁833）
朝問此心何所思，暮問此心何所為。不入公門慵斂手，不
看人面免低眉。居士室間眠得所，少年場上飲非宜。閒談
疊疊留諸老，美醞徐徐進一巵。心未曾求過分事，身常少
有不安時。此心除自謀身外，更問其餘盡不知。（〈自問此
心，呈諸老伴〉，頁855～856）

〈喜入新年，自詠〉一詩，詩題下樂天自註「時年七十一」，樂天已
屆七十歲的高齡，早已白鬚如雪，但仍以「刑部尚書」的高位退休。
大曆年間出生的人，又有幾人能見到會昌年的春天，跨越如此漫長的
年代，實在不簡單。又逢新的一年來到，對此樂天更加歡喜。〈自問
此心，呈諸老伴〉一詩創作於會昌六年（846）﹝註30﹞，由於樂天已
辦理退休，閒居在家，自問此心何所思，自問此心何所為，自言不需
入公門應酬，也不需看人眼色過日，一切都顯得自在逍遙。時而閒眠，
時而閒談，時而飲酒，由於內心不曾對外物要求太多，因而身體少有
不安的時候。此心除了謀求自身的衣食外，其餘之物盡不知。越到晚
年，生活更顯隨意，不刻意追求什麼，生活是如此簡單，從平凡的生
活中追求屬於自身的幸福。

　　因而，樂天的晚年心境更顯平和，不需煩惱日常生活瑣事，一切
順心而行。樂天閒適詩中「寫真」類型的寫真圖及鏡像詩歌，大都圍
繞在「老年」或「老境」議題上的探討，主要呈現樂天晚年知足安命、
自在愉悅的心境感受。樂天「寫真」另一類型的詩歌，是藉由文字描
摩來塑造自己的形象，突出表現自我真實個性，例如元和三年（808）
﹝註31﹞的〈松齋自題〉一詩：

非老亦非少，年過三紀餘。非賤亦非貴，朝登一命初。才
小分易足，心寬體長舒。充腸皆美食，容膝即安居。況此

﹝註30﹞同注14，頁2579。
﹝註31﹞同注14，頁281。

> 松齋下，一琴數帙書。書不求甚解，琴聊以自娛。夜直入
> 君門，晚歸臥吾廬。形骸委順動，方寸付空虛。持此將過
> 日，自然多晏如。昏昏復默默，非智亦非愚。（頁 96）

此時樂天仍爲翰林學士，但由文字的描寫可知當時的心境是不強求任何外在事物。能充飢的食物便是美食；能容身之處便是家。彈琴不需要知音共賞，只求自我娛樂；讀書不爲功名利祿，省分知足，不求官位的高低，爲求適意。樂天想過的生活不是要徹底屏退寂處，丟掉世俗社會的一切樂趣，而是要在不安穩的仕途上，化拘束煩擾爲閒適愉快。試圖尋找一條晏如的快樂道路，形骸可以不受限制，心境自然達到「非智亦非愚」的境界。既不走菁英路線，也不走隱逸路線。

〈松齋自題〉與〈自題寫眞〉一詩有異曲同工之妙，二首皆創作於元和前半段時期，也就是樂天剛踏入仕途的階段。由此可知，樂天很早便明瞭自我的眞實個性不適合在政治場中周旋，但囿於種種的現實因素，始終沒有離開過官場，即使途中退居下邽，也是迫不得已的原因。但越到晚年，樂天對於自我與政治的衝突與矛盾卻漸漸消失了，這自我改變的脈絡，正好呈現在「寫眞」類型的詩歌當中，從早期矛盾與退隱之心到晚期平和順遂之心。其中的轉變來自樂天從中發展出一套機制，即使體認到自我個性不適合在官場中活動，但自身又不得不留在官場中，爲了順應「自我」的「現實原則」，樂天找到一個平衡點，既可留在官場又可過著快活的日子，這種平衡的機制樂天稱之爲「中隱」，底下將對此概念作一番釐清，便能對樂天的內心世界更加瞭解。

第二節　「中隱」機制的開啓與自我定位

傳統士人在「學而優則仕」的龐大系統下，積極在政治上謀求一己之位，幸得進入中央體制，雖獲得外人垂涎的名利，但心理壓力也相對增加。「仕」與「隱」總是牽絆著無數的士人，他們徬徨、迷惑，

雖羨慕許由、巢父歸隱山林的樂趣，但對世俗的名利又牽掛不已，「仕」與「隱」兩者之間的矛盾交織在士人的心中，並形成傳統士人必須面臨的一大課題。這在樂天身上也有所反映，樂天早年雖努力謀求官職，但進入官場中的生活，卻不是樂天喜愛的生活模式；一生中又在官場中度過，但越到晚年生活越形愜意，「仕」與「隱」的矛盾幾乎消解而不存在了。其中的改變如何形成，樂天如何在其中尋找平衡點，筆者試圖從樂天的仕宦生涯爬梳，找尋他如何在「仕」「隱」的矛盾衝突中發展出一套平衡機制。

一、「中隱」道路的找尋過程

樂天早期深受儒家思想薰陶，將「兼濟天下」視為一生志向所在。經過層層科舉考試，如願進入中央體制身為政府官員，但真正踏入仕途後才瞭解「有得必有失」的道理，雖擁有名利但身心卻受拘束，常因官位及事務的牽絆，無法隨心所欲過日子。因而在早期的官宦生涯中便產生歸隱的念頭〔註32〕，並選擇在閒適詩中展現詩人內心真正的聲音。

身為小品官的秘書省校書郎一職，即使事少、工作輕鬆，但樂天已思考到「隱逸」的問題，提出「真隱豈長遠？至道在冥搜。身雖世界住，心與虛無遊」（〈永崇里觀居〉，頁 93），樂天並不贊成真正辭官隱居深山，做一個不入仕途的隱者，反而追求「身雖世界住，心與虛無遊」的超越境界，認為修養身心可以不受外在環境的拘束。職位的輕鬆自如讓樂天尚有遊玩的時刻，隨著官位的爬升與繁忙，樂天在閒適詩中對出處問題則出現兩種聲音，一是繼承前期對歸隱的看法，

〔註32〕大陸學者李敬一也注意到白居易早期的「歸隱」意識，在〈論白居易前期的「隱處」意識〉一文中提出：「白居易一生未離仕途，但又一直未間斷對「隱處」生活的肯定和嚮往……早在他入仕之初就已萌生對隱處的思考和嚮往，並逐漸形成了「志在兼濟，行在獨善」的「中隱」思想」，詳見李敬一：〈論白居易前期的「隱處」意識〉，《淮陰師範學院學報》2001 年第 1 期，頁 111～114。

不必眞隱於山林中；二是期待辭官歸隱的一天，兩種矛盾的看法，交錯出現在閒適詩中，也代表樂天尋找歸隱之路的過程。底下詩句將呈現樂天矛盾、掙扎的心理狀態：

> 人間有閒地，何必隱林丘。顧我愚且昧，勞生殊未休。一入金門直，星霜三四周。主恩信難報，近地徒久留。終當乞閒官，退與夫子遊。（〈贈吳丹〉，頁 98）

此詩創作於元和五年（810）〔註33〕，樂天當時任職左拾遺、翰林學士。樂天認爲人間處處皆有閒地，何必一定要在山林間隱居呢！回顧自己個性愚昧，即使幸得皇上肯定，擔任中央官員，但深知皇恩浩大無法回報，久留在長安之地非長遠之計，還不如追隨吳丹，當個閒官，不必背負太多政治責任，享有自己的一片天空。此處樂天表明不願歸隱山林的想法，即使待在政治環境，也希望當個閒官便自足，無意在政途上追求飛黃騰達。因而，企求「閒官」的念頭也成了日後樂天追尋的目標。

但另一方面，有時面對山林的可親，樂天忍不住歌詠山林的美好，並希望有朝一日辭去官職，回到大自然享受原始的純樸之趣，〈秋山〉一詩便是在這樣訴求下創作出來的：

> 久病曠心賞，今朝一登山。山秋雲物冷，稱我清羸顏。白石臥可枕，青蘿行可攀。意中如有得，盡日不欲還。人生無幾何，如寄天地間。心有千載憂，身無一日閒。何時解塵網，此地來掩關。（頁 102）

此詩約創作於元和五年（810）至元和六年（811）〔註34〕，描述自己久病後登山所得之樂趣。山中的白石可枕，青蘿可攀，其中所得的適意與愜意讓樂天幾乎不想歸返。人生的歲月何其短暫，爲官的日子身心處於疲憊狀態，心有千載憂無處解，身無一日可閒。面對現今的情況，樂天不禁暗想，何時才能脫離世俗的牽絆，回到大自然的懷抱，

〔註33〕參見同注 14，頁 286。
〔註34〕同注 14，頁 298。

來此地掩關而居，自由自在，不必理會外在世界。

由此可見，樂天雖身為官吏卻有歸隱的念頭，只是找不到一條適合自己歸隱的道路，因而呈現在詩中的念頭也不一致，總體而言，樂天考慮的重點在於是否要「辭官」的問題。到了元和六年（811），因母喪的不可抗拒因素，樂天暫時脫離政治環境回到家鄉，與村夫一同生活，過著田野般的日子，寫下〈歸田〉表達回家務農的願望：

> 人生何所欲，所欲唯兩端。中人愛富貴，高士慕神仙。神
> 仙須有籍，富貴亦在天。莫戀長安道，莫尋方丈山。西京
> 塵浩浩，東海浪漫漫。金門不可入，琪樹何由攀。不如歸
> 山下，如法種春田。（〈歸田三首〉之一，頁 114）

以「中人喜愛富貴，高士羨慕神仙」為例，說明人生的慾望，大體說來不離兩方面──富貴與仙道。但要成為神仙必須有資格，而富貴也由天定，非人為因素可決定。因而樂天勸勉人們不要貪戀進入長安的道路，也不要尋訪方丈神山。既然皇家的門不可入，神山的琪樹無可依附，還不如實際點，回歸鄉間山裡，當個普通勞動者，種田為生。體認到人間富貴與神仙之道的不可捉摸性，強求反徒增煩惱，還不如歸返鄉里，當個務農者，自立耕食，不需要憑藉外在的任何條件，還可過著心安自得的日子。

但這樣的願望隨著返回長安而宣告結束，樂天依舊回到政治環境，授左贊善大夫一職。雖然返回熟悉的環境，但心境已不復之前的積極，閒適詩體現的常是慵懶的心態，對於為官卻能享受閒適趣味者特別欣賞，吳丹就是其中一例，試看〈酬吳七見寄〉一詩描述的：

> 曲江有病客，尋常多掩關。又聞馬死來，不出身更閒。聞
> 有送書者，自起出門看。素縑署丹字，中有瓊瑤篇。口吟
> 耳自聽，當暑忽翛然。似漱寒玉水，如聞商風弦。首章歎
> 時節，末句思笑言。懶慢不相訪，隔街如隔山。嘗聞陶潛
> 語，心遠地自偏。君住安邑里，左右車徒喧。竹藥閉深院，
> 琴罇開小軒。誰知市南地，轉作壺中天。君本上清人，名

在石堂間。不知有何過，謫作人間仙。常恐歲月滿，飄然
歸紫煙。莫忘蜉蝣內，進士有同年。（頁124）

此詩創作於元和十年（815）〔註35〕，樂天擔任左贊善大夫。形容自
己是「曲江病客」，平常多掩門而關，近日又聞馬死，心態更是慵懶。
掩門閒居在家的日子突然收到吳丹的信件，口吟耳聽之際，夏天的暑
氣盡消，有如漱寒玉水、聞商風絃般地清涼。詩句首章感歎時節的倏
忽，末句笑著說道因性情懶慢，即使彼此只有短暫隔街的距離，也彷
彿如隔山般的遙遠，因而無法親自相訪。樂天雖常聞陶潛「心遠地自
偏」之語，但今日見吳丹的生活，才知此語的境界。吳丹雖也住在長
安的安邑里，但街坊左右的車馬喧鬧聲卻彷彿不存在。吳丹在自家宅
院中種著竹藥，在小軒中飲著酒、彈著琴。誰能曉得居住在市南之地
卻能轉換成壺中天地，居住在喧擾的長安城也能擁有個人靜謐的一片
天地。因而樂天讚譽吳丹本為上清人，不知何故被貶到人間。羨慕、
讚賞之餘，也讓樂天體認到外在環境不能拘限自身對閒適的追求，即
使在熱鬧的長安城也能發掘自己的一片小天地，端看個人是否有閒適
的心境，營造出別有天地的氛圍。

　　樂天即使在閒適詩中抒發內心自我的性格及想法，但其外在身份
畢竟還是政府官員，對於政治仍存有熱情與關心，可說「兼濟」之志
與「獨善」之行相互配合、運行，因而面對元和十年宰相武元衡為盜
所殺一事，奮不顧身直言上書，最後走上貶官一途。經過一番省思，
自我心態的調整，加上徜徉在大自然中，因而樂天對政途及歸隱又有
了一番體認。看透仕途的艱險，即使被貶到瘴癘之地，也能欣然接受，
並在江州期間冀望歸隱山林的願望：

已任時命去，亦從歲月除。中心一調伏，外累盡空虛。名
宦意已矣，林泉計何如。擬近東林寺，溪邊結一廬。（〈歲
暮〉，頁134）

經歷過無情政治的考驗，對於政途也看得更為透徹。萬事委命而行，

〔註35〕同注14，頁350。

對於歲月的流逝亦是如此看待。不斷調適內心的想法，只求心安，對於外在的名利皆視爲空虛。追求名利、宦途之心已不在，欲尋找歸臥林泉之計，希望能在東林寺附近的溪邊結一茅廬。自己既遭受貶謫之命運，就得學會接受，也因爲這次的教訓，樂天更嚮往山林之趣。居江州期間，見元十八幽居的生活型態，有意追隨之，寫下〈題元十八溪亭〉一詩紀之：

> 怪君不喜仕，又不遊州里。今日到幽居，了然知所以。宿君石溪亭，潺湲聲滿耳。飲君螺盃酒，醉臥不能起。見君五老峯，益悔居城市。愛君三男兒，始歎身無子。余方鑪峯下，結室爲居士。山北與山東，往來從此始。（頁 136）

樂天常不解元十八爲何不喜歡踏入仕途，也不喜愛州里間的交遊。今日親自拜訪其居宅，才瞭解其中的原由。樂天住宿在元十八的石溪亭中，潺潺的流水聲充斥在耳中；飲用元十八的螺杯酒，竟醉臥不願醒來。在此亭中享受到自然的野趣與飲醉的酣暢，此亭便在廬山東南五老峯下，居此亭便可仰望五老峯，見此樂天益加悔恨居住在城市，無法接觸大自然。元十八幽居的自得讓樂天興起欲在方鑪峯下結一廬室，當個居士。從此以後，山北與山東，便可兩處往來，享受山居的樂趣。

　　樂天此時年紀正當四十多歲的壯年時期，對一般人而言是謀求地位、權勢的最佳階段，但樂天卻表明歸隱的念頭，寫下〈白雲期〉一詩說明自己此階段的計畫：

> 三十氣太壯，胸中多是非。六十身太老，四體不支持。四十至五十，正是退閒時。年長識命分，心懶少營爲。見酒興猶在，登山力未衰。吾年幸當此，且與白雲期。（頁 137～138）

樂天認爲三十歲的年紀，氣太過壯盛，胸中容易產生是非之心。六十歲的年紀又太過年老，恐怕身體太過衰老無法支持四肢。因而四十歲至五十歲正是退閒好時機。年紀越長越能明瞭命運的安排，心態也越形慵懶，對於外物都不再多營求。只要見酒興味猶在，登山之力未衰便可。慶幸自己正處於此階段的年齡層，因而期待退隱，與白雲共追逐。

因而，貶謫江州三年多的期間，樂天興起歸隱山林的念頭，但要眞正歸隱山林卻又必須辭去官職，此時的樂天仍帶有官職，無法眞正過著歸隱的日子。即使樂天早與元稹同蓄休退之心，欲過著歸隱的日子，但囿於現實的種種羈絆，理想至今尚未達成，至此樂天重申歸隱的念頭，並期許外務結束，一同與元稹歸向山林：

> 宦情君早厭，世事我深知。常於榮顯日，已約林泉期。況今各流落，身病齒髮衰。不作臥雲計，攜手欲何之。待君女嫁後，及我官滿時。稍無骨肉累，粗有漁樵資。歲晚青山路，白首期同歸。(〈昔與微之在朝日，同蓄休退之心。迨今十年，淪落老大，追尋前約，且結後期〉，頁141)

樂天料想元稹對於官宦之情早已厭倦，樂天自己也對世事有深切體悟。兩人嘗在榮耀的昔日，約好一同前往深山歸隱。況且今日兩人各自流落，身體病了，齒髮也隨著年紀而衰老，如此的情境不作隱居的考量，又能有什麼作爲呢？等待元稹之女嫁後，樂天官滿之時，稍稍無骨肉之牽絆，各自有一些餘資，便可一同邁向青山路，過著自由、歸隱的生活。

　　但這個約定，並沒有因樂天官滿而完成，此後樂天仍待在官場中，擔任不同的職位。經歷貶謫遭遇後，雖多次在詩中言及歸隱的念頭，但樂天對政治基本上仍未脫去關切之意。閒適詩的創作歷程可謂貫穿樂天一生，但仔細考察閒適詩的繫年，便可發現，元和十三年（818）冬，樂天授忠州刺史開始至長慶二年（822）自求外任杭州刺史前的這段時間，並無閒適詩的寫作，此時期的詩作大都編在「律詩」類中。編選者元稹並無交代其中的原因，但由《舊唐書》的記載：「時天子荒誕不法，執政非其人，制御乖方，河朔復亂，居易累上疏論其事，天子不能用，乃求外任。七月授杭州刺史」〔註36〕，可瞭解元和十三年至長慶二年間，樂天的心境又有所轉變，政治的惡化使得他無法

〔註36〕後晉・劉昫等撰：《新校本舊唐書附索引》（臺北：鼎文書局，1981年1月），頁4353。

安於閒適，於是再度激起論政的熱情，冀求皇帝能採納自己的意見。

　　再對照這期間的官職，先從忠州刺史召爲尙書司門員外郎，之後除主客司郎中知制誥，隔年除中書舍人。忠州是長江岸邊的山區小郡，人民大都依靠山產和水果爲生，也因爲是山區：「一隻蘭船當驛路，百層石蹬上州門。更無平地堪行處，虛受朱輪五馬恩」（〈初到忠州，贈李六〉，頁378），許多房舍都依山建築，連刺史的府衙也在山腰上，得走上百來層的石階；整個村鎮，幾乎找不到一條平坦寬廣的道路，馬車根本派不上用場。樂天爲了適應當地環境，已花了不少時間，再加上只在忠州待一年，創作的詩作大都是當時生活細節的描繪。回到長安先任爲「尙書司門員外郎」，負責流動、關卡出入的登記〔註37〕；不久改除「主客司郎中知制誥」，唐代的知制誥是替皇上擬詔令的官員，職位相當重要；長慶元年（821）十月，樂天除「中書舍人」〔註38〕，其職責主要是選擬詔旨、進奏、參議表章，可以直接參與政事。因爲任職中央的關係，職責所在以及政治的惡化，讓他全心全力投入政治，希望對改善時局有所幫助。元稹可能也是觀察到樂天此階段心態的微妙變化，因而不將此時的詩作納入閒適詩體系。

　　可見，出處的問題雖在詩中重複被樂天探討，但尙未尋覓到一條合適的道路，況且樂天也在詩中坦白承認自己有時無法眞正擺脫名利的枷鎖，且看〈登商山最高頂〉一詩：

> 高高此山頂，四望唯煙雲。下有一條路，通達楚與秦。或名誘其心，或利牽其身。乘者及負者，來去何云云。我亦斯人徒，未能出囂塵。七年三往復，何得笑他人。（頁153）

〔註37〕《唐六典》：「司門郎中、員外郎，掌天下諸門及關出入往來之籍賦，而審其政」，唐・李隆基撰；唐・李林甫注；日・廣池千九郎校注；日・内田智雄補注：《大唐六典》（西安：三秦出版社，1991年6月），頁153。

〔註38〕《新唐書・百官志》（卷四十七）：「掌侍進奏，參議表章。凡詔旨制敕、璽書冊命，皆起草進畫；既下，則署行」，參見宋・歐陽修，宋祁撰：《新校本新唐書附索引》（臺北：鼎文書局，1981年），頁1211。

此詩創作於長慶二年（822）〔註39〕，樂天自長安至杭州途中，準備
赴任杭州刺史一職。商山一地，樂天總共經過三次，據此加以發揮。
芸芸眾生中，莫不被名利羈絆，其心不是被「名」利誘，便是其身被
「利」牽絆。樂天也承認自己不能自外於追逐名利一途，亦無法脫離
世俗，常隨著官職而轉徙各地。

　　但隨後在杭州刺史任內寫下的〈郡亭〉一詩，便隱約提出「吏隱」
的想法：

> 平旦起視事，亭午臥掩關。除親簿領外，多在琴書前。況
> 有虛白亭，坐見海門山；潮來一憑檻，賓至一開筵。終朝
> 對雲水，有時聽管弦。持此聊過日，非忙亦非閒。山林太
> 寂寞，朝闕空喧煩；唯茲郡閣內，囂靜得中間。（頁 155～
> 156）

既然身爲刺史一職就該盡其本分，因而一大早便起來視察，處理郡中
大小事務。中午過後才過著屬於自己的生活，除了日常公務外，樂天
自言常在琴書前度日。更何況辦公性質的郡齋內還設有一亭，不僅可
以遠眺，還可在此宴請賓客，自娛性及宴遊性俱佳，因而可終日欣賞
雲水或聽著管弦。這樣的生活型態非忙亦非閒，恰到好處。隱居在山
林間太過寂寞，待在朝闕間又太過喧煩，都不如郡閣內囂靜適中。樂
天在山林與朝闕中尋找到一個平衡點，便是待在郡閣內〔註40〕，除了
具備政治性及森嚴性外，郡齋內還有一些額外的建築，如亭、閣、小
池類的設計，都可讓樂天在公務之餘尚有一片自由揮灑的私人空間。

〔註39〕同注 14，頁 425。
〔註40〕侯迺慧在〈唐代郡齋詩所呈現的文士從政心態與困境轉化〉一文中，
　　　　考察「郡齋」雖然是政府辦理政務的所在地，但它也同時提供了官
　　　　員居家的官舍，並以園林化的造設供民眾宴集遊賞與旅宿，是一個
　　　　兼具多重功能、多重相對空間性格的特殊地方。並提出以郡齋爲題
　　　　創作的詩歌呈現出幾種主題：閒暇主題、隱逸主題、仙道主題、仕
　　　　途失意的悲歡。企圖以郡齋詩表達文士們在郡齋中兼得吏與隱、儒
　　　　與道的圓滿自得，詳見侯迺慧：〈唐代郡齋詩所呈現的文士從政心態
　　　　與困境轉化〉，《國立政治大學學報》第七十四期，1997 年 4 月，頁
　　　　1～38。

　　樂天欲在山林與朝闕間尋找一個可以寄養心靈的區域，首先找尋
到的是在郡閣中，囂靜得宜的最佳處所。即使郡齋具有多功能性質，
但樂天在閒適詩中多強調郡齋的休閒功能，足以涵養身心的功效，樂
天任職蘇州刺史期間創作的閒適詩亦具有相同意旨，如〈郡中西園〉
一詩：

> 閒園多芳草，春夏香靡靡。深樹足佳禽，旦暮鳴不已。院
> 門閉松竹，庭徑穿蘭芷。愛彼池上橋，獨來聊徙倚。魚依
> 藻長樂，鷗見人暫起。有時舟隨風，盡日蓮照水。誰知郡
> 府內，景物閒如此。始悟諠靜緣，何嘗繫遠邇。（頁 455～
> 456）

此詩描述的地點是在郡齋內的西園，園中多芳草，春夏間芳草香氣瀰
漫，深樹吸引佳禽駐足，早晚鳴叫不已。院內栽種松竹，庭院中的小
徑兩旁種著蘭芷，小池上還架著小橋，樂天最愛到小橋上，獨自徘徊、
倚靠。池中的魚依附著水藻而長樂，鷗鳥遇人則飛起，有時小舟隨著
風而飄動，池中的蓮花還映照在水面上，好不美麗。這些種種美景皆
藏在郡齋內，有誰曉得辦公性質的郡齋內之景物竟如此具有閒意！從
中明瞭喧靜的關鍵不在外在環境，而在內心的作用。既然郡齋內亦能
享受箇中景物的閒趣，追求閒境又何必捨近求遠呢？

　　直到大和三年（829）〔註41〕太子賓客分司期間，才真正提出
「中隱」概念，將之前的想法具體化成一套理論，呈現在〈中隱〉
一詩：

> 大隱住朝市，小隱入丘樊。丘樊太冷落，朝市太囂諠。不
> 如作中隱，隱在留司官。似出復似處，非忙亦非閒。不勞
> 心與力，又免飢與寒。終歲無公事，隨月有俸錢。君若好
> 登臨，城南有秋山。君若愛遊蕩，城東有春園。君若欲一
> 醉，時出赴賓筵。洛中好君子，可以恣歡言。君若欲高臥，
> 但自深掩關。亦無車馬客，造次到門前。人生處一世，其

─────────────

〔註41〕同注14，頁1494。

道難兩全。賤即苦凍餒，貴則多憂患。唯此中隱士，致身
吉且安。窮通與豐約，正在四者間。（頁 490）

樂天言「中隱」是對「大隱」與「小隱」的調適，從中找到調和點。
隱於朝市中稱爲「大隱」，隱居在丘樊中稱爲「小隱」，但大隱太過喧
鬧，小隱又太過冷落，還不如隱在「留司官」。身居閒官一職，可免
勞心勞力；每月領有俸錢，可免飢寒之苦。「洛陽」便是一個絕佳之
地，附近的山水可以盡情遊玩，還可享宴遊之樂，交友之樂，閒居之
樂。貧賤與富貴都有其苦，還不如選擇中隱士一途，身心吉且安。

　　大和三年明確提出「中隱」理論，在山林與朝闕間做了一番調整
機制，最後選擇在洛陽之地，以半官半隱的方式，過著閒適的生活。
大和三年至去世前，樂天擔任的官職計有太子賓客分司、河南尹、太
子少傅分司，最後以刑部尚書致仕，這些官職中以河南尹的事務最爲
繁忙，因而此階段創作的閒適詩數量也有限，都比不上分司官與致仕
官期間的創作量，因而樂天的中隱道路多在分司官及致仕官期間開展。
之前提過「郡齋」內創作的閒適詩具有朝隱味道，「郡齋」一般都是
指地方官辦理政務的所在地，由於地方官多屬於暫時性質，士人多
半不會在當地購屋置產，因此任職期間的居住多由公家提供。〔註42〕
但分司官的性質屬於東宮官屬，與地方官性質不同。樂天所以能提出
「中隱」理論，並具體實踐之，在於外在環境與官職的相互配合，樂
天早有在洛陽定居的打算，在長慶四年（824）便已買下履道宅。大
和三年（829）因病免官東歸，授太子賓客分司洛陽，更加確定長住
的念頭，「往時多暫住，今日是長歸」，洛陽的美景加上閒官的職位，
讓「中隱」道路走得既自由又快樂。

　　到底身爲「分司官」的優渥之處在哪裡，試看樂天在〈再授賓客
分司〉一詩陳述的：

〔註42〕侯迺慧：「由於唐代的地方官員在遷調方面非常頻繁，派任某州縣只
　　　是暫時的工作，這些士大夫們多半不會在當地購屋置產，因此任職
　　　期間的居住多由公家提供」，同註40，頁3。

優穩四皓官，清崇三品列。伊予再塵忝，內愧非才哲。俸
錢七八萬，給受無虛月。分命在東司，又不勞朝謁。既資
閒養疾，亦賴慵藏拙。賓友得從容，琴觴恣怡悅。乘籃城
外去，繫馬花前歇。六遊金谷春，五看龍門雪。吾若默無
語，安知吾快活。吾欲更盡言，復恐人豪奪。應爲時所笑，
苦惜分司闕。但問適意無，豈論官冷熱。（頁 657）

自認賓客分司一職爲優穩、清崇的官位，接受如此清高的官階，樂天
自慚非才哲之列。不僅每月有固定的俸祿，而且分司在東都，又不需
每日上朝。這樣的生活型態既有餘資可閒養病，亦賴慵懶之心埋藏拙
直的本性。親朋好友皆可從容往來，恣情地飲酒、彈琴。常往城外去
尋幽訪勝，一年之中可多次欣賞金谷的春景與龍門的雪景。這樣的樂
趣，樂天如果默然不語，誰會曉得樂天快活的心境。然而如果太過多
言，又怕時人謂己太過矯情。分司官雖是閒官，但樂天重視的則是內
心是否適意，對於官職的清閒或顯要並不在意。擔任政府重要官位，
還得背負許多責任，還不如當個閒官，既擁有俸祿，也不需花太多心
力在公務上，可自由分配自己的時間，隨心所欲過日。與〈詠興五首〉
之序所言：「廬舍自給，衣儲自充，無欲無營，或歌或舞，頹然自適，
蓋河洛間一幸人也」（頁 654），有著相同的旨趣。

在洛陽定居，又擔任分司官，這對「中隱」一途是最好的選擇，
樂天也欣然同意，〈詠懷〉一詩便呈現這樣的意旨：

我知世無幻，了無干世意。世知我無堪，亦無責我事。由
茲兩相忘，因得長自遂。自遂意何如，閒官在閒地。閒地
唯東都，東都少名利。閒官是賓客，賓客無牽累。嵇康日
日懶，畢卓時時醉。酒肆夜深歸，僧房日高睡。形安不勞
苦，神泰無憂畏。從官三十年，無如今氣味。鴻雖脫羅弋，
鶴尚居祿位。唯此未忘懷，有時猶內愧。（頁 665）

樂天因爲明瞭世事的無常，因而對萬事無太多奢求，人世間也明瞭樂
天無太多才能，因而並不責怪樂天無所事事。兩相作用下，樂天從中
常得自遂之心，自遂的眞意爲何？簡單地說就是「閒官在閒地」。唯

有洛陽東都稱得上閒地，因爲東都少名利之心的追逐；唯有賓客一職稱得上閒官，因爲賓客一職無事務的牽絆，頗爲自由。形體安適不需勞苦，精神安泰無憂畏之心，從官三十年，都比不上擔任賓客一職的處境。自稱既可脫離複雜的政治環境尚能擁有官位，這樣的優渥，讓樂天也不禁產生內愧之心。

　　閒地、閒官的雙重配合下，樂天居住在洛陽的日子，比起以往有了一番不同的氣象，樂天在詩中以神仙境界說明目前自身的處境，且看〈池上即事〉描述的：

　　　　行尋甃石引新泉，坐看修橋補釣船。綠竹挂衣涼處歇，清
　　　　風展簟困時眠。身閒當貴眞天爵，官散無憂即地仙。林下
　　　　水邊無厭日，便堪終老豈論年。（頁 612）

此詩創作於大和三年（829）〔註43〕，樂天任職太子賓客期間。樂天在自家宅院中散步尋覓甃石，並在園中引進新的泉水，或者坐著閒看工人修橋兼補船。脫下衣服掛在綠竹上，在涼處歇息。趁著清風吹拂時展開竹簟，身體困時便在竹簟上偶眠。保持身體的悠閒是很珍貴，足可視爲天爵；官職閒散無煩憂，簡直可喻爲地仙。樂天自言徜徉林下水邊已自足，無厭日可言，此地足以終老。

　　一般人追求的仙道都需遠求，爲的是長生不死，尋找永恆性，但樂天追求的仙道不假外求，在自家宅院中便可擁有神仙般的快樂，以吾土爲安、爲樂，因而以「地仙」說明當下自身的歡愉。這樣一條「中隱」道路，開展出的生活面向又是如何，先看樂天擔任太子賓客分司一職體會的適意之情：

　　　　閒遊來早晚，已得一周年。嵩洛供雲水，朝廷乞俸錢。長
　　　　歌時獨酌，飽食後安眠。聞道山榴發，明朝向玉泉。（〈閒
　　　　吟二首〉之二，頁 635）

　　　　高人樂丘園，中人慕官職。一事尚難成，兩途安可得。遑
　　　　遑干世者，多苦時命塞。亦有愛閒人，又爲窮餓逼。我今

────────────
〔註43〕同注14，頁 1888。

幸雙逐，祿仕兼游息。未嘗羨榮華，不省勞心力。妻孥與
婢僕，亦免愁衣食。所以吾一家，面無憂喜色。（〈詠懷〉，
頁670）

第一首創作於大和四年（830）〔註44〕，樂天從元和三年任職太子賓
客分司一職，至此已達一年，因而樂天言早晚在洛陽閒遊已經一年。
嵩山、洛水提供美景，每月有固定的朝廷俸祿可拿。長歌時還獨酌，
飽食後即安眠。又聞山中的石榴花開，次日一早便邁向玉泉寺。體現
生活不虞匱乏的情況下，自身追求快樂的途徑。第二首寫於大和九年
（835）〔註45〕，先說明高人之士樂在丘園中，一般人則羨慕官職，
但一事尚難成功，更何況要追求仙道與名利之途，兩者又非人為因素
可決定，因而世人往往苦於時命所限。除此之外，亦有愛閒之人，但
往往又被窮餓所逼。今日樂天幸得雙逐，不僅有祿仕還可以遊玩與休
憩。羨慕榮華富貴者，往往需要勞心又勞力，但樂天既不羨慕榮華富
貴，因而不需勞心力，而且妻孥與婢僕，亦不需為衣食所憂愁，所以
樂天一家，臉上無憂喜色。正說明樂天生活一切順其自然，不多求則
無煩惱產生。

　　太子賓客任滿，樂天依舊擔任分司官，任職太子少傅分司。樂天
常在詩中言及自我的年歲，為的是突顯對自我的生涯規劃，回顧過去，
展望未來，並以今日的生活為足，〈六十六〉一詩便代表這樣的意旨：

病知心力減，老覺光陰速。五十八歸來，今年六十六。鬢
絲千萬白，池草八九綠。童稚盡成人，園林半喬木。看山
倚高石，引水穿深竹。雖有潺湲聲，至今聽未足。（頁672）

樂天自言六十六歲的年紀，時當開成二年（837）。生病後知曉心力減
退，越到晚年越覺光陰倏忽流逝。大和三年（829），以五十八歲的年
紀回到洛陽，至今已經六十六歲，鬢絲已經全白，也已度過八九年的
春天。往昔的童稚如今盡長為成人，園林之樹也半為喬木。但樂天依

〔註44〕同注14，頁1945。
〔註45〕同注14，頁2042。

舊倚靠著高石仰望青山，引水入園林，穿越層層的竹林。水的潺湲聲百聽不厭，至今仍是聽未足。即使身體隨著年紀而衰老，但心境依舊閒適，並希望以後依舊過著如此適意的生活型態。

　　任職洛陽分司官這些年來的生活樣貌，樂天以「自在」、「閒適」為題說明此中的真意：

> 杲杲冬日光，明暖真可愛。移榻向陽坐，擁裘仍解帶。小奴搥我足，小婢搔我背。自問我為誰，胡然獨安泰。安泰良有以，與君論梗概。心了事未了，飢寒迫於外。事了心未了，念慮煎于內。我今實多幸，事與心和會。內外及中間，了然無一礙。所以日陽中，向君言自在。（〈自在〉，頁685～686）

> 祿俸優饒官不卑，就中閒適是分司。風光暖助遊行處，雨雪寒供飲宴時。肥馬輕裘還且有，粗歌薄酒亦相隨。微軀所要今皆得，只是蹉跎得校遲。（〈閒適〉，頁769）

〈自在〉一詩創作於大和九年（835）〔註46〕。樂天描述在溫暖的東陽下，移榻向著陽光閒坐，雖然擁著裘衣，但仍解帶閒坐。小奴搥著足，小婢搔著背，還自問自己為誰，為何可以過著安泰的生活。這樣的生活型態其來有致，姑且說其大概。人生在世，如果心了事未了，便會被外在的飢寒所逼迫；如果事了心未了，思慮便會煎熬著內心。樂天如今多為幸，因為事與心合一，內外兼無憂，了然無一礙。因而可以在日陽中，向大家訴說自身的自在狀況。外無飢寒之苦，內無不適意，所以可以自在過日。樂天從早年時期便開始創作閒適詩，但真正以「閒適」為題，則要等到開成三年（838）〔註47〕，樂天任職太子少傅分司期間。「分司」官的特點在於俸祿優厚，官位不低，還可以從中獲得閒適之情。溫暖的風光助長外出遊玩之心，在寒冷的風雪夜則還可以在家宴請賓客，一同來歡娛。自言擁有肥馬輕裘，粗歌薄酒亦是日常生活的調劑品。少勞心之事，俸祿亦不少的佳境，樂天相

〔註46〕同注14，頁2081。
〔註47〕同注14，頁2333。

當滿意，還在心中悔恨太晚抽身回到洛陽。

會昌元年（841），樂天免去少傅一職，以刑部尚書致仕，「致仕」相當於今日的退休，退休後仍領有半數的俸祿〔註48〕，因而樂天依舊有餘資可以悠閒過日，因而筆者也將致仕後的生活列入「中隱」一途。退休後生活更為悠閒，少了官職的拘束卻仍領有俸祿，而且隨著年紀的老大，樂天對世事更是淡然視之，一切自然過日，〈閒樂〉一詩可窺出此時的生活情況：

> 坐安臥穩輿平肩，倚杖披衫遶四邊。空腹三杯卯後酒，曲
> 肱一覺醉中眠。更無忙苦吟閒樂，恐是人間自在天。（頁811）

此詩創作於會昌二年（842）〔註49〕，樂天描述致仕後的生活型態。有時坐著轎子安穩而行，有時倚著仗、披著衫衣閒遶。在卯時空腹飲酒，曲肱一臥便成眠。更無忙事可苦惱，還閒吟此中之樂，這樣的日子幾近人間自在天。

致仕後的日子開銷雖有官俸支持，但還是不足，最後只好典當家裡的財物，對此樂天依舊達觀，並寫下〈達哉樂天行〉一詩說明之：

> 達哉達哉白樂天，分司東都十三年。七旬纔滿冠已挂，半
> 祿半及車先懸。或伴遊客春行樂，或隨山僧夜坐禪。二年
> 忘卻問家事，門庭多草廚少煙。庖童朝告鹽米盡，侍婢暮
> 訴衣裳穿。妻孥不悅甥姪悶，而我醉臥方陶然。起來與爾
> 畫生計，薄產處置有後先。先賣南坊十畝園，次賣東都五
> 頃田。然後兼賣所居宅，髣髴獲緡二三千。半與爾充衣食
> 費，半與吾供酒肉錢。吾今已年七十一，眼昏鬚白頭風眩。
> 但恐此錢用不盡，即先朝露歸夜泉。未歸且住亦不惡，飢
> 餐樂飲安穩眠。死生無可無不可，達哉達哉白樂天。（頁827）

〔註48〕《唐會要》卷六十七「致仕官」：「建中三年九月十二日勅，致仕官所請半祿料及賜物等，並宜從勅出日，於本貫及寄住處州府支給，至貞元四年四月二十三日，致仕官給半祿料，其朝會及朔望參，並依常式，自此以後，宜准此」，參見宋‧王溥著：《唐會要一百卷》（臺北：世界書局，1989年4月），頁1174。

〔註49〕同注14，頁2460。

由詩中所言的七十一歲，可知此詩創作於會昌二年（842）。自言分司東都已經十三年，平常的生活型態多與好友一同出遊行樂，或是跟隨著山僧一同整夜坐禪，忙著自己的閒事而忘記關懷家中的生計開銷。庖童告知廚房的鹽米已盡，侍女訴說衣裳的不足。妻孥也開始不悅，甥姪甚至面露悶氣，但樂天自言唯有醉臥一途才能享受陶然之樂。不得已的情況下只好變賣家產，所得之錢一半用作平常衣食之需，另一半仍供給樂天的酒肉錢。但如今年紀已大，怕這筆錢用不完，因而整日早出晚歸到處閒玩，飽餐樂飲後即安穩睡眠，無太多憂慮。生死一事早已看透，無所畏懼，自稱達哉白樂天，達觀過日，以此度過餘年。

　　綜上所述，少年時期的樂天懷抱著「兼濟」之志踏入仕途，但進入仕途後不久便產生歸隱的念頭，但其想法搖擺不定，出處問題一直在他心中醞釀。隨著貶謫一事的牽引，樂天對政治也看得更為透徹，更明瞭政途的艱險。之後在杭州、蘇州任職地方官時，在自我的郡齋內體會到隱於官吏的愜意，但隨著地方官的任期結束，這樣的生活型態也就停止。之後樂天一度被授與刑部侍郎，待在長安之地，不久後因病免官，請求分司到洛陽，終於在大和三年提出「中隱」的理論，在閒地擔任閒官，既可免去政治禍患，又可領有俸祿，當個閒人在洛陽閒玩，此時的樂天不亦快哉，「地仙」、「快活」、「閒適」皆形容當下的心境。經歷一番探索，樂天終於找到一條適合自己歸隱的道路，這條「中隱」之徑在中國士人傳統中具有何種意義，將是底下接著要論述的要點。

二、「中隱」機制的建構與定位

　　古代士人以修身齊家治國平天下為終極奮鬥目標，依據道德標準行事，然而一旦「兼濟」之志受阻時，為了保持士人原有的人格尊嚴，許多士人寧願選擇歸隱田園或者退隱江湖。「自肇有書契，綿歷百王，雖時有盛衰，未嘗無隱逸之士」〔註50〕，世界各國皆有隱逸現象的產

〔註50〕見《隋書‧隱逸傳序》，參見唐‧魏徵等撰：《新校本隋書附索引》（臺

生，但卻很少像中國這樣，有著綿延不絕的歷史傳統。〔註51〕自范曄
《後漢書・逸民傳》開始，直到《清史稿・逸士傳》，斷代正史中爲
隱士立傳的共有十七種，每一種收錄隱士數人至數十人不等。〔註52〕
傳統士人爲了踏入仕途，耗盡心思，一旦發覺「兼濟之志」難以達成，
常退回「獨善其身」，「獨善其身」最常體現的面向莫過於歸隱，歸隱
情結因政治、社會環境的不同，在不同時代也有不同的呈現方式，但
「小隱」、「大隱」和「中隱」是隱逸文化史上的基本三種說法。「小
隱即是隱的本位說法，漢代以前，隱就是隱更無大小之分。漢魏六朝
時代，大隱之說日盛，於是把隱之原有內涵稱爲小隱。至於中隱，雖
然南朝謝朓詩中已見濫觴之跡，但眞正形成一種世人認可的說法，主
要是在中唐時代」〔註53〕，可見這三種說法並不是並行產生，而是有
其階段性，也可得知魏晉時期是中國隱逸文學的重要階段〔註54〕，不

北：鼎文書局，1987 年 5 月），頁 1751。

〔註51〕李瑞騰曾言：「仕與隱的觀念一直支配著中國古代文人對於生命型態
的抉擇」，參見李瑞騰：〈唐詩中的山水〉，收入中國古典文學研究會
主編：《古典文學》第三集（臺北：學生書局，1981 年 12 月），頁
159。王立在《中國古代文學十大主題》一書中將中國古代士人的出
處問題視爲一個主題探討，他認爲：「作爲中國文學的創作主體，面
臨封建專制的現實鉗制，經常徘徊於中的一個人生問題就是『出』
與『處』的矛盾選擇」，詳見王立：《中國古代文學十大主題——原
型與流變》，同注 29，頁 85。

〔註52〕張仲謀著：《兼濟與獨善——古代士大夫處世心理剖析》（北京：東
方出版社，1998 年 2 月），頁 160。

〔註53〕同注 52，頁 185。

〔註54〕許尤娜：「雖然隱逸之作，其源甚早；但其風大盛，卻在魏晉。我們
從《世說新語・棲逸》的內容，以及隱逸詩的興盛來看，即可知道
所謂『魏晉以降，其流愈廣』，正代表了魏晉在隱逸發展過程中，具
有某種『里程碑』的意義」，參見許尤娜：《魏晉隱逸思想及其美學
涵義》（臺北：文津出版社，2001 年 7 月），頁 5。歷屆博碩士論文
也有多篇據此而立論，如陳玲娜：《六朝隱逸思想研究》（私立輔仁
大學中國文學研究所碩士論文，1986 年）；沈禹英：《六朝隱逸詩研
究》（國立政治大學中國文學研究所博士論文，1992 年）；紀志昌：《魏
晉隱逸思想研究——以高士類傳記爲主所作的考察》（私立輔仁大學
中文系碩士論文，1998 年），可參照。

僅將原本的隱逸說法分化為「大隱」、「小隱」之說，並隱約提出影響後世甚大的「中隱」概念。但「中隱」理論的提出還得等到中唐時期的白居易。樂天是在何種文化氛圍下提出這個觀念，傳統的隱逸觀念在其身上有何改造，這些議題將有益於瞭解中國隱逸文學的「中隱」風氣。

「大隱」、「小隱」的說法，始見晉人王康琚的〈反招隱詩〉，詩中提到：「小隱隱陵藪，大隱隱朝市；伯夷竄首陽，老聃伏柱史」〔註55〕，將「小隱」定義在隱於山林湖海者，代表性人物為「伯夷」；將「大隱」定義為隱於朝市者，代表性人物為「老聃」。原本「在朝為官」與「退隱江湖」是兩個不同的指涉範圍，但在中國文化中卻發展出一套將「朝」與「隱」合而為一的機制，「大隱」之說則是初步的結合。在朝廷中領有官職，但其行為處世則同於隱士，可過著逍遙的生活，此種生活型態便是「大隱」，早在西漢時期的東方朔便有大隱的意味產生，《史記·滑稽列傳》載：

> 朔行殿中，郎謂之曰：「人皆以先生為狂」朔曰：「如朔等，所謂避世於朝廷間者也。古之人乃避世於深山中。」時坐席中，酒酣，據地歌曰：「陸沈於俗，避世金馬門。宮殿中可以避世全身，何必深山之中，蒿廬之下。」〔註56〕

「金馬門」是漢代朝廷的宮門，也就是中央體制所在地，可看作後世所謂「朝市」的代名詞。東方朔在此將避世於朝廷與避世於深山中作對比，並提出在朝為官也可過著隱居的生活，不一定要到深山之中，草屋之下才算得上隱居。隱於朝廷與隱於深山之說，便是日後「大隱」與「小隱」概念的意涵。

與「大隱」前後並起的還有「朝隱」的說法，西晉夏侯湛曾作〈東方朔畫贊〉一文，文中寫到夏侯湛經過東方朔的故里墓地，嚮往其為

〔註55〕 參見逯欽立輯校：《先秦漢魏晉南北朝詩》（臺北：木鐸出版社，1988年7月），頁953。

〔註56〕 見《史記·滑稽列傳》，參見漢·司馬遷撰：《新校本史記三家注并附編二種》（臺北：鼎文書局，1999年6月），頁3205。

人，並將其行爲舉止奉爲師表，文中將東方朔定位在「雜跡朝隱，和而不同」〔註57〕，可知「朝隱」一詞的出現是從東方朔的概念開展出，從「避世於朝廷間」一語化出。但「朝隱」的概念比「大隱」影響中國文人甚深，東方朔意涵的「大隱」重在明哲保身的避世意味，但魏晉時期發展出的「朝隱」，特別是西晉以後的「朝隱」，雖有明哲保身的一面，但更著重於所謂「澄懷悟道」、抗志塵表的精神追求，是一種人們希企的高雅之舉。〔註58〕因此，朝隱說雖可追溯至漢東方朔，但其理論原則之確立，則在西晉、東晉之際。〔註59〕如郭象便提到：「夫聖人雖在廟堂之上，然其心無異於山林之中」、「天下雖宗堯，而堯未嘗有天下也，故窅然喪之。而嘗遊心於絕冥之境，雖寄坐萬物之上，而未始不逍遙也」〔註60〕，可見居於廟堂之上，仍可享受逍遙的生活，如在山林之中。此種說法涵容中國士人作爲終極追求的入世仕宦事業與作爲心性超越的出世自然生活，平衡集權制度與個體自由的矛盾。〔註61〕所以受到傳統士人的廣大接受。

〔註57〕 參見清・嚴可均校輯：《全上古三代秦漢三國六朝文・全晉文・卷六十九・夏侯湛》（京都：中文出版社，1981 年 6 月），頁 1857。

〔註58〕 韋鳳娟：「不過東方朔之流的『朝隱』主要還是在於『形見神藏』，明哲保身；而西晉以後的「朝隱」，雖有明哲保身的一面，但更著重於所謂「澄懷悟道」、抗志塵表的精神追求，是一種人們希企的高雅之舉」，參見韋鳳娟：《悠然見南山——陶淵明與中國閒情》（臺北：中華書局，1993 年 1 月），頁 139。

〔註59〕 貫晉華：〈「平常心是道」與「中隱」〉《漢學研究》16 卷第 2 期，1998 年 12 月，頁 329。

〔註60〕 莊子〈逍遙遊〉：「曰：『藐姑射之山，有神人居焉。肌膚若冰雪，綽約若處子』」，郭象注曰：「此皆寄言耳。夫神人即今所謂聖人也。夫聖人雖在廟堂之上，然其新無異於山林之中，世豈識之哉！」；莊子〈逍遙遊〉：「堯治天下之民，平海內之政，往見四子藐姑射之山汾水之陽，窅然喪其天下焉」，郭象注曰：「夫堯之無用天下爲，亦猶越人之無所用章甫耳。然遺天下者，固天下之所宗。天下雖宗堯，而堯未嘗有天下也，故窅然喪之。而嘗遊心於絕冥之境，雖寄坐萬物之上，而未始不逍遙也」參見晉・郭象注、唐・成玄英疏：《南華眞經注疏》（北京：中華書局，1998 年 7 月），頁 12、15。

〔註61〕 同註59。

　　「隱」的要義本在追求人格獨立與心靈的自由，但與之產生的問題是物質方面的匱乏，但魏晉士人認爲傳統的隱太過清苦，不是士人普遍能夠做到的。因而魏晉士人從當時代的玄學思想及外在經濟條件的配合下〔註62〕，宣揚一條「朝隱」的道路，既有保爲官者的物質享受，又擁有隱者的自由高雅之情。到了唐代，初期的政治環境吸引士人積極入仕，爲了踏入仕途，還出現「終南捷徑」〔註63〕之說，以隱逸爲幌子，以幽栖爲誘餌，沽名釣譽，實則爲了擠入政壇。但是唐代不僅是一個昂揚向上、崇尚功名的時代，也是一個崇尚隱逸的時代，比起魏晉時期可說有過之而無不及。〔註64〕唐代士人對「朝隱」的接受度仍高，與魏晉時代的經濟條件相似，唐朝的士大夫大致說來都有購地置產的能力，唐開國以來，官僚階級人士皆有占田據地的特權〔註65〕，因此在朝的官員大多有私人的園林，方便他們過著遊宴享樂的生活。唐代文人以「朝隱」處理仕隱問題當中，以白居易最爲特別，

〔註62〕 韋鳳娟認爲魏晉時期的「朝隱」蔚然成風，與當代的特殊歷史條件分不開，首先是當權者的支持，其次是魏晉玄學爲朝隱提供了理論上的依據，最後是遍布山澤間的田莊提供了朝隱的物質條件，詳見同注58，頁139～144。

〔註63〕 劉肅：《大唐新語‧隱逸》：「盧藏用始隱於終南山中，中宗朝累居要職。有道士司馬承禎者，睿宗迎至京，將還，藏用指終南山謂之曰：『此中大有佳處，何必在遠！』承禎徐答曰：『以僕所觀，乃仕官捷徑耳。』藏用有慚色」，「終南捷徑」的成語便是由此而出，參見劉肅：《大唐新語》（北京：中華書局，1997年12月），頁157～158。

〔註64〕 劉翔飛在〈論唐代的隱逸風氣〉一文中針對唐代隱逸風氣形成的思想背景、希企隱逸的心理、當時對隱逸批評的相關言論、唐代士人徘徊仕隱的矛盾心理、發展出一套仕與隱的折中觀點等五大面向，整體探討唐代的隱逸風氣，可參照劉翔飛：〈論唐代的隱逸風氣〉，《書目季刊》12卷4期，1979年3月，頁25～40。大陸學者也曾針對唐代隱逸現象探討背後的成因，可參見木齋、張愛東、郭淑雲著：《中國古代詩人的仕隱情結》（北京：京華出版社，2001年6月）一書中的第九章〈唐代詩人的仕隱情結〉。

〔註65〕 《新唐書‧食貨志》：「自王公以下，皆有永業田」，參見同注38，頁1343。

提出一套「中隱」機制。〔註66〕

　　樂天的「中隱」說建立在「朝隱」基礎上。傳統的「朝隱」說雖然可說身名俱泰，既擁有官職也享有一己之天地，但這條道路並不適合樂天，樂天早已言自我的個性不適合待在政治場中，雖可辭官歸隱，但基於「經濟」因素，不得不從事政途。退居下邽期間，樂天辭去官職，在家鄉守喪，雖然沒有公務纏身，可過著悠閒的日子，但其背後卻必須爲了家中的經濟開銷而憂心，沒有官俸的日子，還得繳稅〔註67〕，樂天也曾三次接受接受元稹的資助〔註68〕。可見，樂天爲官有一部份是爲了家中的生計，傳統士人唯一的道路是走入政治，也唯有當官才能改善家中的經濟，因而樂天一生都無法擺脫官職。但他又深知政治環境的詭譎多變、反覆無情，不願自己再次捲入是非之中。因而找尋出一條「中隱」道路，不隱於朝市，而隱在「留司官」，洛陽無長安的複雜政治環境，並兼有許多名勝可遊玩，分司官的事務輕鬆，所以樂天既無政務纏身，又無是非牽扯，可以過著逍遙的日子。

　　「中隱」除了是在豐衣足食下追求快樂的一條途徑，消極地說也

〔註66〕大陸學者陳忻在〈論中國古代文人朝隱的三種類型〉一文中針對以阮籍爲代表的「意難平的朝隱」、以王維爲代表的「身心相離的朝隱」、以白居易爲代表的「出處相濟的朝隱」三種類型加以探討，並提出白居易以其特有的出處相濟、進退自如的朝隱方式區別於王維，並影響到其後的蘇軾等眾多文人，詳見陳忻：〈論中國古代文人朝隱的三種類型〉，《重慶師院學報》(哲學社會科學版) 2002 年第 1 期，頁 41～45。

〔註67〕見〈納粟〉一詩：「有吏夜扣門，高聲催納粟。家人不待曉，場上張燈燭。揚簸淨如珠，一車三十斛。猶憂納不中，鞭責及僮僕。昔余謬從事，內愧才不足。連授四命官，坐尸十年祿。常聞古人語，損益周必復：今日諒甘心，還他太倉穀。」便是描寫官吏來徵稅一事，同註 2，頁 21。樂天於〈渭村退居，寄禮部崔侍郎、翰林錢舍人詩一百韻〉一詩中也提到必須納租輸粟之事：「納租看縣帖，輸粟問軍倉」，同註 2，頁 296。

〔註68〕見〈寄元九〉一詩：「憂我貧病身，書來唯勸勉：上言少愁苦，下道加餐飯。憐君爲謫吏，窮薄家貧褊；三寄衣食資，數盈二十萬。豈是貪衣食，感君心繾綣」，同註 2，頁 190。

是樂天在政治上尋求明哲保身之道。既要走一條「中隱」道路，首要
條件便是要有官職，每月有固定俸祿，但這職位又必須遠離中央政治
中心，才不致被捲入政治是非當中，政治的詭譎樂天有切身的經驗，
一旦可以脫離，便不願再回到過去如牢籠般的生活。樂天甘願免去長
安刑部侍郎一職，選擇洛陽的分司官，其中的緣故在〈長樂亭留別〉
一詩有所闡述：

> 灞滻風煙函谷路，曾經幾度別長安。昔時蹙促爲遷客，今
> 日從容自去官。優詔幸分四皓秩，祖筵慚繼二疏歡。塵纓
> 世網重重縛，迴顧方知出得難！（頁608）

此詩寫於大和三年（829）〔註69〕，樂天從長安至洛陽途中，準備到
洛陽就任太子賓客一職。長樂亭當在長安城東長樂坡附近，樂天即將
離開長安，回顧以往的仕途，有所感嘆，寫下一詩紀之。樂天幾度離
開長安之地，昔日以貶謫身分逼迫離開長安，今日卻是從容離開此地
赴洛陽就官。塵纓世網重重束縛著士人，如今一旦脫離，才知離開的
不易。表面上樂天從容離開長安，心中自是有一份強烈意志，能往遠
處思量，不計較當下的權勢，這樣的心態如《舊唐書》本傳所言：「大
和已後，李宗閔、李德裕朋黨事起，是非排陷，朝升暮黜，天子亦無
如之何。楊穎士、楊虞卿與宗閔善，居易妻，穎士從父妹也。居易愈
不自安，懼以黨人見斥，乃求致身散地，冀於遠害」〔註70〕，因樂天
與牛黨骨幹楊虞卿是姻親，難免有人對他持有懷疑，樂天爲了避免捲
入牛李黨爭，先採取行動，選擇到散地就任閒官。

　　這個決定越到晚年越可見出樂天當初明智的抉擇，大和九年（829）
十一月二十日在長安爆發震驚朝野的政治事件「甘露事變」〔註71〕，

〔註69〕同注14，頁1877。

〔註70〕詳見《舊唐書‧白居易傳》，同注36，頁4354。

〔註71〕這次事件旨在誅除宦官的事件，但最後卻釀成朝官數百人被誅殺，
李訓、鄭注、舒元輿、王璠、郭行餘、羅立言、李孝本、韓約及並
未參與此次事件的宰相王涯、賈餗等十餘家，皆族誅。《舊唐書‧文
宗紀下》大和九年載記：「十一月壬寅朔……壬戌，中尉仇士良率兵
誅宰相王涯、賈餗、舒元輿、李訓，新除太原節度使王璠、郭行餘、

在這次事變中樂天全身而退，可見樂天對黨爭自有一番自處之道〔註72〕。甘露之變爆發之時，居易正在洛陽，獨遊香山寺，聞知此事，悲慨之中寫下〈九年十一月二十一日感事而作〉一詩：

> 禍福茫茫不可期，大都早退似先知。當君白首同歸日，是我青山獨往時。顧索素琴應不暇，憶牽黃犬定難追。麒麟作脯龍爲醢，何似泥中曳尾龜。（頁734）

人生在世本有禍福存在，但禍福的出現時機卻是不可預料，樂天在此慶幸自己早在政治中求退，免被捲入禍端。一般人通常都在遭遇政治迫害後，才對政治一途有所覺悟，但爲時已晚。棟樑之材若不懂得急流勇退，有朝一日也會深受其害，還不如保持高尚的遐志，無意於仕途，如同莊子在〈秋水篇〉〔註73〕中以神龜爲比喻，說明自己甘心曳

鄭注、羅立言、李孝本、韓約等十餘家，皆族誅。時李訓、鄭注謀誅內官，詐言金吾仗舍石榴樹有甘露，請上觀之。內官先至金吾仗，見幕下伏甲，遽扶帝輦入內，故訓等敗，流血塗地。京師大駭，旬日稍安」，參見後晉・劉昫等撰：《新校本舊唐書附索引》，同註36，頁562。《資治通鑑》卷二四五《唐紀》文宗大和九年，載記「甘露事變」經過頗詳，可參閱宋・司馬光編著、元・胡三省注：《資治通鑑》（北京：中華書局，1996年7月），頁7911～7914。

〔註72〕關於白居易能在唐代牛李黨爭中全身而退，歷來學者各有所闡發，例如宋・陳振孫「白文公年譜」中說道：「唐朋黨之禍，始於元和之初，而極於大和、開成、會昌之際。三十年間，士大夫無賢不肖，出此必入彼，未有能自脫者。權位逼軋，福禍伏倚。大則身死家滅，小亦不免萬里投荒。獨公超然利害之外，雖不登大位，而能以名節始終，惟其在朋黨之時，不累於朋黨故也」，收入在唐・白居易著：《白香山詩集》（臺北：世界書局，1978年4月），頁36。；傅錫壬《牛李黨爭與唐代文學》中〈不爲朋黨所累的白居易〉，傅錫壬：《牛李黨爭與唐代文學》（臺北：東大圖書，1984年9月），頁313～333。陳寅恪：《唐代政治史述論稿》：「及其後鬥爭之程度隨時間之久長逐漸增劇，當日士大夫縱欲置身於局外之中慄，亦幾不可能，如牛黨白居易之以消極被容，樂天幸生世較早耳，若升朝更晚，恐亦難倖免也」，參見陳寅恪：《唐代政治史述論稿》（臺北：商務印書館，1994年8月），頁112。

〔註73〕《莊子・秋水》：「莊子持竿不顧，曰：『吾聞楚有神龜，死已三千歲矣，王巾笥而藏之廟堂之上。此龜者，寧其死爲留骨而貴乎？寧其生而曳尾於塗中？』二大夫曰：『寧生而曳尾塗中』莊子曰：『往矣！

尾於途中。詩中隱傳統的「朝隱」隱於朝市的概念，再從中調適，找出一條「中隱」道路，隱於留司官，不僅使其明哲保身，也拓展了創作領域，晚年在洛陽創作的閒適詩可謂總體閒適詩的大宗。人唯有處在身閒心閒的狀態，才能隨筆寫來具有悠閒、適意的況味。樂天「中隱」的概念雖是在前人的思想基礎上發展而出，但其實從一開始便是將此觀念置於一個新的思想基礎之上，傳統的「朝隱」說強調身與心的分離，所謂「身在魏闕，心在江湖」，但樂天卻泯滅這種分離〔註74〕，早年時期便言：「進不厭朝市，退不戀人寰」（頁125～126），進退皆自如，身在何處，心便安處何地。到了「中隱」概念提出後，這樣的心態更加明顯，居於洛陽城，無泛遊江湖之想，在洛陽城便可過著自在、逍遙的日子，不需外求才能得。

　　樂天能提出「中隱」的想法，主要根源於幾方面的因素，除了上述所言承襲前人的「朝隱」概念，唐代隱逸風氣的影響，以及明哲保身等因素外，重要的思想根源來自將自我定位在「中人」。樂天在自己的詩集中也多次提及「中人」〔註75〕，主要以「賢愚之間，謂之中人。中人之心，可上可下」（頁1330）的平凡感爲核心概念。樂天甘於處於平凡，並不是缺乏理想所致，積極地來說，是藉由「中人」觀瞭解自我的身份定位，從中找尋生命中的區塊；即使面對政治上的不如意，也能淡然處之。雖然「中人」之說早在董仲舒《春秋繁露》中出現〔註76〕，但董仲舒言「中人之性」主要運用在政治策略上。白居

　　吾將曳尾於塗中」，參見郭慶藩輯：《莊子集釋》（臺北：華正書局，1997年11月），頁604。

〔註74〕此說法參考賈晉華，詳見同注59，頁329～330。

〔註75〕白居易全集中提及「中人」之處計有：「一叢深色花，十戶中人賦。」（頁35）；「遂使中人心，汲汲求富貴。」（頁39）；「中人愛富貴，高士慕神仙。」（頁114）；「中人百戶稅，賓客一年祿。」（頁491）；「賢愚之間，謂之中人。中人之心，可上可下」（頁1330），參見同注2。

〔註76〕董仲舒言「中人之性」：「聖人之性，不可以名性；斗筲之性，又不可以名性，名性者，中民之性。中民之性如繭如卵，卵待覆二十日而後能爲雛，繭待繅以涫湯而後能爲絲。」。由於董仲舒以聖人之善爲其所求之善，而萬民欲達聖人之善，需受相當教化，經相當修爲，

易將「中人」之說的政治意涵抹去，以單純的文學方式論述自我的定位，不必以聖人的角度去檢視所言所行，標準降低，且能安於其中，也因為將自我界定在賢者與愚者之間，才能選擇以「中隱」的方式，甘心隱於留司官的身份。

　　將自我定位在「中人」，可說與少年時期常認為自己「才小」有著淵源關係，樂天常在詩句中言自我性拙、性迂等詞彙，將自己視為與普通人一般，因而樂天也有入仕之志，也會被名利所牽絆，也有生老病死的時候，當然也有喜怒哀樂，一切是如此自然、平凡。樂天開誠布公地說明自我的普通，因而後代有人認為樂天的詩歌流於「俗」〔註77〕，但也因為樂天不避諱流露自己的平凡，詩歌反而更貼近日常生活，日常的感受，詩歌才能開展出不同於傳統的風範，樂天是在傳統風格典範之內予以「平民化」、「俗性俗情化」之表現〔註78〕。就此一意義而言，樂天的「中人」概念最大特點便是突出了個體的價值，肯定了個人的利益和自由。〔註79〕傳統儒家是標舉「聖人」，行為處事也以達「聖人」為標的，但樂天卻開展出可上可下的「中人」機制，在整個中國文化思想層面上，佔有突出的指標意義。

未達之前，自不能謂之善。見清・蘇輿著：《春秋繁露義證》卷三十五（臺北：河洛圖書出版社，1974 年 3 月），頁 19。

〔註77〕如李肇《國史補》：「元和以後，為文筆則學奇詭於韓愈，學苦澀於樊宗師；歌行則學流蕩於張籍；詩章則學矯激於孟郊，學淺切於白居易，學淫靡於元稹，俱名為『元和體』」，指出樂天的詩風「淺切」。又如吳聿《觀林詩話》：「然樂天既知韋應物之詩，而乃甘心於淺俗，何耶？豈才有所限乎」，以「淺俗」說明樂天的詩風，上述兩則評語參見陳友琴編：《白居易資料彙編》（北京：中華書局，1986 年 1 月），頁 20、102。

〔註78〕何寄澎在〈從美學風格典範之變異論元和詩歌的文學史意義〉一文中比較韓、白兩派的詩風時指出：「質言之，相對於韓之大變傳統，力塑新風格美，白則頗有在傳統風格典範之內予以『平民化』、『俗性俗情化』之表現」，參見何寄澎：《典範的遞承──中國古典詩文論叢》（臺北：文史哲出版社，2002 年 3 月），頁 43。

〔註79〕詳見葛培嶺：〈論白居易思想的權變品格〉，收入陳飛主編：《中國古典文學與文獻學研究》（第一輯）（北京：學苑出版社，2002 年 11 月），頁 248。

　　將自我定位在「中人」，因而不論仕途如何順遂，都將自我置於中間地帶，非菁英也非鄙賤的角色。以此種心態面對仕途的種種升降，處於退時，以此自慰；處於進時，以此自喜。連帶著欲求不高，對目前擁有之物持一份知足之心，因而可以向世人言「閒適」。對許多事物的看法都不再拘泥於聖人之教，而變得相當通脫、放達。〔註80〕因而到晚年定居洛陽時，稱呼自己爲「愚叟」，並在其中大暢閒適之樂，試看〈洛陽有愚叟〉一詩：

> 洛陽有愚叟，白黑無分別。浪跡雖似狂，謀身亦不拙。點檢盤中飯，非精亦非糲。點檢身上衣，無餘亦無闕。天時方得所，不寒復不熱。體氣正調和，不飢仍不渴。閒將酒壺出，醉向人家歌。野食或烹鮮，寓眠多擁褐。抱琴榮啟樂，荷鍤劉伶達。放眼看青山，任頭生白髮。不知天地內，更得幾年活。從此到終身，盡爲閒日月。（頁 675）

自稱爲洛陽愚叟，平常行爲處事雖然狂放，但謀身之法卻不笨拙。平常食用之物普通，身上所著之衣不缺乏也不過剩。此時的氣候恰到好處，不熱也不寒，身體的狀況也良好，不飢餓也不渴。還閒將酒壺攜出，喝醉了便在別人家歇息。一切順其自然，放眼閒看青山亦任白髮生。雖然不知自己還能活幾年，但卻可自誇地說道：自此以後，往後的歲月盡在閒適中度過。

　　隨著年紀老大，樂天也隨分坦然接受，一般日常生活需求也都處於中間地帶，只求一條歡娛、自適的道路：

> 七八年來遊洛都，三分遊伴二分無。風前月下花園裏，處處唯殘個老夫。世事勞心非富貴，人生實事是歡娛。誰能逐我來閒坐，時共酣歌傾一壺。（〈老夫〉，頁 745）

> 一辭魏闕就商賓，散地閒居八九春。初時被目爲迁叟，近日蒙呼作隱人。冷暖俗情諳世路，是非閒論任交親。應須繩墨機關外，安置疏愚鈍滯身。（〈迁叟〉，頁 752）

因爲自我的長壽，自稱已遊洛陽七八年，但三分之二的遊伴已不在人

〔註80〕同注 79，頁 249。

間。風前月下花園裡，只剩自己一個老夫。人若勞心於世事恐非眞富
貴，人間最要緊的是追求歡娛。面對孤單的一人，樂天感嘆誰能拋開
世事，與之酣歌共飲。言下之意說道，雖然樂天追求的是一條歡娛道
路，但這樣的道理又有幾人懂得，可以與之一同分享呢！第二首說道
自己剛來到洛陽時，人皆以「迂叟」稱之，因爲拋棄中央政府官員身
份，委屈此地當留司官。但隨著日子的增長，當地人觀察樂天的行爲
處事後，改以「隱人」稱呼，因爲樂天把洛陽當成退隱之地，過起隱
居的生活。還自稱來到洛陽本就爲了安置自己愚鈍的本性。

　　總之，樂天將自我定位在「中人」，不需擔負太多責任，留有個
人一己空間，自由發揮，可以在洛陽過著「中隱」的生活，「居處自
樂」〔註 81〕最足以形容樂天晚年的生活型態。「中隱」道路的開拓，
確實爲傳統出處問題開啓另一扇門，拋棄了傳統隱逸詩中的孤獨寧靜
主題，被歡樂閒適的情感所取代〔註 82〕，無怪乎宋人要對「中隱」風
尚熱切追求。

第三節　自我小衆社會的建構

　　樂天晚年居於洛陽，認識許多志同道合的朋友，晚期閒適生活的
營造，有一部份便是在「同樂」氣氛中完成。白居易居洛京十七年中，
與諸留守、分司、致仕官員及文士僧道過往唱酬極爲頻繁，實際上形
成了一個以老人和閒官爲主體的閒適詩人群。〔註 83〕樂天歸隱洛陽，
不僅替自我尋找到一條安穩、快樂的道路，並構成了一個「集體」的

〔註 81〕王立針對中國文人士大夫在出處文學主題審美效應下，產生的三種
　　　　人生價值取向：一是以處爲憂，如屈原、賈誼、杜甫、韓愈。二是
　　　　以處寄狂，如莊子、阮籍、嵇康、李白、辛棄疾。三適居處自樂，
　　　　如陶淵明、謝靈運、歐陽修和蘇軾。參見同注 29，頁 108～109。筆
　　　　者則認爲樂天的取向應歸納至「居處自樂」一型，在此補充說明。
〔註 82〕賈晉華認爲白居易「中隱」道路開展出的生活面向之意義在於「傳統隱
　　　　逸詩中的孤獨寧靜主題，被歡樂閒適的情感所取代」，同注 59，頁 334。
〔註 83〕參見賈晉華：《唐代集會總集與詩人群研究》（北京：北京大學出版
　　　　社，2001 年 6 月），頁 129。

概念，與文人、僧徒形成一個小型社群。賈晉華以宏觀的角度考察這群東都閒適詩人群的生活情趣與創作傾向，〔註84〕而筆者以樂天閒適詩文本爲基礎，觀察這樣的現象如何在閒適詩中呈現。具體而言，筆者在此欲觀察樂天在何種心態及機緣下，與洛中君子產生互動，而彼此最常進行的活動爲何，主體的身心狀態又是如何，樂天在洛陽形成一個自我小社群，在當時具有何種意義，上述這些議題，底下將逐一釐清。

　　上節曾對樂天「中隱」道路做過一番探析，也瞭解到「中隱」一途圓滿解決長久中國士人心中對「仕」與「隱」的矛盾，朝市與丘樊本是兩個極端，一太喧鬧，一太寂寞，因而樂天主張選擇隱於自家「園林」〔註85〕中，則恰到好處：

> 有石白磷磷，有水清潺潺；有叟頭似雪，婆娑乎其間。進不趨要路，退不入深山。深山太濩落，要路多險艱。不如家池上，樂逸無憂患。有食適吾口，有酒配吾顏。恍惚遊醉鄉，希夷造玄關。五千言下悟，十二年來閒。富者我不顧，貴者我不攀。唯有天壇子，時來一往還。（〈閒題家池，寄王屋山張道士〉，頁821）

本詩寫於開成五年（840）〔註86〕，任職太子少傅分司期間。樂天自從大和三年提出「中隱」理論後，之後的生活便一直朝這條道路邁進，過了幾年快活的生活，在此詩中才明確提出「中隱」道路，以最佳安置自身地點不必遠求，它存在於生活日常當中，詩中所言的「家池」，

〔註84〕賈晉華考察進路分爲兩部分：一是東都閒適詩人群之聚合，根據諸家年譜、文集及新舊《唐書》諸紀傳，列這一詩人群的聚散離合。二是東都閒適詩人的生活情趣與創作傾向，提出這一詩人群體現了以下幾個特點：好佛親禪、追步中隱、耽玩園林、詩酒放狂、沈迷聲色。以上的論述詳見同注83，頁129～145。

〔註85〕唐代因爲園林別業的繁榮，因而有關園林語彙也特別豐富多樣，即以園林的各種稱爲而言，便多達30種，諸如林園、別墅、山林山居、山第等諸名稱，皆代表文人的園林。參見李浩著：《唐代園林別業考論》（修訂版）（西安：西北大學出版社，1998年10月），頁30～35。

〔註86〕同注14，頁2483。

其實便是園林建築的一部份。池上磷磷發光的白石，潺潺流過的清水，
足以讓樂天徜徉在其間。居於此享受到的是一種樂逸氛圍，無憂患可
言，既不用害怕要路的險艱，也不必擔心隱於深山的孤絕。閒居在家，
將自家園林視爲隱居的最佳地點，悠閒過日，還自言不攀附權貴者，
只與道士相往來，有刻意與政治保持距離的味道。

　　中國園林的發展歷史悠久，魏晉南北朝是園林文化的轉捩點，
唐至北宋則是成長發展的階段，其發展的地點則是以洛陽爲中心。
〔註 87〕洛陽北依邙山、黃河，南望洛河、伊河，西據秦嶺、潼關之險，
東靠虎牢、黑石之固，自古爲中原逐鹿之地〔註 88〕，這裡群山環抱，
地勢平坦，土地肥沃，氣候溫和，河流縱橫。洛陽城內也因爲有多條
河流穿過，所以利於士大夫開鑿引水入園林；長安在地理上，水源不
豐，因而士大夫建園的風氣不盛。加上武則天稱帝後，遷都洛陽，間
接造成中唐以後，洛陽之地的繁榮。總的來說，唐代園林眾多，若依
其性質，可分爲皇家園林、寺觀園林及私家園林三種，私家園林又可
分爲貴族園林及士夫園林。〔註 89〕侯迺慧又根據《全唐詩》、《全唐文》
及其他載籍所呈現者，考察一般文人擁有園林的情況，〔註 90〕已說明
當時文人擁有私家園林的普遍。樂天本身對經營園林也有相當大的興
趣，在洛陽買下履道宅，它本身雖已具有「林泉之致」，但樂天還是
爲這座園林花費一番心思設計，善加經營，由〈池上篇〉一文可窺知
大概：

　　　　地方十七畝，屋室三之一，水五之一，竹九之一，而島樹

〔註 87〕參見漢寶德：〈中國園林的洛陽世界〉，《物象與心境——中國的園林》
　　　　（臺北：幼獅出版社，1990 年），頁 50。
〔註 88〕李鷹《洛陽名園記》：「洛陽處天下之中，挾殽澠之阻，當秦隴之襟
　　　　喉，而趙魏之走集，蓋四方必爭之地也」，參見宋·李鷹撰：《洛陽
　　　　名園記》收入《筆記小說大觀》（臺北：新興書局，1976 年），十三
　　　　編，頁 2681。
〔註 89〕其分類參考，同注 85，頁 15。
〔註 90〕參見侯迺慧：《詩情與幽境——唐代文人的園林生活》（臺北：東大
　　　　圖書出版，1991 年 6 月），頁 141～162。

橋道間之。初，樂天既爲主，喜且曰：雖有臺，無粟不能
守也，乃作池東粟廩。又曰：雖有子弟，無書不能訓也，
乃作池北書庫。又曰：雖有賓朋，無琴酒不能娛也，乃作
池西琴亭，加石樽焉。（頁1450）

先交代履道宅的空間佈局，屋室占宅地的三分之一，水佔五分之一，
竹則佔九分之一，除此之外還有樹木、小橋分散在其中。樂天既爲園
林的主人，對其不足之處也加以增補，例如因無藏粟之地，在池東建
一粟廩，增加園林的生活功能；因無藏書之地，在池北建一書庫，爲
教育後代子孫著想；雖有賓客來訪，卻無琴酒娛樂嘉賓，因而在池西
建一琴亭，更加入石樽，以便宴會使用。履道宅經過樂天一番改造，
成爲一個私人園林，生活性、知識性、娛樂性俱備。

在洛陽擁有一座私人園林，同時滿足隱逸與任官，兩全其美，何
必千里迢迢、千辛萬苦跑到深山中，過著離群索居的清苦生活；正因
爲樂天體認到傳統隱居山林的索居生活，因而選擇待在「洛陽」一地，
冷熱適中。閒居在家的日子，樂天不僅可以常掩門而關，隔絕外在的
俗事，但另一方面樂天也是不甘於寂寞，常與友人一同遊樂、宴飲，
這樣的生活型態標誌著「隱逸已不再是清苦的，或孤獨的行爲，而是
一種可以結伴而赴的高級享樂」〔註91〕，將清苦、孤獨的性質轉化爲
結伴而行所生發的享樂之趣。

人本是群居的動物，具社會性，傳統的隱逸在某方面而言，是一
種對社會的無言抗議，常需離群索居，忍受孤獨的滋味，但樂天提倡
的「中隱」道路，再也不會產生這個問題。樂天雖在洛陽過著類似隱

〔註91〕王國瓔論及東晉隱逸風氣的特徵時言道：「此外江南山水的靈秀，更
吸引了高門貴族之士，紛紛於山水佳美之處，廣置莊園別墅，坐享
宅心事外、逍遙自適的隱逸生活。他們與志同道合的文人名士，以
及深識老、莊，精通詩文，並且摒絕俗務的高僧、道士，在琴棋書
畫間飲酒、談玄、賦詩，並且暢遊山水。隱逸已不再是清苦的，或
孤獨的行爲，而是一種可以結伴而赴的高級享樂；觀覽山水美景，
就是享樂的隱逸生活中不可或缺的一部份」，參見王國瓔：《中國山
水詩研究》（臺北：聯經出版社，1986年10月），頁116。

居的生活,但他畢竟還是處在人群當中,渴望與他人有進一步的接觸,因而居洛陽期間的閒適詩,有一部份便是呈現樂天主動尋找志同道合的知己,一同分享「中隱」生活的樂趣,以〈府西池北新葺水齋,即事招賓,偶題十六韻〉一詩為例說明:

> 繚繞府西面,潺湲池北頭;鑿開明月峽,決破白蘋洲。清淺漪瀾急,夤緣浦嶼幽。直衝行徑斷,平入臥齋流。石疊青稜玉,波翻白片鷗。噴時千點雨,澄處一泓油。絕境應難別,同心豈易求?少逢人愛玩,多是我淹留。夾岸鋪長簟,當軒泊小舟。枕前看鶴浴,床下見魚遊。洞戶斜開扇,疏簾半上鉤。紫浮萍泛泛,碧亞竹修修。讀罷書仍展,棋終局未收。午茶能散睡,卯酒善銷愁。簷雨晚初霽,窗風涼欲休。誰能伴老尹,時復一閒遊?（頁645）

此詩創作於大和五年（831）〔註92〕,樂天任職河南尹期間。描寫的水齋景點位在於居宅中的西邊、水池的北邊,它的景色是因開鑿明月峽,決破白蘋洲而得。可說是取之於大自然,水流相當湍急,但到了樂天的園林中便變平順,平入水齋間臥流。在水齋之中可見池中美景,一一映入眼簾。這樣的絕境雖到處可見,但要尋覓具有同樣閒趣的文人卻是不易,一般文人對於日常生活並無存有玩樂之心。為了滿足閒玩之心,樂天還在池中的小舟上鋪著長簟,在枕前閒看鶴鳥沐浴,低頭便見魚在水中遨遊。池中的浮萍長得茂盛,碧綠的顏色只亞於修長的竹子。讀書完畢,書仍攤開,下棋完了,殘局未收,一杯午茶能消除睡意,早晨飲酒可以銷盡人生萬愁。陣雨過後,天氣放晴了,陣陣涼風吹拂而過,這樣的佳景,樂天期待有人陪伴,一同來閒遊。

上述詩中也提及「茶」與「酒」的功用,茶的解困,酒的解憂作用也在園林活動中扮演重要的角色,因而樂天常藉著園林的美景或著藉著飲酒名義,招友人一同來園林享樂:

> 庭草留霜池結冰,黃昏鐘絕凍雲凝。碧氈帳上正飄雪,紅火爐前初炷燈。高調秦箏一兩弄,小花蠻榼二三升。為君

更奏湘神曲，夜就儂來能不能。（〈夜招晦叔〉，頁 604）

久雨初晴天氣新，風煙草樹盡欣欣。雖當冷落衰殘日，還有陽和暖活身。池色溶溶藍染水，花光燄燄火燒春。商山老伴相收拾，不用隨他年少人。（〈早春招張賓客〉，頁 708）

一甕香醪新插蒭，雙鬟小妓薄能謳。管弦漸好新教得，羅綺雖貧免外求。世上貪忙不覺苦，人間除醉即須愁。不知此事君知否？君若知時從我遊。（〈嘗酒聽歌招客〉，頁 747）

第一首描寫樂天在飄雪的夜晚，獨自在宅院中調著秦箏，準備二三升的酒，希望請崔玄亮一同前來。為了表達樂天的誠意，還將為崔君彈奏湘神曲相迎，說明期盼的殷切。第二首描寫樂天在初晴的早春，以池水之美及花朵爭相綻放為由，希望招張仲方一同前來欣賞。第三首以一甕美酒及管弦樂向外招客。樂天總認為世上之人忙碌不已，卻不覺辛苦，不夠疼惜自己。如果不飲醉的話，便有煩惱產生，唯有飲酒能銷愁，如果有人認同樂天的想法，希望一同前來相邀出遊。園林之美及飲酒的樂趣，樂天除了一人獨享外，也希望將這個快樂分享給他人，詩題中藉著「招」字的作用，希望能主動尋覓到同一理念的友人。

上述的行為正說明了「獨樂樂，不如眾樂樂」的道理，除此之外，樂天還與其他文人在洛陽一同聚會宴飲，園林無疑地為這種社交活動提供了良好的環境。「宴遊」，顧名思義，是擺設宴席款待賓客，並且相攜遊園，屬於與人交往應答的酬際事務或相互傳達情感的活動，氣氛以歡樂熱鬧為主。〔註93〕唐朝的宴會大致可分為兩種：朝廷賜宴及私人宴會，一般宴會多在園林別墅舉行〔註94〕，這裡要討論的是屬於都城園林中舉辦的私人宴會，不僅長安之地盛行宴會之風〔註95〕，東

〔註93〕同注 90，頁 305。

〔註94〕宋肅懿《唐代長安之研究》：「長安市民又喜盛宴，有朝廷賜宴與私人宴會二種……在都城中，一般宴會多在園林別墅，歲時行樂，有公卿在席，子弟侍側，飲酒賦詩。如城東南通善坊的『杏園』就是新進士宴遊之所，曲江一帶更是舉行盛宴之處」（臺北：大立出版社，1983 年 8 月），頁 135。

〔註95〕參見唐・王仁裕撰《開元天寶遺事》卷下：「長安春時，盛於遊賞，

都洛陽亦是如此，「唐貞觀、開元年間，公卿貴戚開館列第於東都者，號千有餘邸」〔註96〕，可見士大夫遊宴之風的盛大與熱愛。朝廷賜宴帶有一定的應酬性質，私人宴會則較偏向互相培養、傳遞感情的活動。至於樂天閒適詩中體現的宴遊之趣又是如何，且看以下詩句陳述：

> 豐年寒食節，美景洛陽城。三尹皆強健，七日盡晴明。東郊躡青草，南園攀紫荊。風折海榴豔，露墜木蘭英。假開春未老，宴合日屢傾。珠翠混花影，管弦藏水聲。佳會不易得，良辰亦難并。聽吟歌暫輟，看舞杯徐行。米價賤如土，酒味濃於餳。此時不盡醉，但恐負平生。殷勤二曹長，各捧一銀觥。（〈六年，寒食，洛下宴遊，贈馮、李二少尹〉，頁498）

> 逸少集蘭亭，季倫宴金谷。金谷太繁華，蘭亭闕絲竹。何如今日會，洰澗平泉曲。杯酒與管弦，貧中隨分足。紫鮮林筍嫩，紅潤園桃熟。採摘助盤筵，芳滋盈口腹。閒吟暮雲碧，醉藉春草綠。舞妙艷流風，歌清叩寒玉。古詩惜晝短，勸我令秉燭。是夜勿言歸，相攜石樓宿。（〈遊平泉，宴洰澗，宿香山石樓，贈座客〉，頁814～815）

第一首是在大和六年的寒食節創作，此年不僅農物豐收，洛陽的景色也特別美麗。樂天當時擔任河南尹，與馮、李二少尹身體俱強健，正是踏青出遊的好時機。出遊外還設宴款待賓客，這樣的機緣實在不多，況且良辰也不易等待，更該珍惜這樣的聚會。聽歌吟唱且暫歇，且來痛快飲酒一番。酒的味道十分香甜，這樣歡樂的宴會如果還不盡醉，恐辜負此生。馮、李二少尹也殷勤的各捧著銀色的酒器觥籌交錯。第二首先遙想魏晉時代王羲之的蘭亭集會以及石崇的金谷園宴會，但金谷太過繁華，蘭亭亦少絲竹之樂，還不如今日的平泉洰澗之宴。盃酒與絲竹，雖稱不上是極品，但貧中隨分知足。更何況園中還有新鮮

園林樹木無閒地」、「都人士女，每至正月半後，各乘車跨馬，供帳於園圃，或郊野中，爲探春之宴」（臺北：藝文印書館，1966年，百部叢書集成），頁6、15。

〔註96〕參見同註88。

的嫩筍以及紅熟的桃子，這些食物不僅可以在宴會上助興，還可滿足與會嘉賓的口腹之慾。古詩當中常嘆息白天的短暫，勉人在夜晚秉燭而遊，因而今夜的時光切勿浪費，也勿言歸，大家一同到香山石樓上夜宿，享受夜晚的美好時光。

　　由上述兩首詩可看出，樂天在閒適詩體現的宴遊之趣，並不見得在樂天自己的園林中，但宴遊之地通常選在園林內，有著天然的佳景，還有現成的嫩筍及水果可摘，只要具備酒及絲竹，便可成爲一個宴會嘉賓的好地點。詩中體現的模式多利用白天的時光在洛陽閒遊，觀賞城中或園中美景，到了晚上再一同飲酒作樂，可謂從早玩到晚。既然人生時間有限，那爲何不趁著有限的時光及時行樂，何必被政治所牽絆，自身還不自知其苦。

　　宴飲賦詩向來是文人的重要活動，席間創作的詩歌便稱爲「宴集詩」，雖然宴集詩的淵源甚早，但文人間宴飲賦詩風氣的盛行，還是從王羲之的蘭亭集會拉開緒端，〈蘭亭集序〉一文中記載：

> 永和九年，歲在癸丑，暮春之初，會於會稽山陰之蘭亭，
> 修禊事也……此地有崇山峻嶺，茂林修竹，又有清流激湍，
> 引以爲流觴曲水，列坐其次，雖無絲竹管弦之盛，一觴一
> 詠，亦足以暢敘幽情……所以極目騁懷，足以極視聽之娛，
> 信可樂也。〔註97〕

暮春時節，文人們會聚在會稽山南面的蘭亭，主要爲了進行消除不祥的祭祀儀式。但也因此地擁有崇山峻嶺、茂林修竹及清流激湍，因而引發文士的雅致之情，一觴一詠之間形成文人的文學宴會，也成了日後「曲水流觴」的源頭。這場聚會的文人不僅有著視覺上的享受，更有聽覺上的娛樂，心情是相當快樂的。

　　到了中唐的白居易，也是選擇在風景絕佳的地方舉辦宴會，席間除了享受視聽娛樂外，還備有佳酒供飲用。這時的宴會已脫去修禊的

〔註97〕明・張溥輯：《漢魏六朝百三名家集》（臺北：文津出版社，1979 年8 月），頁 2376。

成分，純粹是一般的私人宴會，而且時間多在夜晚，「夜宴」也形成當時文人特殊的產物〔註98〕。從夜宴的傳統與心理背景來看，夜宴，在很早的古詩中即有「晝短苦夜長，何不秉燭遊」的傳統〔註99〕，樂天也承繼這樣的心理傳統，因而訴求及時行樂的理念。

除了在園林中盡享宴遊之樂外，還有雅集聚會的性質存在，如〈胡、吉、鄭、劉、盧、張等六賢，皆多年壽，予亦次焉。偶於弊居，合成尚齒之會。七老相顧，既醉甚歡。靜而思之，此會稀有；因成七言六韻以紀之，傳好事者〉一詩描寫的：

> 七人五百七十歲，拖紫紆朱垂白鬚。手裏無金莫嗟歎，尊
> 中有酒且歡娛。詩吟兩句神還王，酒飲三杯氣尚粗。岧峨
> 狂歌教婢拍，婆娑醉舞遣孫扶。天年高過二疏傅，人數多
> 於四皓圖。除卻三山五天竺，人間此會更應無。（頁851）

樂天在履道宅池亭中與胡杲等六賢聚會，七人皆為高壽之人，所有人的年紀加起來總共為五百七十歲。手裡雖無金也不用嗟歎，樽中只要有酒便可歡娛過日。這次聚會年壽既高且人數之多，可說空前絕後，因而樂天特別誌之，以傳後世。

樂天除了以園林之景或絲竹、飲酒之樂呼朋引伴，以宴遊的方式在園林中盡情享樂外，與友人在洛陽城中一同出遊或在林下避暑，都是凝聚彼此感情的方式之一：

> 喜逢二室遊仙子，厭作三川守土臣。舉手摩挲潭上石，開
> 襟斗藪府中塵。他日終為獨往客，今朝未是自由身。若言
> 尹是嵩山主，三十六峰應笑人。（〈與諸道者同遊二室，至
> 九龍潭作〉，頁647）

> 落景城西塵土紅，伴僧閒坐竹泉東。綠蘿潭上不見日，白
> 石灘邊長有風。熱惱漸知隨念盡，清涼常願與人同。每因

〔註98〕 侯迺慧針對「夜間活動與夜吟月吟」說明唐代文人在夜晚之時於園林中的活動，宴集便是其中的活動之一，詳見同注90，頁502～508。

〔註99〕 林明珠：〈試論白居易宴集詩的藝術表現〉，《International Journal of the Humanities》（＝國際人文年刊）第六期，1997年6月，頁311。

毒暑悲親故，多在炎方瘴海中。（是歲，潮、韶等郡，皆有
親友謫居。）（〈夏日，與閑禪師林下避暑〉，頁 836）

第一首描述樂天擔任河南尹期間，與道徒一同遊玩少室山與太室山，
姑且當個得道仙人，厭倦在人間擔任官職。遊玩至九龍潭時，雙手摩
挲著潭中之石，解開衣襟欲擺脫府中的塵俗之事，由此感嘆今日未是
自由身，因而無法成爲嵩山之主人。第二首描述炎熱的夏季中，樂天
與閑禪師在林下避暑的情況。因爲待在林下，感受不到酷熱的暑氣，
感受到的只有從池邊吹來清爽的涼風。悶熱的天氣常使人徒生煩惱，
隨著避暑的時候，且將這些煩事丟開，與友人一同享受清涼之意。

由上可知，樂天是在閒適的生活中尋找擁有相同心態的文人或同
好者，一同分享晚年適意的生活。樂天晚年交遊的對象，經由詩歌的
釐析，可窺出他們之間具有相同的特質，且看以下的詩句呈現：

未能同隱雲林下，且復相招祿仕間。隨月有錢勝賣藥，終
年無事抵歸山。鏡湖水遠何由汎，棠樹枝高不易攀。惆悵
八科殘四在，兩人榮鬧兩人閑。（〈同崔十八寄元浙東、王
陝州〉，頁 611）

玄晏家風黃綺身，深居高臥養精神。性慵無病常稱病，心
足雖貧不道貧。竹院君閑銷永日，花亭我醉送殘春。自嫌
詩酒猶多興，若比先生是俗人。（〈酬皇甫賓客〉，頁 633）

老伴知君少，歡情向我偏。無論疏與數，相見輒欣然。各
以詩成癖，俱因酒得仙。笑迴青眼語，醉並白頭眠。豈是
今投分，多疑宿結緣。人間更何事，攜手送衰年。（〈醉後
重贈晦叔〉，頁 653）

第一首創作於大和三年（829）[註100]，樂天擔任太子賓客分司期間。
「崔十八」指崔玄亮，「元浙東」及「王陝州」分別指元稹與王起。
樂天與崔玄亮藉由詩歌將心中之情寄給遠方的元稹及王起。樂天晚年
依舊無法辭官退隱，因而希望招友人一同過著「中隱」的生活，每月

〔註100〕同注 14，頁 1885。

有固定俸祿，終年又無事可忙，這樣的日子與歸隱是相差不大的。回憶起貞元十九年，白居易、元稹、李復禮、呂潁、哥舒恆、崔玄亮同以書判拔萃科登第；王起、呂炅同以博學宏辭科登第〔註101〕，如今八人惟存四人，四人之中只有樂天與崔玄亮一同退居東都擔任散秩。也因爲崔玄亮此時正在東都擔任散秩，因而時常可以與樂天一同出遊，崔玄亮也成了樂天居洛期間交遊的重要對象，許多閒適詩中都提到他，「晦叔」指的也是崔玄亮本人，先看第三首〈醉後重贈晦叔〉一詩，詩中寫到兩人相同的特質在「各以詩成癖，俱因酒得仙」，詩與酒俱是兩人癡迷之物。兩人感情的深厚可由「豈是今投分，多疑宿結緣」一語得知，樂天認爲兩人早有不解之緣，並非只是今世投緣罷了！並期望與崔玄亮一同攜手度過晚年時光。《舊唐書》本傳說晦叔「性雅淡，好道術，不樂趨競，久遊江湖」〔註102〕，這和樂天的個性十分吻合，因而他們可以深交三十餘年〔註103〕。第二首中的「皇甫賓客」指的就是「皇甫鏞」，樂天自比爲漢初的商山四皓，以隱居的精神度日，因而言「深居高臥養精神」，雖然爲官卻不從此立言〔註104〕。並言自己性格慵懶，即使無病也喜歡稱病，即使家境貧寒，但常因心境的富足而不言實際生活的貧苦。皇甫鏞在自家竹院中消磨日子，樂天也自言在花亭中醉飲送殘春，兩人皆無公務纏身，可以悠閒過日。樂天言自己遇到詩酒興致便來，但還言「若比先生是俗人」，可見樂天的謙虛之意，也可看出皇甫鏞與樂天同是詩酒的愛好者。

　　樂天晚年居洛期間交遊的對象當然不止上述的皇甫鏞及崔玄亮，筆者以兩人爲例說明，樂天此時凝聚社群的特徵，首先必須處於悠閒

〔註101〕　〈同崔十八寄元浙東、王陝州〉一詩中的「惆悵八科殘四在」一語的註解，筆者參考朱金城的說法，參見同註14，頁1885。
〔註102〕　見《舊唐書・崔玄亮》，參見同註36，頁4313。
〔註103〕　白居易與崔玄亮交往的過程，可參見楊宗瑩著：《白居易研究》（臺北：文津出版社，1985年3月），頁88～90。
〔註104〕　〈酬皇甫賓客〉一詩，創作於大和四年（830），白居易擔任太子賓客分司期間，參見同註14，頁1942。

狀態，由於大家都是處在東都擔任閒秩，無太過繁瑣的政事可忙，唯有如此才能早晚遊玩，悠閒過日。除了要處於閒適的身心狀態外，必須以詩酒爲樂爲癡，因爲遊玩宴集的場合上，詩與酒俱是助興所不可或缺之物。除了樂天一直待在洛陽外，其餘諸人皆處於變動之中，洛陽之地對他們而言也是來來往往，但大多數的人在洛陽期間都受到樂天生活型態的影響，也都與樂天一同過著閒玩的日子。因此，樂天晚年閒適詩中的一個面向，就是描述樂天和友人出遊、宴會的情形。

第四節　小結

經由上述的討論，可以針對白居易閒適詩中自我建構的策略及意義，作出以下幾點結論：

第一，白居易閒適詩主要在梳理個人情性，描述的內容也多圍繞在自身之上，因而閒適詩可算是白居易論說自我的重要資料。中唐時代強調自我的獨特性，白居易閒適詩的要點便是透過一系列的「寫眞」詩描述自我。「寫眞」詩包含三部分：藉由畫像的寫眞，透過鏡子的寫眞，以及經由文字書寫的寫眞。將「寫眞」詩視爲白居易自我論說的資料，考察白居易如何透過身心兩方面，建構「自我描寫」；如何辯證現在的「我」和過去的「我」之間的過程，進行「自我審察」。主要觀察出兩條脈絡，其一，白居易對自我個性的認知；其二，白居易對容貌改變的看法。少年時期的「寫眞」詩主要傳達對自我眞實個性的看法，自認個性不適合待在政治場域，必須早日辭官退隱。越趨晚年的「寫眞」詩，主要陳述白居易無畏容貌的變化，是依照「自我」的「現實原則」，企圖從中尋找快樂原則，符合「本我」的需求，而這條快樂道路的追尋，是與「仕隱」問題分不開，也是考察白居易從早期存在矛盾、退隱心態轉化成晚年平和順遂之心的重要切入點。

第二，從白居易的仕宦過程當中，可看出白居易一直存有退隱的

想法，只是囿於現實環境的因素，無法瀟灑辭官退隱，因而一生當中幾乎都在官場中度過。但出處問題間的矛盾，白居易試圖尋找一條既可爲官又可享有自己悠遊的空間，企圖在「大隱」、「小隱」中尋求平衡。白居易先在杭州刺史任內過著「吏隱」的生活，但這並非是一個最安全的區塊。隨著政局的發展，朋黨的鬥爭，白居易懂得早日抽身，希望能到洛陽求個分司官，最後終於如願，因而之後除了一任河南尹的職位外，其餘皆在洛陽擔任太子賓客、太子少傅等閒散官職。「洛陽」及「分司官」，正好是「閒地」、「閒官」，因而白居易既可領有俸祿，又無政事可忙，自己可過著閒適的生活，這一條道路便是白居易向大家宣示的「中隱」。調和了「仕」與「隱」之間的矛盾衝突，追求隱逸也不必要到深山之中尋覓，在自家園林中也可悠遊過日，因而白居易晚年可創作出大量的閒適詩，與「中隱」機制密不可分。

第三，樂天的「中隱」道路，選擇在洛陽之地，擔任分司官的閒職，更在自家的園林中悠遊過日，但這樣的樂趣樂天期待有人一同分享，因而樂天也會積極向外尋求志同道合的朋友，一同在洛陽之地遊樂、宴飲，常常過著白日閒玩，夜晚宴飲的生活型態，「夜宴」成了一項特色。雖然這群人並非長住洛陽，但在他們居洛陽期間，由於與樂天有著相同閒適的心態，也愛詩酒，因而無形間形成一個小型社會，與長安的政治環境不可相提並論。這個小型社會，俱是文人聚集而成，大家對生活有著相同樂趣與理念。以白居易爲主導，構成一個閒適詩人群，雖擁有官職，心境卻是遠離政治，將「中隱」機制發揮得淋漓盡致。

第六章　白居易閒適詩中開展出的獨特文人品味

　　孔子在《論語》中提到：「詩可以觀」〔註1〕，不僅是指從詩中可以看到社會生活的反映，也可從中觀察詩人的心志。閒適詩體現的，不只是樂天當下生活狀態的描寫與呈現，更用其敏銳的心靈感受周遭世界，並記錄其心境。這種生活方式的特點是：從政的同時，為自己保留一塊個人天地，尋找「適意」、「自適」的生活。〔註2〕特別晚年居洛中時期，樂天常在「詠閒」、「閒忙」、「營閒事」中度日，如同呂正惠所言：「晚年的白居易幾乎是無所事事的老人，所有時間都消於杯酒光景間，作品所寫的無非是朋友的往還、老年的心境、季節的變遷等等一個閒散而有詩情的老人，又具有天生的幽默感，對人事的變化也日漸淡漠，一切都託之於詩與酒，這是晚年的白居易，而他的詩所寫的也就是這一些」〔註3〕，點出樂天晚年生活的重心在飲酒、寫詩、交友等方面。樂天自己也言：「歌酒優遊聊卒歲，園林蕭灑可終

〔註1〕《論語‧陽貨》：「子曰：『小子何莫學夫《詩》？』《詩》，可以興，可以觀，可以群，可以怨」，見《論語注疏》（北京：北京大學出版社，1999年12月），頁237。

〔註2〕謝思煒：《隋唐氣象》（臺北：雲龍出版社，1995年2月），頁209。

〔註3〕呂正惠：《元和詩人研究》（臺北：私立東吳大學中國文學研究所博士論文，1983年），頁241。

身」〔註4〕，歌舞、飲酒、出遊可以閒度年，寄居園林之中則可終老。不論飲酒、寫詩、交友、歌舞、出遊等，皆爲樂天閒適詩歌詠的生活面向之一，歷來學者對此層面皆有所論述〔註5〕，筆者在此不再贅述。

　　以這些生活面向爲基礎，樂天從中發展一套獨特的文人品味美學，不走菁英路線，也不流於鄙俗，而是創造屬於自我的生活風格。吳功正並認爲：「白居易的文化審美心理可謂中國士大夫文化審美心理之典型體現」〔註6〕，可見樂天的審美心理值得探究。筆者取其掩關而居、飲酒、寄跡山水、居家環境布置四部分，論述樂天與前人的不同觀看角度，以及如何從中塑造文人品味，呈顯出何種風格取向。

第一節　掩關而居的閒靜生活

　　每個人一天當中都擁有二十四個小時，除了工作、休閒外，睡眠也是相當重要的一部份。常聽說人的一生有三分之一的時間花在睡眠上，但在今天的工商社會裡，每天睡足八個小時的人可能並不多。每個人都需要睡眠，但並不是每個人的睡眠品質都好，現在人常有「睡眠障礙」，也就是所謂的「失眠」。不僅現代人如此，古代的知識份子也常出現「夜未眠」的情況，有時秉燭夜遊，有時因孤絕等種種負面情緒導致無法入睡。〔註7〕但在中唐白居易身上，則有了另一番不同的呈現，在閒適詩當中大量書寫閒坐臥眠的種種情境，在閒適的心境，

〔註4〕見白居易：〈從同州刺史改授太子少傅分司〉，詳見唐・白居易著、顧學頡校點：《白居易集》（北京：中華書局，1999年11月），頁736。此爲論文主要引用文本，以下再引到此書時，不再贅注，僅於後文加注頁數。

〔註5〕針對白居易的生活面貌進行全面探討，詳見楊宗瑩《白居易研究》一書（臺北：文津出版社，1985年3月）。

〔註6〕吳功正：《唐代美學史》（西安：陝西師範大學出版社，1999年7月），頁594。

〔註7〕廖師美玉曾針對漢魏詩人夜未眠的情形做過一番探討，瞭解他們的情感模式及心智模式，可詳見廖美玉：〈漢魏詩人夜未眠的心智模式〉，《成大中文學報》第九期，2001年9月，頁73～97。

靜謐的居家環境中進行的活動，此種活動的面向及反映出的意義，將是底下論述的要點。

樂天在第一次編集閒適詩時，便說道創作閒適詩的時機是「退公獨處，移病閒居」，即使身爲政治人物，也能在退公之餘或生病閒暇之際，享有自己的空間，將閒適的心情以詩歌形式表現。既是一己空間便不用過多的束縛，外在的標準，外人的眼光均可丟棄，只求自己內心的愉悅。閒適詩中書寫愉悅的面向有許多種，筆者在此集中討論詩中所言「不出門」、「掩關」一系列掩關而居的情況，一方面探究杜門掩關的生活樣貌，另一方面也深究其書寫的意義。

樂天對於政治活動並不趨之若鶩，閒暇之際反喜愛待在家中，因而常不願出門，「尋常多掩關」、「無事多掩關」的心語在早期閒適詩便呈現出來，認爲「盡日坐復臥，不離一室中，中心本無繫，亦與出門同」（〈夏日〉，頁 111），既然心中無所牽絆，不汲汲追求外在名利，那麼不出門的意味則與出門相同。早期閒適詩中，以〈閉關〉一詩描述詩人不出門的情況最具代表：

> 我心忘世久，世亦不我干；遂成一無事，因得長掩關。掩關來幾時？髮鬢二三年。著書已盈帙，生子欲能言。始悟身向老，復悲世多艱。迴顧趨時者，役役塵壤間；歲暮竟何得？不如且安閒！（頁 139）

本詩創作於元和十二年（817）〔註8〕，樂天任職江州司馬期間。既遭受貶謫命運，即使心中有再多的不滿與憤怒，也必須學會接受與面對，樂天藉著遺忘人世尋求保護自己的道路。因而，樂天自言此心因長時間遺忘世間，與紅塵俗事有所區隔，世上之事也隨之不相干，連帶也經常掩門而居，這樣的生活型態已經有兩三年了。見到自己的著作已經裝滿了整個書套，兒子也快到可以講話的年紀，才感受到身體逐漸向衰老邁進，又悲歎世間的艱險。回顧那些追求名利者，在塵壤間忙

〔註8〕唐‧白居易著、朱金城箋校：《白居易集箋校》（上海：上海古籍出版社，1988 年 12 月），頁 392。

碌不已，終究能得到什麼呢？即使自己曾經擔任中央政府重要職務，但還是免不了遭受貶謫，念頭一轉，樂天寧願選擇「安閒」的生活型態，既可找尋到安全區塊保護自己免受傷害，又可讓自身閒適過日。因而樂天的閉關有意隔絕外在政治環境，回歸自身內心的需求，探索一條適合自己的道路。

樂天越到晚年越不常出門，〈不出〉一詩便是描繪他當時的生活情況與心態：「簷前新葉覆殘花，席上餘杯對早茶。好是老身銷日處，誰能騎馬傍人家」（頁 600），屋簷前的新葉覆蓋著殘花，大自然每天都不斷在推陳出新，欣欣向榮，樂天晚年的生活過著早晨喝茶，中午以後喝酒的型態，因而詩中才寫到「餘盃對早茶」的字句。樂天並認為自家宅院中便是老身消磨歲月的最佳地點，更何況年紀已大，怎能再騎著馬到處隨著人家應酬呢！不僅如此，樂天並將晚年不出門的理由與優點呈現在二首〈不出門〉詩中：

> 不出門來又數旬，將何銷日與誰親？鶴籠開處見君子，書卷展時逢古人。自靜其心延壽命，無求於物長精神。能行便是真修道，何必降魔調伏身？（頁 615）

> 彌月不出門，永日無來賓。食飽更拂床，睡覺一頓伸。輕箑白鳥羽，新簟青箭筠。方寸方丈室，空然兩無塵。披衣腰不帶，散髮頭不巾。袒跣北窗下，葛天之遺民。一日亦自足，況得以終身。不知天壤內，目我為何人。（頁 825）

第一首詩創作於大和三年（829）[註9]，樂天任職太子賓客分司東都期間。自言不出門的日子已經過了數旬，這樣的生活型態將如何消磨又與誰交親呢！鶴籠開處如見君子，書卷展讀時逢古人，君子與古人即是樂天交親的對象，況且也不必向外尋找，便在自家宅院中。世人總不斷尋求長生之法，但自靜其心便可延長壽命，對外物不過份貪求便可長保精神健康。若能身體力行便可謂真修道，又何必一定要藉助神仙道力的幫忙！主要闡述不出門也能結交君子與古人，還可延年益

〔註 9〕同注 8，頁 1895。

壽，另一方面也窺出樂天不出門能自適的原因在於「自靜其心」、「無求於物」，心態的平和、無欲，最足以表現樂天不出門的心態。第二首創作於更晚的會昌二年（842）〔註10〕，此時的樂天已經從政治場中退休，真正過著無束縛的生活，此時的他依舊喜愛不出門，詩中說道已經一個月不出門，也無賓客來訪，看似寂寥的晚景，樂天卻悠遊其中。食飽之後便睡覺，雖然臥房不大，但卻乾淨無塵。披散著衣服也不繫腰帶，散亂的頭髮也不梳理，一切隨性自在，就在北窗下袒跣，效法葛天氏遺民的率真。這樣的生活型態一日便自足，更何況以此終身。可見，即使不出門仍可在飽食、睡覺中尋求一己之安適。

　　由上可知，樂天將杜門掩關視為修養身心的生活型態之一，必須以「閒靜」為前提，閒而不靜或靜而不閒皆無法達其真正的閒靜。即使樂天為官，依舊可以利用為官閒暇之餘過著身閒心靜的掩關生活方式。

　　隨著私人園林的發達，文人可在園林開發出屬於自己的一片小天地。文人為了躲避炎暑不願出門奔走，長期居止於園內，以隱蔽獨處的收束態度直接面對山水、面對自己〔註11〕，形成唐代文人不願出門的特殊面向。此種情況在樂天閒適詩中也有所表現，首先樂天在〈何處堪避暑〉一詩表明園林的避暑作用：

> 何處堪避暑，林間背日樓。何處好追涼，池上隨風舟。日高飢始食，食竟飽還遊。遊罷睡一覺，覺來茶一甌。眼明見青山，耳醒聞碧流。脫襪閒濯足，解巾快搔頭。如此來幾時，已過六七秋。從心至百骸，無一不自由。拙退是其分，榮耀非所求。雖被世間笑，終無身外憂。此語君莫怪，靜思吾亦愁。如何三伏月，楊尹謫虔州。（頁684）

園林中林間背日的樓層可以避暑，水池是尋求涼意的好地點。太陽已高昇才醒來就食，飽食後還到處遊玩。遊玩罷不妨來睡一覺，一覺醒

〔註10〕同注8，頁2493。

〔註11〕關於這方面的論述，可參見侯迺慧：《詩情與幽境——唐代文人的園林生活》（臺北：東大圖書出版，1991年6月），頁346～357。

來便是飲茶。在園林之中也能看盡青山之美，聆聽水流潺湲聲，脫襪享受濯足之樂，解巾滿足搔頭之趣，以此度過六七年的時光。這樣的生活讓心至百骸，無一不自由，即使被世人嘲笑，但終無身外之憂。無憂便能在身心自由狀態下，在園林中悠閒過日。〈夏日閒放〉一詩更以園林的清涼性為主軸，描寫詩人的悠閒之意：

> 時暑不出門，亦無賓客至。靜室深下簾，小庭新掃地。褰裳復岸幘，閒傲得自恣。朝景枕簟清，乘涼一覺睡。午餐何所有？魚肉一兩味。夏服亦無多，蕉紗三五事。資身既給足，長物徒煩費。若比簞瓢人，吾今太富貴。（頁815）

炎炎夏日，樂天選擇不出門，恰巧無賓客來訪，可以自由安排自己的時間。靜室中放下捲簾，小庭院則是新掃過的地。有時用手提起衣服，有時又推起頭巾，露出前額，態度相當灑脫不拘，在閒傲中得隨意之情。利用朝景時光在竹簟上乘涼兼偶眠。午餐吃一兩樣的魚肉即可，不僅吃的方面不講求，連衣服也是如此，夏服亦不多，三五件蕉紗製成的就已足夠。基本的需求若足夠，則不會過份要求其他多餘之物，樂天自知現今的生活比起簞食瓢飲之人，已太過富貴。夏日的悶氣令人不耐，園林正提供文人乘涼好去處，一般園林就設在自家住宅中，不用出門也可享受避暑的樂趣。只是樂天在詩中額外強調身心的閒適與知足，因而可言「閒放」，在悠閒的心態下解放自己，追求心靈的自適。

　　由上可察覺白居易在園林的生活步調明顯緩慢，不趕著處理任何事情，所忙者無非吃飯、睡覺、遊玩之類的閒事，因而「閒」也成為園林生活的基調，諸如「閒步」、「閒臥」、「閒坐」盡是一系列相關的生活樣貌，〈林下閒步，寄皇甫庶子〉一詩說明閒步的樣態：

> 扶杖起病初，策馬立未任。既懶出門去，亦無客來尋。以此遂成閒，閒步繞園林。天曉烟景淡，樹寒鳥雀深。一酌池上酒，數聲竹間吟。寄言東曹長：當知幽獨心。（頁164）

生病初癒之時必須扶杖而起，也無法策馬而行。既懶於出門，也無賓

客來尋訪，在家的日子遂成閒日，因而樂天在園林閒遶行。天亮後雲
煙繚繞的景色漸漸變淡，樹林間也因寒氣使得鳥雀不露面，一切顯得
如此靜謐。在池邊閒酌，在竹林間閒吟，這種靜寂孤獨的獨處心情，
好友皇甫鏞應當明瞭，因而樂天將此景此語寄給皇甫鏞分享。主要描
述懶於出門的日子，樂天在園林中閒步，觀察大自然的變化，體會心
中的細微感受。樂天也喜愛在池邊閒臥度日，以〈臨池閒臥〉為例說
明：

> 小竹圍庭匝，平池與砌連。閒多臨水坐，老愛向陽眠。營
> 役拋身外，幽奇送枕前。誰家臥床腳，解繫釣魚船。（頁 521）

小竹圍繞著庭院四周，平池與臺階相連。閒暇時分多喜愛臨水而坐，
也喜愛向著陽光偶眠。將營役之事拋向身外，只將池上的幽奇送到枕
前享受，既享有小池的清涼性，又可在此閒臥，觀賞池上之景，這樣
的幽情景致又有幾人擁有。至於「閒坐」的書寫也不離自由、悠閒的
步調：

> 虛窗兩叢竹，靜室一爐香。門外紅塵合，城中白日忙。無
> 煩尋道士，不要學仙方。自有延年術，心閒歲月長。（〈北
> 窗閒坐〉，頁 573）

> 婆娑放雞犬，嬉戲任兒童。閒坐槐陰下，開襟向晚風。漚
> 麻池水裏，曬棗日陽中。人物何相稱，居然田舍翁。（〈閒
> 坐〉，頁 846）

第一首描述北窗外種著兩叢竹樹，靜室內的香爐正在燃燒。門外盡是
滾滾紅塵，繁擾人世，城市中的白日也顯得相當忙碌。若要延長壽命
既不用尋求道士，也不用學仙家長生之術，只要保持心境的閒適，時
間自然拉長。第二首描寫雞犬在宅院中往來走動，自由行動，兒童也
在其中自由嬉戲，樂天卻獨坐在槐樹陰下，開著衣襟迎向涼風。池塘
的水浸泡著麻，陽光底下曝曬著棗子，這幅景物跟人物多麼相配，那
麼這樣的行徑猶如一位田舍翁，為生活日常用品而忙碌，與一般官員
的行徑大大不同。

　　除了上述所言的行徑外，臥眠也是樂天自處的生活方式，以〈秘省後廳〉一詩爲例說明：

　　槐花雨潤新秋地，桐葉風翻欲夜天。盡日後廳無一事，白頭老監枕書眠。（頁 559）

當時樂天在長安擔任秘書監，一旦終日無事可忙，樂天便選擇到秘省後廳偶眠，偷得浮生半日閒。即使是白天，樂天依舊隨興行事，想睡便睡。

　　但這種「晝眠」的行爲在傳統儒家是被孔子批評的，試看《論語‧公冶長》記載孔子責備宰予晝寢的一段話：

　　宰予晝寢。子曰：「朽木不可雕也，糞土之牆不可杇也，於予與何誅？」〔註12〕

孔子對於宰予晝寢的行爲給予「朽木不可雕也，糞土之牆不可杇也」嚴厲的批評。古代因爲尙未發明電燈，一般人的作息都是跟著大自然，「日出而作，日入而息」是最常見的一種作息方式。不僅農工商人白天工作，晚上休息，連「士」階層也不例外。但隨著科舉制度的發達，一般讀書人爲了取得功名利祿也不惜利用晚上的時間，努力苦讀。但白天睡眠的行爲既不合一般規律，對以道自任的孔子而言，更不可能接受這樣的行徑。

　　但在樂天身上，卻發現大量書寫「晏起」、「晚起」等慵懶的白天作息，這種被孔子斥責的晝寢行爲，卻成爲樂天津津樂道的詩材，並在其中自得其樂：

　　鳥鳴庭樹上，日照屋簷時。老去慵轉極，寒來起尤遲。厚薄被適性，高低枕得宜。神安體穩暖，此味何人知。睡足仰頭坐，兀然無所思。如未鑿七竅，若都遺四肢。緬想長安客，早朝霜滿衣。彼此各自適，不知誰是非。（〈晏起〉，頁 165）

　　爛熳朝眠後，頻伸晚起時。煖爐生火早，寒鏡裹頭遲。融

〔註12〕參見同注 1，頁 59。

雪煎香茗，調酥煮乳糜。慵饞還自哂，快活亦誰知。酒性
溫無毒，琴聲淡不悲。榮公三樂外，仍弄小男兒。（〈晚起〉，
頁 641）

第一首創作於長慶四年（824）〔註13〕。雖然鳥兒已在樹上鳴叫，太
陽已升上屋簷，但樂天卻因慵懶不願起床，尤其天寒時，這樣的情形
更是普遍。棉被的厚薄正剛好，枕頭的高低也恰當，因而高眠不願起
來，享受神安體溫暖的感覺。睡足之後還仰頭閒坐，心中無所思。樂
天也深知長安城中的士人早在天破曉之初便開始一整天的活動，但自
己卻不想過這樣的生活型態，並認為晏起是自適的一種方式。第二首
創作於大和四年（830）〔註14〕。經過一夜的飲醉，今日早上才睡覺，
因而形成晚起的型態。煖爐中的火早已升起，煎著香茗，煮著乳糜，
樂天卻依舊慵懶不已，還以此自得其中的快活。樂天自比為榮啟期，
除了擁有三樂外，其餘的時間便閒弄小男兒。由上述二首可看出，不
論何種原因導致的晚起，樂天皆以慵懶稱之，即使晚起後也無事可忙，
對於自己的晚起並無愧疚之意，反道出其中的快活與適意。

　　晚起是晝眠的一種方式，但實際上晝眠的時間有限，多半的時間
仍是醒著，只是採取躺臥的姿態，悠閒過日，以〈日高臥〉一詩為說
明：

怕寒放懶日高臥，臨老誰言牽率身。夾幕繞房深似洞，重
裀襯枕煖於春。小青衣動桃根起，嫩綠醅浮竹葉新。未裹
頭前傾一盞，何如衝雪趁朝人。（頁 639～640）

在天氣寒冷的白天裡，樂天既怕冷也因慵懶，因而形成白日仍高臥不
起的情況。這種情況對於身為官吏的文人來講，是不被允許的，但樂
天自言年紀已漸漸邁向老大，已不需要以自身為榜樣，率領當楷模。
可以在幽深的帷幕臥房裡，蓋著厚重的毯子，襯著暖枕，享受溫暖的
氣氛。高臥中尚未裹頭，卻喝上一盞酒享受白日的悠閒時光，這樣的
行徑與為了名利而衝雪上朝人不可相提並論。侯迺慧認為唐人的「臥」，

〔註13〕同注8，頁 458。
〔註14〕同注8，頁 1965。

已不是一個姿勢或動作，它或者是遠離塵世、不與人事的表示，或者進而成爲隱逸者的象徵。〔註15〕樂天這裡，強調的也不是「臥」的姿態，而是透過臥的方式表達內心的悠閒與慵懶，心態上儼然已脫離職場，過著自我的生活方式。

　　睡眠在樂天的閒適詩中成爲一項享受，無睡眠障礙的問題，因而樂天常對自己的睡眠品質給予「安穩」的評語，以〈安穩眠〉爲例：

　　　家雖日漸貧，猶未苦飢凍。身雖日漸老，幸無急病痛。眼
　　　逢鬧處合，心向閒時用。既得安穩眠，亦無顛倒夢。（頁 496）

樂天描述自己家中的經濟情況雖然越形貧窮，但未至飢凍狀態。身體雖然逐漸邁向年老，但幸無疾病的纏繞。眼睛逢著熱鬧處便閉目養神，但心卻在閒時盡情開展，不再熱衷繁華社會。既得安穩眠，則無幻夢的產生。即使外在條件非絕佳，但只要安於現狀，擁有閒適的心態，便能安穩入睡。

　　可知，樂天在閒靜心態下從事的活動不離閒坐與臥眠二者，閒坐活動又以「宴坐」爲特殊面向，所謂的「宴坐」或作「晏坐」、「燕坐」，即「禪坐」之意〔註16〕。以〈睡起晏坐〉及〈味道〉二詩說明樂天「宴坐」行爲的意義：

　　　後亭晝眠足，起坐春景暮。新覺眼猶昏，無思心正住。澹
　　　寂歸一性，虛閑遺萬慮。了然此時心，無物可譬喻。本是
　　　無有鄉，亦名不用處。行禪與坐忘，同歸無異路。（頁 132）

　　　叩齒晨興秋院靜，焚香宴坐晚窗深。七篇眞誥論仙事，一
　　　卷壇經說佛心。此日盡知前境妄，多生曾被外塵侵。自嫌
　　　習性猶殘處，愛詠閒詩好聽琴。（頁 517）

第一首描述樂天在後亭睡足後閒坐的情景，剛醒過來時視覺還不太能適應光景，但心中卻無所思。淡寂總歸一性，虛閒心境將萬慮都遺忘在外。此時心境的了然，無物可比喻。道書云：「無何有之鄉」，禪經

〔註15〕同注11，頁 350。
〔註16〕參見蕭麗華：《唐代詩歌與禪學》（臺北：東大圖書出版，2000 年 10
　　　月），頁 31～32。

卻云：「不用處」，因而樂天才說道：「本是無有鄉，亦名不用處」，禪宗的行禪與道家的坐忘本是殊途同歸，最後都指向虛靜的心靈狀態。第二首描述清晨在寂靜的秋院舉行祝告叩齒儀式，晚上在室內焚香宴坐。七篇眞誥論及仙事，一卷壇經說盡佛心。至此日才知前境的種種虛妄，佛教認爲眾生皆受多生輪迴之苦，每次輪迴又深受色、聲、香、味等外境誘惑。不同於宗教信仰的放下一切，樂天自言其習性愛詠詩歌且好聽琴。由這二首可知「宴坐」之風不僅深受禪宗的影響，也綜合道家「坐忘」的觀念。習禪、宴坐不見得要在寺院中進行，樂天在自家宅院便可參禪，以達靜心冥思的境界。

　　「宴坐」等一系列的修養行爲皆在閒靜的氛圍下從事，底下樂天以齋戒月及生病期間的「宴坐」爲例，闡釋「宴坐」的場合與心境的感發：

> 病來心靜一無思，老去身閒百不爲。忽忽眼塵猶愛睡，些些口業尚誇詩。葷腥每斷齋居月，香火常親宴坐時。萬慮消停百神泰，唯應寂寞殺三尸。（〈齋月靜居〉，頁582）

> 有酒病不飲，有詩慵不吟。頭眩罷垂鉤，手痺休援琴。竟日悄無事，所居閒且深。外安支離體，中養希夷心。窗戶納秋景，竹木澄夕陰。宴坐小池畔，清風時動襟。（〈病中宴坐〉，頁818）

第一首樂天描述自己只要病來心靜便無所思，隨著年紀老大、身漸閒，因而百事不爲。眼前注重的事情只有睡覺與創作詩歌。每當齋戒之月便斷絕葷腥之食，宴坐之時則不離香火。齋月靜居的日子萬慮皆消，百神安泰，樂天體內的三尸神，每年於庚申日向天帝呈奏人的過惡時，則顯得相當寂寞，因爲懂得修養自我身心，便無罪惡的產生，三尸神也無過惡可呈報，因而在體內顯得相當寂寞。第二首樂天描述生病期間有酒不能飲，因慵懶而不願吟唱詩歌，因頭眩而無法垂釣，因手痺而無法彈琴，整日無事可做，形成幽深閒靜的生活環境與樣態。外在使四肢安適；內在則培養出清靜無爲，任其自然的心態。窗戶將外在的秋景納入室內，竹木也在夕陰的映照下顯得更加澄澈。樂天在小池

畔宴坐，此時清風吹拂，吹得衣襟拂動。由上可知，宴坐的地點便在樂天自家園林，齋月宴坐可享清靜之心，選擇在小池畔宴坐，則可親近自然，享受水的清涼性。因而樂天宴坐的審美情趣也有清涼、幽靜特質的一面。

　　綜上所論，樂天掩關而居的閒靜活動，其心智指向閒靜的身心狀態，包含杜門掩關、閒坐臥眠、睡眠時間的增多與睡眠品質的安穩以及宴坐的種種行爲，不論何種行爲都較偏向閒靜的一面。閉關不僅可與外在政治環境隔離，也能在閒靜的環境下，往自身內心世界探索。因爲樂天擁有官職，享有俸祿，不必擔心日常生活開支，可以回歸自身內心的需求，即使不出門，即使日高眠，也能體會出閒適、安適的味道。

第二節　自適放達的飲酒習性

　　樂天自號醉吟先生，終身嗜酒，曾作〈酒功贊〉以繼劉伶〈酒德頌〉〔註17〕，把酒推崇爲生活中即使「終日不食，終夜不寢」〔註18〕也要飲用的第一必需品；並說明酒的功德：「百慮齊息，時乃之德。萬緣皆空，時乃之功」（頁 1466），百慮齊息、萬緣皆空是酒的功德。關於樂天飲酒的問題，歷來學者的討論重點多在其飲酒的習慣及愛好〔註19〕，至於樂天爲什麼要飲酒？除了生理嗜欲之外，對飲酒抱持怎樣的態度？飲酒與其生命境界有何關係？這些較被忽略的議題，將是

〔註17〕〈酒功贊並序〉中言：「晉建威將軍劉伯倫嗜酒，有《酒德頌》傳於世。唐太子賓客白樂天亦嗜酒，作《酒功贊》以繼之」，同注 4，頁 1465。

〔註18〕〈酒功贊〉云：「吾嘗終日不食，終夜不寢，以思無益，不如且飲」，同注 4，頁 1466。

〔註19〕例如楊宗瑩：〈白居易的愛好——飲酒〉中分獨飲、共飲、卯飲、愛飲新酒、製酒法、詩中的酒名六方面來探討樂天對飲酒的愛好，參見楊宗瑩：〈白居易的愛好——飲酒〉，《國文學報》13 期，1984 年 6月。又例如王能傑：〈醉吟先生飲酒樂〉中分飲少輒醉、歌頌酒德、卯飲、釀酒與品嘗新酒、以酒爲富與戒酒五方面探討樂天飲酒的習慣及樂趣，參見王能傑：〈醉吟先生飲酒樂〉，《國立臺灣體專學報》3 期，1993 年 6 月。

筆者在此欲重新探究的要點。

　　早在貞元元年（805）樂天任校書郎期間〔註20〕，體會到「往往不適意」的感受，希望一邊追求不爲外物所累的「達人」之心，一邊追求陶醉美酒之中的適意：「貧賤非不惡，道在何足避；富貴非不愛，時來當自致。所以達人心，外物不能累。唯當飲美酒，終日陶陶醉」（〈感時〉，頁92），可見飲酒是追求「適意」的生活方式之一。身爲京官的閒暇時期，就常將酒置於床頭方便取用：「夏臥北窗風，枕席如涼秋。南山入舍下，酒甕在床頭」（〈贈吳丹〉，頁98），或者：「甘心謝名利，滅跡歸丘園。坐臥茅茨中，但對琴與罇」（〈養拙〉，頁99～100），甘心謝絕名利，反歸丘園，坐臥茅茨中，眼前只對琴與酒。到了樂天退居下邽期間，因氣候多雨，無以自娛，又因詠陶淵明詩，心有所得，遂倣其體，成〈効陶潛體詩十六首〉〔註21〕，詩中多次提到「酒」，一再強調「飲酒」的功用，如：

　　一、嘆息生命短促，當及時行樂，飲酒高歌：「不動者厚地，不息者高天。無窮者日月，長在者山川。松柏與龜鶴，其壽皆千年。嗟嗟群物中，而人獨不然……幸及身健日，當歌一尊前。何必待人勸，念此自爲歡」（其一，頁104）。

　　二、讚美酒的功德，能得心中適，忘卻身外事，甚至忘我：「朝亦獨醉歌，暮亦獨醉睡。未盡一壺酒，已成三獨醉。勿嫌飲太少，且喜歡易致。一杯復兩杯，多不過三四。便得心中適，盡忘身外事。更復強一杯，陶然遺萬累」（其五，頁105）。

　　三、說明飲酒之功用，無物可比：「湛湛尊中酒，有功不自伐。

〔註20〕〈感時〉詩中提到：「朝見日上天，暮見日入地；不覺明境中，忽年三十四」，由詩中所提及的年紀，推知寫作此詩當爲永貞元年（805），當時正任秘書省校書郎一職。

〔註21〕樂天創作這組組詩的動機呈現在〈効陶潛體詩十六首並序〉中：「余退居渭上，杜門不出，時屬多雨，無以自娛。會家醞新熟，雨中獨飲，往往酣醉，終日不醒。懶放之心，彌覺自得，故得於此而有以忘於彼者。因詠陶淵明詩，適與意會，遂倣其體，成十六篇。醉中狂言，醒輒自哂；然知我者，亦無隱焉」，同註4，頁104。

不伐人不知，我今代其說。良將臨大敵，前驅千萬卒。一簞投河飲，赴死心如一……快飲無不消，如霜得春日。方知麴蘗靈，萬物無與觝」（其十，頁106）。

四、以醒與醉對比，以酒求解脫：「楚王疑忠臣，江南放屈平。晉朝輕高士，林下棄劉伶。一人常獨醉，一人常獨醒。醒者多苦志，醉者多歡情……彼憂而此樂，道理甚分明。願君且飲酒，勿思身後名」（其十三，頁107）。

五、稱讚達人能以酒「自娛」：「貴賤與貧富，高下雖有殊。憂樂與利害，彼此不相踰。是以達人觀，萬化同一途。但未知生死，勝負兩何如。遲疑未知間，且以酒爲娛」（其十五，頁107～108）。

六、物理、神道兩者不可測，只有日醉於酒：「物理不可測，神道亦難量。舉頭仰問天，天色但蒼蒼。唯當多種黍，日醉手中觴」（其十六，頁108）。

由上可知，樂天飲酒受到陶淵明的影響很大，目的有消極與積極兩面，消極爲求解脫，勸人及時行樂，求醉於酒；積極地追求「自適」、「自娛」的生命境界。底下也將從這兩大面向切入，探討樂天飲酒展現的生命情調，以及與前人飲酒面向的不同之處。

酒是一種神奇的液體，自古至今，深受不同習俗、不同身份地位人們的普遍喜愛。酒儘管不能使人塡飽肚子，但卻給人以騰雲駕霧、飄飄欲仙的快感，使人陶陶然忘卻許多世俗之累，從而掙脫人生的羈絆。飲酒之風早已有之，但卻至漢末才特別盛行，根源於對生命的強烈留戀，和對於死亡來臨的恐懼；飲酒之風的盛行雖然始於漢末，但一直到竹林名士，酒才幾乎成了他們生活中最主要的特徵。〔註22〕酒

〔註22〕王瑤論及「文人及酒」的關係言道：「飲酒之風到漢末特別盛行，其根源是在對於生命的強烈的留戀，和對於死亡會突然來臨而形神俱滅的恐懼」、「飲酒之風的盛行雖始於漢末，但一直到了竹林名士，酒才幾乎成了他們生活的全部，生活中最主要的特徵」，參見王瑤：〈中古文人生活〉，《中古文學史論》（臺北：長安出版社，1986年6月），頁46、51。

在竹林名士身上表現最爲特出的現象爲：藉酒逃避現實，以求全生，以醉酒來避免權勢者猜忌迫害。這種態度既不積極，也不過於消極（至少在表面上是這樣）；既保全自己，又不與統治者合作，而具體的辦法就是用一種外在的面紗和烟幕把自己遮掩起來〔註23〕，飲酒便是最好的方式之一。竹林名士中以飲酒避禍全生當以「阮籍」爲首，《晉書》本傳記：「籍本有濟世志，屬魏晉之際，天下多故，名士少有全者，籍由是不與世事，遂酣飲爲常。文帝初欲爲武帝求婚於籍，籍醉六十日，不得言而止。鍾會數以時事問之，欲因其可否而致之罪，皆以酣醉獲免」〔註24〕，阮籍便依賴醉酒躲過政治性的聯姻，也逃過司馬氏心腹羅織罪名的陷阱。

以酒作爲逃避現實的社會特徵，有其特殊的政治背景，正如胡仔《苕溪漁隱叢話》引《石林詩話》云：「晉人多言飲酒，有至沉醉者，此未必意眞在於酒，蓋時方艱難，人各懼禍，惟託於醉，可以粗遠世故」〔註25〕，點出當時文人處境的艱難，人們爲了避禍而託於醉酒。隨著魏晉南北朝的結束，以飲酒避禍的心理也隨之漸淡，但曹操在〈短歌行〉中寫下「對酒當歌，人生幾何！譬如朝露，去日苦多。慨當以慷，憂思難忘。何以解憂？惟有杜康」〔註26〕的句子，提出酒可以「解憂」的概念，卻影響後世文人甚大。

自然生命的存在，常受到種種社會行爲規範與自然命定的約束，社會行爲規範指禮法底下規定的種種善惡標準；自然命定則指人爲不能決定的東西，比如：壽命、富貴與貧賤之命。社會行爲規範尚可由實際的行動去反叛，例如：魏晉竹林七賢利用實際行動去叛離

〔註23〕參見寧稼雨著：《魏晉風度——中古文人生活行爲的文化意蘊》（北京：新華書店，1992年9月），頁260。
〔註24〕參見唐・房玄齡撰：《新校本晉書並附編六種》（臺北：鼎文書局，1987年1月），頁1360。
〔註25〕參見宋・胡仔《苕溪漁隱叢話》（臺北：木鐸出版社，1982年8月），頁24。
〔註26〕曹操：〈短歌行〉，詳見逯欽立輯校：《先秦漢魏晉南北朝詩》（臺北：木鐸出版社，1988年7月），頁349。

名教。〔註27〕至於自然命定的限制，無法實際背離或消除，因爲這是一個命定的現實，只能在心靈上轉化之，「上焉者由心性之存善，以求徹底之通達。下焉者則只能權作逃避罷了。而飲酒，在智慮暫歇，情緒宣洩之時，正可以暫時獲得這種解脫」〔註28〕，面對人生種種煩惱，上焉者求通達之法，下焉者只能從飲酒尋求逃避。樂天的飲酒，也常有消愁解憂消極性的一面，例如〈啄木曲〉一詩所言：

> 莫買寶剪刀，虛費千金直；我有心中愁，知君剪不得。莫
> 磨解結錐，徒勞人氣力；我有腸中結，知君解不得。莫染
> 紅絲線，徒誇好顏色；我有雙淚珠，知君穿不得。莫近紅
> 爐火，炎氣徒相逼；我有兩鬢霜，知君銷不得。刀不能剪
> 心愁，錐不能解腸結；線不能穿淚珠，火不能銷鬢雪。不
> 如飲此神聖杯，萬念千憂一時歇！（頁461）

樂天自言莫買價值千金的寶刀，因爲無法磨去心中有萬萬愁；莫磨可以割解繩結的錐子，因爲無法解開腸中之結，到頭來還是徒費力氣；莫染紅絲線，雖然色彩鮮豔，但樂天卻有雙淚珠，無法用紅絲線穿起來。莫近紅爐火，炎熱的空氣直逼身體，但樂天的兩鬢霜，卻無法用爐火銷解。心中愁、腸中結、眼中淚、兩鬢霜，都不能由外緣之力解除消減，還不如飲酒，可以發生超級的效用，讓人的憂愁得到歇息。在此，樂天主要以「刀」、「錐」、「線」、「火」爲例，來說明四物不如「酒」之功用，可以停止萬念千憂。

酒既有消愁解憂的一面，因而樂天常有「勸酒」之作。「勸酒，古已有之。親朋之間，舉酒相邀，互訴衷腸，或勸慰，或激勵，或

〔註27〕最著名者爲嵇康的「越名教而任自然」，相關的論述有：周大興：〈越名教而任自然──嵇康「釋私論」的道德超越論〉，《鵝湖》17卷5期，1991年11月；周芳敏：〈嵇康「越名教而任自然」析義〉，《孔孟月刊》，39卷7期，2001年3月；蔡翔任：〈從魏晉「士」自覺看嵇康「越名教而任自然」〉，《中正大學中國文學研究所研究生論文集刊》，4期，2002年12月。除此之外，尚有其他的論著，在此則不贅注。

〔註28〕參見顏崑陽：〈從飲酒論陶淵明的生命境界〉，《鵝湖》11卷12期，1986年6月，頁27。

共勉，或表達美好的祝願。勸酒，實際上是一種表達感情的方式」
〔註29〕。至於樂天「勸酒」詩多集中在後期的閒適詩，呈現的主題無
非是：人生苦短，勸人飲酒，享受沉醉之樂，不須為人世間的俗事煩
惱。因而樂天不僅喜歡自己飲酒，也勸世人一同飲酒，以〈勸酒〉一
詩為例：

> 勸君一盃君莫辭，勸君兩盃君莫疑，勸君三盃君始知。面
> 上今日老昨日，心中醉時勝醒時。天地迢迢自長久，白兔
> 赤烏相趁走；身後堆金拄北斗，不如生前一樽酒。君不見：
> 春明門外天欲明，喧喧歌哭半死生；遊人駐馬出不得，白
> 輿紫車爭路行。歸去來，頭已白，典錢將用買酒喫！（頁
> 472）

樂天勸人飲酒一盃莫辭，二盃莫疑，三盃才知道酒的寶貴，也才懂得
人生道理。時間漸漸消逝，今日的容顏老於昨日，自認心中醉時猶勝
醒時。天地歲月如此漫長，月亮與太陽輪流運轉，從不停歇。離開人
世後即使擁有大量財產，直堆到撐住北斗星，但都不如生前一樽酒，
來得實際。且看京都之外的清晨，歌聲、哭聲喧鬧不已，形成喪家所
用的白輿與富貴人家所乘的紫車爭路而行的情況。人生如此短暫，歲
月如矢，身後富貴不如生前一盃美酒，因而樂天不惜典當物件得錢買
酒喝。

　　之後樂天罷杭州刺史，歸洛陽時，閒居無事則飲酒，酒後則吟詩，
以酒為題，寫下十四首，命名為「勸酒」詩，前七首為「何處難忘酒」，
後七首為「不如來飲酒」，前者叫人處處不忘酒，後者則勸人飲酒，
因為飲酒有莫大功效。以〈何處難忘酒〉七首為例說明樂天主張在何
種場合下必須飲酒：

> 何處難忘酒，長安喜氣新。初登高第後，乍作好官人。省
> 壁明張牓，朝衣穩稱身。此時無一盞，爭奈帝城春。
>
> 何處難忘酒，天涯話舊情。青雲俱不達，白髮遞相驚。二

〔註29〕參見布丁著：《文人情趣的智慧》（臺北：國際村文庫書店，1993 年
　　　10 月），頁 198～199。

> 十年前別，三千里外行。此時無一盞，何以敘平生。
>
> 何處難忘酒，朱門羨少年。春分花發後，寒食月明前。小
> 院迴羅綺，深房理管弦。此時無一盞，爭過豔陽天。
>
> 何處難忘酒，霜庭老病翁。闇聲啼蟋蟀，乾葉落梧桐。鬢
> 爲愁先白，顏因醉暫紅。此時無一盞，何計奈秋風。
>
> 何處難忘酒，軍功第一高。還鄉隨露布，半路授旌旄。玉
> 柱剝葱手，金章爛椹袍。此時無一盞，何以騁雄豪。
>
> 何處難忘酒，青門送別多。斂襟收涕淚，簇馬聽笙歌。煙
> 樹灞陵岸，風塵長樂坡。此時無一盞，爭奈去留何。
>
> 何處難忘酒，逐臣歸故園。赦書逢驛騎，賀客出都門。半
> 面瘴煙色，滿衫鄉淚痕。此時無一盞，何物可招魂。（頁616
> ～618）

樂天在〈何處難忘酒〉七首中，認爲初登高第之人，當飲酒自賀；失
意之人，天涯相逢，當飲酒敘平生；朱門美少年，花前月下，當飲酒
迎春；老病之翁，面對寂寥的秋景，當飲酒消愁；功高武將，當飲酒
騁雄豪；青門妓女，面臨許多送別場面，當飲酒相送；逐臣遇赦歸故
園，當飲酒招魂。樂天列舉七種人在特殊情況下必須飲酒，但其實這
七種情況已經包含各種飲酒的可能性，因而樂天其實是勸人無時無地
都不要忘記飲酒。

　　在「勸酒」詩中，樂天大都在歌頌飲酒的美妙，而在「對酒」詩
中，樂天則呈現他的修養及對人生的看法，以〈對酒五首〉爲其代表
作：

> 巧拙賢愚相是非，何如一醉盡忘機？君知天地中寬窄，雕
> 鶚鸞皇各自飛。
>
> 蝸牛角上爭何事？石火光中寄此身！隨富隨貧且歡樂，不
> 開口笑是癡人。
>
> 丹砂見火去無跡，白髮泥人來不休。賴有酒仙相煖熱，松
> 喬醉即到前頭。

百歲無多時壯健，一春能幾日晴明？相逢且莫推辭醉，聽唱陽關第四聲。

昨日低眉問疾來，今朝收淚弔人回。眼前流例君看取，且遣琵琶送一杯。（頁598）

第一首言巧者、拙者各有所長，各有所短，不應在其中爭是非。天地如此寬闊，每人都有適合自己的生存空間，不需比較，也無法比較。第二首言人活在世界上，等於處身蝸牛的角上，彼此有什麼好爭？人生短暫，不論貧富，都應該歡樂生活，隨時喜樂。第三首言服食求仙不可靠，人瞬間即會老去，酒醉之後即可成仙，又何必刻意求仙道。第四首言人生健壯之日非常短暫，如果老友相逢，當不辭一醉。第五首言人生變化倏忽，生不可恃，病老死頃刻便至，當及時飲酒作樂。綜合言之，樂天對世人的爭端皆視為蝸牛角上的小事，況且人巧拙賢愚，各有所用，不應以己之長，非人之短。只有借飲酒一醉，才能忘卻世間的機巧，避開無所謂的紛爭。

除了上述「勸酒」、「對酒」之詩言飲酒的種種功效外，樂天還常藉飲酒之時傾訴自己內心的想法，以〈把酒〉為例：

把酒仰問天，古今誰不死？所貴未死間，少憂多歡喜。窮通諒在天，憂喜即由己。是故達道人，去彼而取此。勿言未富貴，久忝居祿仕；借問宗族間，幾人拖金紫？勿憂漸衰老，且喜加年紀；試數班行中，幾人及暮齒？朝餐不過飽，五鼎徒為爾；夕寢止求安，一衾而已矣。此外皆長物，於我雲相似。有子不留金，何況兼無子？（頁657～658）

樂天把酒仰問天：自古而今，誰能逃脫死亡的命運！死亡並不可怕，重要在於生前必須把握生命，多歡喜少憂愁。世間的窮通自有上天的安排，但個人的憂喜卻掌握在自己手中，因而達人不問窮通，只求歡喜過日。樂天對於自己目前的處境已自足，勿言不富貴，因為已經為官許久，宗族之間，又有幾人可以在朝為官。也勿憂自己漸漸邁向衰老，應自喜年紀又有增加，因為為官之列中，又有幾人可以活到晚年。平常的食物也不求過飽，不必羨慕列五鼎而食的豪奢生活，睡覺只求

安適，一衾便已足夠。其餘之物皆爲長物，彷若浮雲般。即使有子嗣死後也不必留金，況且樂天無子，更無任何掛礙。

　　由上述可知，樂天不僅以酒忘憂，以酒養性，也以酒言情性。再者，樂天也將酒當成朋友往來的重要之物，以酒相尋、相訪。因而，樂天飲酒生活的另一面向，則是以酒招客，享受共飲的樂趣。早在校書郎期間，閒居長安常樂里時，便以窗前之竹與門外沽來的酒招客：「窗前有竹玩，門外有酒沽。何以待君子？數竿對一壺」（頁 91）；或自己攜酒招尋酒伴：「慵中又少經過處，別後都無勸酒人。不挈一壺相就醉，若爲將老度殘春」（〈攜酒往朗之莊居同飲〉，頁 835）；或言別人挈壺而來，終日共飲的歡娛，如：「有客忽叩門，言語一何佳！云是南村叟，挈榼來相過。且喜罇不燥，安問少與多？重陽雖已過，籬菊有殘花。歡來苦晝短，不覺夕陽斜」（頁 106），南村叟提酒來訪，不問數量多少，同飲之樂的時光總是過得特別快，不知不覺夕陽已西斜。晚年樂天與劉禹錫深交，也常一起飲酒，以〈題酒甕，呈夢得〉爲例，說明樂天晚年飲酒的想法：

> 若無清酒兩三甕，爭向白鬚千萬莖。麴櫱銷愁眞得力，光
> 陰催老苦無情。凌煙閣上功無分，伏火爐中藥未成。更擬
> 共君何處去，且來同作醉先生。（〈題酒甕，呈夢得〉，頁 752）

本詩創作於開成元年（836）〔註 30〕，樂天身爲太子少傅分司。樂天此時已爲六十多歲的老人，自言若無清酒兩三甕，怎能坦然面對自己已變爲白鬚千萬莖的面貌。光陰催老令人苦，但飲酒卻能銷盡人生千萬愁。樂天自認對國家無功，因而凌烟閣上無一己之位，雖想要學煉丹之術，求得長生之藥，但爐中之藥也未成功。功業、長生皆無成，該與夢得往何處去，看來只有一同來飲酒，同作醉先生最爲逍遙、自在。晚年不宜再求功業，因爲體力已不如從前健壯，心態也不復往昔積極。至於煉丹一事，樂天之前早已嘗試過失敗，所以對此也不抱任何希望，還不如飲酒來得實在，可以忘卻許多煩憂之事。

〔註 30〕同注 8，頁 2284。

　　除了與朋友共飲，樂天也常獨飲，一方面享受飲酒的樂趣，另一方面也藉飲酒排遣無聊的悶氣：

酒熟無來客，因成獨酌謠。人間老黃綺，地上散松喬。忽忽醒還醉，悠悠暮復朝。殘年多少在，盡付此中銷。（〈冬初酒熟二首〉之二，頁726）

淒淒苦雨暗銅駝，嫋嫋涼風起漕河。自夏及秋晴日少，從朝至暮悶時多。鷺臨池立窺魚笱，隼傍林飛拂雀羅。賴有杯中神聖物，百憂無奈十分何。（〈久雨閒悶，對酒偶吟〉，頁775）

第一首描述冬天時，自家醞的酒已經熟了，可以飲用，卻無來客可以一同享用，樂天只好一人獨酌。樂天閒居在家的情景自比為漢初商山四皓中夏黃公與綺里季的隱居，生活的愜意自比為神話傳說中仙人赤松子與王子喬的生活。酣暢之中，忽忽醒還醉，日子也就一天一天地度過。雖不知還有幾年可活，但晚年皆在飲酒中銷盡。第二首描寫因久雨不停，洛陽城顯得整日陰暗，嫋嫋涼風從漕河吹拂而來。從夏季到秋季，晴朗的日子十分稀少，樂天從早到晚顯得相當煩悶，因而就隨意看，順便記錄看到的場景：鷺鳥站立在池水旁，窺視著捕魚用的竹器，隼鳥在樹林間飛翔，避開了捕雀的網羅。最後慶幸擁有酒，在百憂之中可以解悶。總之，不論因個人獨處引發的孤寂或因氣候引發的悶氣，都能藉著飲酒找尋快樂的天地。

　　樂天的飲食習慣除了「早茶午酒」外，特別之處還在於喜歡在冬天清晨飲酒，常在詩中提及「卯時」飲酒，卯時是清晨五至七時，時多空腹：「臘月九日煖寒客，卯時十分空腹盃」（〈藍田劉明府攜酊相過，與皇甫郎中卯時同飲，醉後贈之〉，頁706），描述冬天的早晨，詩人與皇甫郎中一同飲酒的情況。清晨空腹飲酒後，再睡一覺的閒趣，也是樂天提倡的：「短屏風掩臥床頭，烏帽青氊白氎裘。卯飲一盃眠一覺，世間何事不悠悠」（〈卯飲〉，頁832），身著厚帽暖裘，在青氊帳中空腹飲一盃酒，酒力迅速通達四肢百骸，之後再睡一覺，世間還有什麼事不能忘懷？至於卯時飲酒的吸引力到底在哪裡，試看〈卯時

酒〉一詩所言：

> 佛法讚醍醐，仙方誇沆瀣。未如卯時酒，神速功力倍。一
> 杯置掌上，三嚥入腹內。煦若春貫腸，暄如日炙背。豈獨
> 肢體暢，仍加志氣大。當時遺形骸，竟日忘冠帶。似遊華
> 胥國，疑反混元代。一性既完全，萬機皆破碎。半醒思往
> 來，往來吁可怪。寵辱憂喜間，惶惶二十載。前年辭紫闥，
> 今歲拋皁蓋。去矣魚返泉，超然蟬離蛻。是非莫分別，行
> 止無疑礙。浩氣貯胸中，青雲委身外。捫心私自語，自語
> 誰能會。五十年來心，未如今日泰。況茲杯中物，行坐長
> 相對。（頁 467）

佛家所言的醍醐之道與道家所言的沆瀣之法，都不如卯時飲酒，來得
神速有效。空腹飲酒，酒力加倍，須臾間不僅全身舒暖，四肢體暢，
甚至志氣加大，進入忘我境界。半酣半醒之間，思前顧後，始知在寵
辱憂喜之間，已惶惶度過二十載，此時的心境如魚返泉，如蟬蛻變，
反璞歸眞，身心俱安泰。由此可見，卯時飲酒既可使四肢舒暢，又可
進入忘我境界，難怪樂天要倡空腹飲酒。

　　可見樂天飲酒除觸及到酒精引發的生理反應，還涉及心靈、生命
境界的追求。正如楊宗瑩所言：「這首詩（〈卯時酒〉）不止說飲酒，
更借酒自省，說到人生應追求的完美境界」〔註31〕。顏崑陽論及陶淵
明的飲酒時提到：「酒僅是他藉以解放自然生命的媒介物。他的生命
境界的開展，仍有待於他對飲酒的價值自覺，以及飲酒之後所呈顯的
自由開放的主體心靈」〔註32〕。樂天對飲酒的態度亦然，生理欲求的
飲酒層次並不是樂天追求的，樂天常藉酒言酒後的心靈境界及生命追
求目標，以此達到「自樂」的境界。例如〈南亭對酒送春〉一詩中，
酒看似詩人送春的一項媒介，但詩中卻藉飲酒半酣之際陳述心志，並
以此自我安慰，達到「歡娛」的境界：

〔註31〕楊宗瑩：〈白居易的愛好——飲酒〉，《國文學報》13 期，1984 年 6
　　　　月，頁 147。
〔註32〕同注 28，頁 33。

半酣忽長歌，歌中何所云。云我五十餘，未是苦老人。刺
史二千石，亦不爲賤貧。天下三品官，多老於我身。同年
登第者，零落無一分。親故半爲鬼，僮僕多見孫。念此聊
自解，逢酒且歡欣。（頁 159～160）

言自身五十歲，尚未身爲苦老人；刺史的俸祿二千石，亦不至貧賤。
天下三品官的年紀多老於吾；同年登第者，目前零落無一分。面對自
己現今的狀況已感到安慰，逢酒且唱歡欣心。或者飲酒中吟詠情性之
樂，例如〈對酒閒吟，贈同老者〉：

興來吟一篇，吟罷酒一巵。不獨適情性，兼用扶衰羸。雲
液灑六腑，陽和生四肢。於中我自樂，此外吾不知。寄問
同老者，捨此將安歸，莫學蓬心叟，胸心殘是非。（頁 824）

興致所來則吟唱詩歌一篇，吟唱完畢還飲酒一巵，飲酒不僅可以抒發
情性，還可支撐衰羸的身體，使六腑、四肢皆舒暢。樂天在飲酒世界
自得其樂，其餘樂天盡不知。如果捨棄飲酒，此心將找不到安身之處，
也不要學知識淺薄，不能通達事理之人，還在胸中殘留是非，無法眞
正品嚐飲酒的樂趣。

　　樂天從飲酒中追求「自適」、「自娛」的生命境界，不爲外在社會
規範侷限，推崇「陶淵明」與「劉伶」，常在詩中言兩位賢者的飲酒
之樂與生命境的超脫，一方面是欣羨，另一方面也傳達出自我欲追
求的目標。劉伶處於曹魏後期政治社會混亂的階段，此時期的人們由
於對死亡的恐懼與憎惡，導致對生命強烈的留戀，「及時行樂」之風
也大爲盛行，當時雖盛行飲酒之風，但其飲酒多爲避禍，或藉以排遣、
化解內心的憂患和痛楚。〔註33〕劉伶自稱「以酒爲名」，以放浪形骸
著稱〔註34〕，不專意於著作，關於酒的相關詩文，存有〈酒德頌〉一

〔註33〕葉夢得《石林詩話》卷下：「宋人葉夢得曾對此風氣作出評論，言：
　　　　『晉人多言飲酒，有至於沈醉者，此未必意眞在酒，蓋時方艱難，
　　　　人各懼禍，惟託於醉，可以粗遠世故。蓋自陳平、曹參以來，已用
　　　　此策』」，（北京：中華書局，1991 年），頁 27。
〔註34〕《晉書·劉伶傳》：「常乘鹿車，攜一壺酒，使人荷鍤而隨之，謂曰：
　　　　『死便埋我』其遺形骸如此」，見同註 24，頁 1376。

篇，看似詠酒之德，然其內容又不專論酒德，而是言「大人先生」的人格與境界。

到了東晉陶淵明時代，此時「風氣變了。社會思想平靜得多，各處都夾入了佛教的思想。再至晉末，亂也看慣了，篡也看慣了，文章便更和平」〔註35〕，時代環境的平和加上個人不慕名利、寧願歸田的淡泊情性，使得陶淵明的飲酒詩可以較單純吟唱飲酒之樂，因而他的詩中多次稱頌飲酒之樂和其中的「深味」，如〈飲酒〉其十四：「不覺知有我，安知物爲貴。悠悠迷所留，酒中有深味」〔註36〕；甚至飲酒已成爲其主要的生活內容及生活樂趣，如陶潛自言：「余閒居寡歡，兼比夜已長，偶有名酒，無夕不飲」〔註37〕、「忽與一樽酒，日夕歡相持」〔註38〕。因而劉揚忠才會認爲「淵明是古代詩史上頭一個以酒爲主要詠唱對象，並使詩與酒眞正打成一片的作者」〔註39〕，因而陶淵明的飲酒與前人不同之處便在於，把酒和詩連接起來，並以酒大量寫入詩中。

樂天所處的中唐時代環境已不復魏晉時期那般混亂，畢竟唐代是一個大一統的帝國。此時期的飲酒無沉重的時代包袱，唐代士人既嗜酒，也大談飲酒之樂。考察樂天言酒的相關詩篇，集中在兩個時期：一是退居下邽時期，二是大和年間，居洛陽時期。〔註40〕可見退隱的生活及晚年安閒的生活有助於樂天言酒之樂，況且樂天也將酒視爲

〔註35〕 魯迅：〈魏晉風度及文章與藥及酒的關係〉，收在魯迅、容肇祖、湯用彤著：《魏晉思想》乙編三種（臺北：里仁書局，1995 年 8 月），頁 16～17。

〔註36〕 參見逯欽立校注：《陶淵明集》（臺北：木鐸出版社，1985 年 4 月），頁 95。

〔註37〕 〈飲酒〉之序，同注 36，頁 86。

〔註38〕 〈飲酒〉其一，同注 36，頁 87。

〔註39〕 劉揚忠：《詩與酒》（臺北：文津出版社，1994 年 1 月），頁 58。

〔註40〕 劉揚忠曾提出：「白居易詩中可以考知寫作年代的言酒之篇，大多數作於元和十年，他四十四歲被貶江州之後」，參見同注 39，頁 114。筆者將其詩作根據朱金城的繫年做一番檢索後，發現除了劉揚忠所言的現象外，白居易言酒的相關詩篇，主要集中在兩個時期，特此說明。

「轉憂爲樂」〔註41〕的轉化劑，再加上身心的閒適，創作的飲酒之作相對也增加許多，尤以晚年爲多。

　　樂天詩中提及劉伶的地方，一爲讚揚劉伶以酒求解脫，二以「幕天而席地」的劉伶自況〔註42〕，說明其心境的廣闊。樂天飲酒之中，也喜歡以劉伶自況，如〈橋亭卯飲〉一詩描述的：

> 卯時偶飲齋時臥，林下高橋橋上亭。松影過窗眠始覺，竹風吹面醉初醒。就荷葉上包魚鮓，當石渠中浸酒餅。生計悠悠身兀兀，甘從妻喚作劉伶。（頁 636～637）

樂天在林下高橋，橋上之亭卯時飲酒，齋時仰臥。直到松影過窗，午時過後才醒來，竹風吹拂過臉，酒意才初醒。生活上許多需求皆可就地取材利用，例如樂天利用池中荷葉包裹醃魚，利用石渠的清涼來浸泡酒餅。即使家中生計悠悠，但身心依舊不願在此著力，寧願讓妻子把自己喚作劉伶，每日飲酒度日。

　　至於「幕天席地」一詞，則來自劉伶〈酒德頌〉，以此言「大人先生」的境界：「有大人先生，以天地爲一朝，萬期爲須臾；日月扃牖，八荒爲庭衢。行無轍跡，居無室廬，幕天席地，縱意所如」〔註43〕，大人先生企圖從超越時間、空間的限制達到「縱意所如」目的。推崇陶淵明的地方在於：不慕人間名利，且以酒「養眞」，集「隱者」與「飲者」爲一身：

> 吾聞潯陽郡，昔有陶徵君：愛酒不愛名，憂醒不憂貧……
> 歸來五柳下，還以酒養眞；人間榮與利，擺落如泥塵。（頁107）

「愛酒不愛名，憂醒不憂貧」的個性，才能在混亂的魏晉時代培養出屬於自己本眞的情性。陶淵明即使貧窮，也不願失其本性，並以酒養

〔註41〕〈酒功贊〉：「麴糵之靈者何？清酤一酌；離人騷客，轉憂爲樂」，同注4，頁 1466。

〔註42〕〈小庭亦有月〉：「客散有餘興，醉臥獨吟哦。幕天而席地，誰奈劉伶何」，同注4，頁 656。

〔註43〕同注34，頁 1376。

其眞情性，並對人間的榮與利，視爲泥塵，大加擺落。

魏晉時代的飲酒爲求解脫，把酒視爲一種避禍的媒介，明哲保身的途徑。樂天的飲酒雖也有消極一面，爲求解憂的取向，但更重要在於已不把酒視爲純粹的生活用品而是當作精神超脫的必需品，因而越到晚年，樂天越沉醉於飲酒當中。飲酒心境雖與魏晉時代有所不同，但樂天依然推崇劉伶與陶淵明式的飲酒之風：劉伶漠視名教，以飲酒達自適的精神境界；陶淵明不慕名利，歸於田園，以酒養眞，過著恬淡的生活。因而，樂天以酒忘憂，以酒養性，以酒會友，追求適意的生活方式與自適、自娛的精神境界。

第三節　寄跡山水的審美意趣

樂天一生爲官卻能享受遊山玩水之樂，從中體會自然的眞趣，以此澆沃心靈，此種精神面貌的體現值得探究。就一天的生活性質而言，生活就是工作，或者說工作構成了生活的主要部分。樂天身爲官員，生活大部分的時間被公務所羈絆，工作本身常帶有制式與單調的性質，久了常使人彈性疲乏，爲了調劑這樣的生活，休閒活動應運而生，重新爲生活注入活力並提升品質。對樂天而言，寄跡山水便是主要的休閒活動，詩中常流露樂天寄跡山水的情況與從中生發的情感內容。

晉宋時期，中國文學史上出現以自然景物爲題材的山水詩，無疑擴大詩歌的寫作範圍，歷史上也就出現一些以寫山水聞名的詩人，六朝時代是謝靈運，唐朝則以王維、孟浩然著稱。樂天也有不少以山水爲題材創作的詩歌，但針對這特點發揮的學者並不多，論述也不夠深入〔註44〕。筆者在此欲考察樂天寄跡山水的面向，在不同階段是否有

〔註44〕如大陸學者謝虹光〈論白居易兩京時期山水詩〉一文中針對白居易在長安與洛陽寫作的山水詩立論，提出：「兩京時期的佳作，精工典雅，意境深遠，餘韻悠遠，是白居易山水詩創作的圓滿煞尾，說明此時期山水詩作具有不容忽視的重要地位」，詳見謝虹光：〈論白居易兩京時期山水詩〉，《山西廣播電視大學學報》2002年第4期，頁83～84。

不同的呈現方式，呈顯出何種意義。

　　樂天身爲京官期間雖有出遊紀錄，但還談不上寄跡山水，頂多在長安附近的名勝逗留，眞正寄跡山水是在江州司馬時期。江州雖算不上絕佳之地，但比起元稹被貶的通州，樂天已自足，說道：「努力南行少惆悵，江州猶似勝通州」（〈韓公堆寄元九〉，頁312），往江州路上，期勉自己努力往南行走，減少惆悵之心，因爲江州之地已勝過元稹被貶放的通州。從地理環境來看，此地還有名山廬山及樂天心儀詩人陶淵明的故居；從地理氣候而言，江州下雪的景象跟故鄉北方相差不大。此時期的寄跡山水，常爲了排遣心中的憂愁，獲得當下身心的安頓，從〈詠意〉一詩便可得其意旨：

> 常聞南華經，巧勞智憂愁。不如無能者，飽食但遨遊。平生愛慕道，今日近此流。自來潯陽郡，四序忽已周。不分物黑白，但與時沈浮。朝餐夕安寢，用是爲身謀。此外即閒放，時尋山水幽。春遊慧遠寺，秋上庾公樓。或吟詩一章，或飲茶一甌。身心一無繫，浩浩如虛舟。富貴亦有苦，苦在心危憂。貧賤亦有樂，樂在身自由。（頁135）

此詩創作於元和十一年（816）至元和十二年（817）〔註45〕，樂天擔任江州司馬期間。樂天對南華經所言「巧者勞而知者憂，無能者無所求，飽食而敖遊，汎若不繫之舟，虛而敖遊者也」〔註46〕之理嚮慕已久，直到今日才覺自己更能接近這種境界。自從來到潯陽郡，每天過著規律的生活作息。除此之外便「閒放」過日，到處遊山玩水，春遊慧遠寺，秋登庾公樓，或吟詩或飲茶，身心無拘束，猶如虛舟。因而明瞭富貴苦在心危憂，貧賤樂在身自由。即使遭受貶官一途，樂天也懂得轉換心境，以另一種角度看待貶謫一事。將政治上的棄置，轉化爲身心的自由，因而獲得可以到處遊山玩水的機會。

　　樂天處於政治生涯的低潮期，爲了超脫這一切，也爲了追求更高

〔註45〕同注8，頁380。
〔註46〕參見《莊子·列禦寇》，見郭慶藩輯：《莊子集釋》（臺北：華正書局，1997年11月），頁1040。

一層的人生境界，將自然視為伙伴，從中獲得知己般的慰藉。當下的情境不僅忘掉了憂愁苦悶，也忘卻功名利祿及人世間的種種機心，如同樂天自云：「夕投靈洞宿，臥覺塵機泯。名利心既忘，市朝夢亦盡」（〈宿簡寂觀〉，頁 131），夜晚投宿於簡寂觀，一臥泯塵機，名利心不僅忘卻，功名利祿之夢亦已盡。貶官一途看似其政治生涯的挫敗，卻從中體悟到一種不同於政途的閒散寧靜。人的精神固然要憑山水的精神達到超越，獲得當下的安頓，但並非所有的山水都能安頓人生，徐復觀對此有一段說明：

> 人的精神，固然要憑山水的精神而得到超越。但中國文化的特性，在超越時，亦非一往而不復返；在超越的同時，即是當下的安頓，當下安頓於自然山水之中。不過，並非任何山水，皆可安頓住人生，必山水的自身，現示有一可供安頓的形相，此種形相，對人是有情的，於是人即以自己之情應之，而使山水與人生，成為兩情相洽的境界；則超越後的人生，乃超越了世俗，卻在自然中開闢出了一個更大更廣的有情世界。〔註47〕

江州之景的秀麗讓樂天從中得到超越及安頓，此即徐復觀所言的「現示有一可供安頓的形相」。以此觀點看樂天日後的創作：從江州移忠州後，因忠州的環境遙遠偏僻，地理環境不佳，樂天找不到可供安頓的山水形相，因而此時期的閒適詩創作是中斷的；直到長慶二年（822）出守杭州、蘇州後，閒適詩的創作再度湧現。〔註48〕樂天在山水之中超脫了世俗，也開啟另一個更寬廣的有情世界，因而許多細微之物或

〔註47〕徐復觀：《中國藝術精神》（臺北：學生書局，1988 年 1 月），頁 340。
〔註48〕尚永亮也提出類似的看法：「但自江州量移忠州之後，由於忠州遙遠偏僻，惡水窮山……白居易的精神也就很難安頓下來。細讀白氏謫居忠州期間的詩作，便可發現其中遠沒有江州時的那種瀟灑情韻，也極少山水與人生構成的「兩情相洽的境界」。這種情韻和境界，一直到長慶年間詩人刺史杭州、蘇州時纔再度突現出來」，參見尚永亮：《元和五大詩人與貶謫文學考論》（臺北：文津出版社，1993 年 12 月），頁 268。只是尚永亮立論的根據是針對樂天所有詩作，筆者所關注的只在閒適詩這部分，特此說明。

瑣碎之事皆能入其筆下。特別的是，樂天雖在山水之中講求超越，但「超越中亦飽含世情」〔註49〕，因而他雖嚮往自然山水與佛道的靜謐，但卻不會效法僧人或隱者過著不問世事的生活，這也是樂天的獨特之處。

　　因而，樂天江州時期寄跡山水的一個面向，是取決於超脫世間名利、痛苦，從而尋得安頓自身的途徑。如果仔細觀察樂天此時期遊歷山水的地點，將會發現樂天喜愛到古蹟，如：陶淵明舊宅、二林寺、石門澗等地。一方面因這些地方皆爲江州名勝，二則因爲樂天發思古之幽情，企求與古聖賢的精神相通。在〈訪陶公舊宅〉一詩的序言中，便已說明此意圖：

> 予夙慕陶淵明爲人，往歲渭川閒居，嘗有《傚陶體詩》十
> 六首。今遊盧山，經柴桑，過栗里，思其人，訪其宅，不
> 能默默，又題此詩云。（頁128）

樂天夙已愛慕陶淵明的爲人，前幾年在渭村閒居時，曾創作《傚陶體詩》十六首。今日幸得遊盧山，經過陶淵明的故鄉，思其人格風範，又訪其宅第，無法不言說此情，便創作〈訪陶公舊宅〉一詩。

　　遊二林寺時，「緬彼十八人，古今同此適」（〈春遊二林寺〉，頁133），想起以前永遠宗雷等十八賢，同隱於二林寺的情景，便覺自己與古賢擁有同樣的逸趣。尋訪石門澗的同時，「常聞慧遠輩，題詩此巖壁」（〈遊石門澗〉，頁136），以前常聽說慧遠曾題詩於此巖壁，雖然此事迄今無法考察，「雲覆莓苔封，蒼然無處覓」（同上），古跡早已被湮滅，無處尋得；但遊其地，思其事，也足以發幽情。雖然陶淵明、賢士與慧遠等輩，與樂天處在不同時空，但其精神樣貌仍是樂天嚮往、追求的目標。

　　樂天寄跡山水的另外一面，則是藉著大自然的景色洗滌心靈，豐富其創作靈感，進而成爲案頭文章的最佳素材，〈題潯陽樓〉一詩表達得最清楚：「大江寒見底，匡山青倚天。深夜湓浦月，平旦鑪峯烟。

_____

〔註49〕同注48，頁269。

青輝與靈氣，日夕供文篇」（頁 128），江水、青山、溢浦月、香鑪峯的種種美景，成了文章的最佳素材來源。寄跡山水除了刺激寫作靈感，對自然景物的態度不限於表面的觀賞或描摹，更重要在於抒發心中的情志，這道理在閱讀謝靈運詩時有所體會：「壯志鬱不用，須有所洩處。洩為山水詩，逸韻諧奇趣。大必籠天海，細不遺草樹。豈唯玩景物？亦欲攄心素」（〈讀謝靈運詩〉，頁 131），擁有胸懷大志卻無處可用的鬱悶之心，必須有發洩之處。謝靈運將懷才不遇的鬱悶抒發在山水詩中，不僅韻美且別有一番趣味。詩作的寫作範圍無所不包，大至天海，小至草樹都不遺漏。詩人推測難道謝靈運之作只在玩味自然景物嗎，其實是藉由景物發抒內心的感情。

　　除此之外，樂天常將山與水分別論述，可見樂天對「山」及「水」的喜愛程度有所不同，以喜愛「水」的部分尤多。江州時期過後，出遊之作的描述往往水景多於山景，登山之作僅見赴杭州刺史途中，例如〈登商山最高頂〉：「高高此山頂，四望唯烟雲；下有一條路，通達楚與秦」（頁 153），描述登上商山最高頂後，四望及俯瞰之景；〈山路偶興〉：「捫蘿上烟嶺，躡石穿雲壑」（頁 153），則寫出實際登山的經驗。

　　至於其他出遊之作，皆可發現樂天遊覽之地盡有水景，對天然的瀑布景象相當喜愛，如〈題噴玉泉〉一詩中的「玉泉」：

　　　　泉噴聲如玉，潭澄色似空。練垂青嶂上，珠瀉綠盆中。溜滴
　　　　三秋雨，寒生六月風。何時此巖下，來作濯纓翁？（頁 564）

此詩創作於大和元年（827）〔註 50〕，樂天擔任秘書監期間。題下樂天自注「泉在壽安山下，高百餘尺，直寫潭中」，可知此泉的景象相當壯觀，從百餘尺的高度，直瀉而下。泉聲如玉般響亮，潭水澄澈如空。瀑布如練掛在青嶂上，泉水如珠瀉落在潭中。飛泉水滴的噴落猶如下了一場秋雨，泉水的寒意恍如吹起一陣風，悶熱的六月不再酷熱。此時的樂天尚在長安擔任秘書監，無法擺落塵事，期待有一天可以來此巖下作個濯纓翁，擺落人間事。〈遊坊口懸泉，偶題石上〉一詩也

─────────────

〔註 50〕同注 8，頁 1730。

具有相同旨趣：

> 濟源山水好，老尹知之久。常日聽人言，今秋入吾手……危
> 磴上懸泉，澄灣轉坊口。虛明見深底，淨綠無纖垢。仙棹浪
> 悠揚，塵纓風斗藪…談笑逐身來，管弦隨事有。時逢仗錫客，
> 或值垂綸叟。相與澹忘歸，自辰將及酉。公門欲返駕，溪路
> 猶迴首。早晚重來遊，心期罷官後。（頁 497～498）

樂天自己在詩題下字注「時爲河南尹」，可知此詩創作在大和年間的
河南尹期間。濟南的好山水是樂天早有所聞，只是苦無機會遊覽，直
至今年秋天才得以見到。經歷一番攀爬後到達懸泉處。此泉虛明見底，
又澄淨無纖垢。見此泉足以擺脫人間事，令人流連忘返，不忍離去。
即使到了必須返回公門的時刻，仍頻頻回首遙望溪路。這樣的佳景讓
樂天心中期待河南尹官滿後，可以再度來此重遊。

　　隨著樂天晚年「中隱」道路的實踐，寄跡山水也呈現不同的面向。
之前提過「園林」是樂天悠遊的好地點，不僅可以獨處，自得其樂，更
可在其中宴請賓客，一同享樂。樂天在履道宅中，自稱「水」占園林的
五分之一，根據《兩京城坊考》可知伊水經流履道宅，宅中有著活水：

> 伊水分二支，西支正北入城，經歸德之西，折而東流……
> 東支東南入城，經興教坊西，又折而東流；經宣教、集賢
> 之南，又折而北，經履道之西以周其北又東經永通之北，
> 又折而北，經利仁、歸仁、懷仁之東以入於運渠。〔註51〕

伊水分爲東西兩支，西支在正北方入洛陽城，東支在東南方入城，途
中經過樂天的履道宅之西並周流在其北面，可見圍繞在履道宅西北兩
面的，正是伊水。因爲擁有天然的水源，因而樂天特別在園林中引進
伊水，增加生活情趣：

> 一爲止足限，二爲衰疾牽。邴罷不因事，陶歸非待年。歸
> 來嵩洛下，閉戶何翛然！靜掃林下地，閒疏池畔泉。伊流
> 狹似帶，洛石大如拳。誰教明月下，爲我聲濺濺。竟夕舟

〔註51〕參見閻文儒、閻萬鈞著：《兩京城坊考補》（鄭州：河南人民出版社，
　　　　1992 年 6 月），頁 1131。

> 中坐，有時橋上眠。何用施屏障，水竹繞牀前。(〈引泉〉，
> 頁 490～491)

此詩作於大和三年（829）〔註52〕，樂天擔任太子賓客分司期間。樂天在詩中自言歸來嵩洛下，閉門也能過著自在快樂的生活。不出門的原因，一方面是自我腳程的限制，另一方面受到疾病的牽絆，但即使不出門，也可享受快樂時光。可將伊水引入自家園林，加上水中的洛石大如拳頭，能使流水激石發出濺濺之聲。有時整晚在舟中閒坐，有時在橋上閒眠，根本不用屏風，水竹便環繞在牀前，供日夜盡情欣賞。

樂天爲了多享受濺濺流水聲，他新造了一個小灘，〈新小灘〉及〈灘聲〉二首便是依此而創作：

> 石淺沙平流水寒，水邊斜插一漁竿。江南客見生鄉思，道
> 似嚴陵七里灘。(〈新小灘〉，頁 831)

> 碧玉班班沙歷歷，清流決決響冷冷。自從造得灘聲後，玉
> 管朱弦可要聽。(〈灘聲〉，頁 833)

新小灘不僅能產生類似七里灘的聯想，建造完畢後，還能得出另一種風情。自從有了冷冷的清流，玉管朱絃就顯得太過俗氣而不願聆聽了。樂天又放幾片石在亭西牆下的伊渠水中，使水石相激，潺湲成韻，很有幽趣，因而作詩記下此事：

> 嵌巉嵩石峭，皎潔伊流清。立爲遠峰勢，激作寒玉聲。夾岸
> 羅密樹，面灘開小亭。忽疑嚴子瀨，流入洛陽城。是時群動
> 息，風靜微月明。高枕夜悄悄，滿耳秋冷冷。終日臨大道，
> 何人知此情。此情苟自愜，亦不要人聽。(〈亭西牆下伊渠水
> 中，置石激流，潺湲成韻，頗有幽趣，以詩記之〉，頁 821)

片石即似遠峰，斗水激如大波，高枕之上即可滿耳秋波，庭園之中便可享受到山水之意，這是何等愜意，「此情苟自愜，亦不要人聽」。

由上述的詩作可歸納樂天對水情有獨鍾的原因，在於水可以「濯塵纓」。樂天一生當官，許多時候寄望自己一天能夠辭官，過自己想

〔註52〕同注8，頁 1495。

過的生活，但這樣的夢想終究沒有實現，未能脫去當官的枷鎖，只能藉由親近自然之水，洗滌自己的身心，以此擺落人間俗務。另一方面水的「清涼」性，也是樂天喜愛的，以此冷卻、滌蕩心靈。山之高偉雄壯不是樂天常歌詠的主題，反而以柔性取向的水，得到較多的關注，以此透顯樂天藉由寄跡山水求洗滌心靈的意趣旨歸。

　　樂天欣賞「水景」，不僅欣賞自然生成的瀑布、水流，也懂得在自家園林中，以人為的力量創造水景，給予自己視聽上的享受。越到晚年的樂天，越能欣賞「水」的美感，而追求「水」的意趣不必往外找尋，在自家園林便可獲得。在有限的空間求得一己情性的安頓與自適，此種風氣的形成與中唐文風及樂天開展出的「中隱」一途密切相關。

　　「水」在園林中扮演相當重要的角色，園林從帝王苑囿發展而出，因而「水」的形象也多與代表帝王氣象分不開。人多以神話中的「玄圃」〔註53〕為中國園林之始，對於玄圃之水的描繪據《淮南子》所記：「傾宮、旋室、縣圃、涼風、樊桐在崑崙閶闔之中，是其疏圃。疏圃之池，浸之黃水，黃水三周復其原，是謂丹水，飲之不死」〔註54〕，又據《穆天子傳》所載：「春山之澤，水清出泉，溫和無風，飛鳥百獸之所飲」〔註55〕，可見對於傳說中的園林構設，水一直占有重要地位，而且又以「滋潤」功能為上，由於具有傳說性質，因而也可看出

〔註53〕《山海經・西山經》作「平圃」，《穆天子傳》作「縣圃」，郭璞注《山海經》引《傳》作縣圃，又引作玄圃。玄、平形近錯出，玄、縣音同通用。見漢・桑欽撰，後魏・酈道元注，楊守敬、熊會貞疏，段熙仲點校，陳橋驛復校：《水經注疏》。上述引文請參照下列網址：http://www.sinica.edu.tw/ftms-bin/ftmsw3?ukey=326959157&rid=-6。此傳說或許不正確，但「即在不實之傳說中，亦有其『不實』背後之一種理由或理想。於此玄圃之為玄圃，雖仍不脫其一中傳說之性質，但即此已胚孕出我國此後造園之特有境界」，見程兆熊：《論中國庭園花木》（臺北：明文書局，1987 年 6 月），頁 5。

〔註54〕見《淮南子・地形訓》，參見張雙棣撰：《淮南子校釋》（北京：北京大學出版社，1997 年 8 月），頁 431～432。

〔註55〕轉引自程兆熊：《論中國庭園花木》（臺北：明文書局，1987 年 6 月），頁 5。

「不死之水」的相關論說。雖然此時的園林尚屬神話階段，但已將水與仙境的關係聯繫起來，因而之後出現了一系列描述無限、遼闊的仙境意象，以「太液」、「蓬萊」爲主軸〔註56〕，並集中在秦漢時代帝王苑囿的描述。

　　到了魏晉時期，由於思想與生活形態上的變化，導致園林也隨之流行。「一個富有自然美趣的、空間韻律變化幅度較大的、時間序列延緩程度較長的園林空間被開掘出來」〔註57〕，確實因爲政治社會的動盪不安，「越名教而任自然」的人生觀蔓延在文人世界，道家崇尚自然的思想在此時得到相當大的發展空間，自然山水成了文士追求、歌詠的對象。造成「私家園林不論貴族或庶民，在這一時期多向著自然山水園迅速發展。他們選擇風景優美的自然山林來建造，成就了含山帶水、並附耕地的廣大莊園」〔註58〕，謝靈運即是一例，《宋書》本傳記載「靈運父祖並葬始寧縣，並有故宅及墅，遂移籍會稽，修營別業，傍山帶江，盡幽居之美」〔註59〕。可見，不論是帝王苑囿或是文人含山帶水的私家莊園，主要取向都以一種模山範水或把大規模的自然山水型態納入園林之中。

〔註56〕如《史記・卷二十八・封禪書第六》所載：「自威、宣、燕昭使人入海求蓬萊、方丈、瀛洲。此三神山者，其傳在勃海中，去人不遠……蓋嘗有至者，諸僊人及不死之藥皆在焉」，見漢・司馬遷撰；劉宋・裴駰集解；唐・司馬貞索隱；唐・張守節正義：《新校史記三家注》（臺北：世界書局，1972年12月），頁1369～1370。又如《漢書・卷二十五下・郊祀志第五下》所載建章宮的佈局「其西則商中，數十里虎圈。其北治大池，漸臺高二十餘丈，名曰泰液，池中有蓬萊、方丈、、瀛洲、壺梁，象海中神山龜魚之屬」，見漢・班固撰；唐・顏師古注：《新校本漢書并附編二種》（臺北：鼎文書局，1983年），頁1245。
〔註57〕趙春林主編：《園林美學概論》（北京：中國建築工業出版社，1992年6月），頁68。
〔註58〕同注11，頁30。
〔註59〕《宋書・列傳第二十七・謝靈運傳》，參見梁・沈約傳：《新校本宋書》（臺北：鼎文書局，1975年），頁1775。

　　這樣的取向直到中唐時代才有所改變，並以樂天爲代表人物。中
唐審美趣味由外拓轉爲內斂〔註60〕，除了受整個政治環境的影響，也
因中唐文人自覺意識的高漲，有意與盛唐文人走不一樣的道路，加上
此時禪宗的盛行，中唐文人越來越走入一己心性之中，以適性安恬、
澹泊灑脫爲人生態度〔註61〕。樂天開展的「中隱」道路正具備這樣的
精神，實現在自家園林當中。總體來說，此時文人建築私家園林的具
體審美特徵在於「空間處理和佈局上，不再像謝靈運時代那樣追求廣
大的地域範圍，而是注重挖掘和創造有限空間的無限情趣」〔註62〕，
在有限的空間感受無限之美，因而對園林的歌詠也偏向「小園」，以
樂天的〈自題小園〉最具代表性：

> 不鬪門館華，不鬪林園大：但鬪爲主人，一坐十餘載。迴
> 看甲乙第，列在都城內：素垣夾朱門，藹藹遙相對。主人
> 安在哉？富貴去不迴。池乃爲魚鑿，林乃爲禽栽。何如小
> 園主？拄杖閒即來：親賓有時會，琴酒連夜開。以此聊自
> 足，不羨大池臺。（頁818）

樂天拿自己的小園與華麗、廣大的園林相對照，並不認爲園林之美是
以佔地大小爲考量標準。在於是否有心經營自己的園林，試看那些大
園的主人幾時曾歸來，他們追求的不過是富貴而已，至於園林的經營
則不是他們的重心。池是爲了魚而開鑿；林木也是單純爲了禽類而栽
種，怎能像小園的主人，悠閒地拄著杖，若有親友來訪，則連夜以琴
酒宴會嘉賓。以此便能自足，又何必羨慕大池台呢！然而，小園主人

〔註60〕孟二冬在《中唐詩歌之開拓與新變》一書中的第三章「審美趣味與
　　　　詩風的變化」提到中唐時代審美趣味由外拓到內斂的現象，詳見孟
　　　　二冬：《中唐詩歌之開拓與新變》（北京：北京大學出版社，1998年
　　　　9月），頁67～79。
〔註61〕任曉紅：「唐宋以來，士大夫對禪的傾心促使他們越來越「內傾」，
　　　　──越來越深地走入一己心性之中，以適性安恬、澹泊灑脫爲人生
　　　　態度」，參見任曉紅：《禪與中國園林》（北京：商務印書館，1994年
　　　　8月），頁129。
〔註62〕同注61，頁54。

之所以能自足，來自主體本身的修養，可以在素雅小園中「一坐十餘載」，具備恬淡的人生觀，不爲榮華富貴所誘，能在有限的空間創造出無限的情趣。

最早興起「小園」概念不在唐代，而在梁朝的徐勉，他在東田自營「小園」，已經標舉出「以小爲好」〔註63〕的概念。北周的庾信也自建小園，並寫下後世見稱的〈小園賦〉：「山爲簣覆，地有堂坳……鳥多閒暇，花隨四時……一寸二寸之魚，三竿兩竿之竹……名爲野人之家，是謂愚公之谷」〔註64〕，山用筐擔土覆蓋而成；堂前的低窪處就是地上的水池。池中養著小魚，山上種些竹子。庾信自稱這小園爲「野人之家」、「愚人之谷」。顯然這小園的設計已超越物質條件的限制，更多地是嚮往、追求生命精神的境界。樂天延續這種不以面積大小爲意，以追求心靈樂趣爲主，在自家小園中經營自己的一片心靈空間。因而對「水」的欣賞角度也轉變爲「以小見大」的寫意精神，不再強調大面積的海水，即使是一方小池水，也可利用自己的想像力，從中獲得樂趣，這種「小池」風尚的盛行與審美意趣，在下節中將有更詳細的論述，在此先不探究。

在自然山水園中不乏有山有水可以欣賞，但一般文人園林往往沒有絕佳的地理環境，「水」的部分常常要引泉入園或是開挖小池；至於「山」，往往以疊石的形式來製造假山，馬千英發現「到中唐才出現了『假山』這個詞，中、晚唐詩中屢見」〔註65〕。但在樂天的詩中，石頭的作用往往不在製造假山的風貌，樂天常將石頭視爲助成園林流

〔註63〕 《南史·列傳第五十·徐勉傳》：「古往今來，豪富繼踵，高門甲第，連閨洞房，宛其死矣，定是誰室？但不能不爲培塿之山，聚石移果，雜以花卉，以娛休沐，用託性靈，隨便架立，不存廣大，唯功德處，小以爲好」，參見唐·李延壽撰：《南史》（臺北：商務印書館，1988年1月），頁622。

〔註64〕 曲德來主編：《歷代賦廣選·新注·集評》（瀋陽：遼寧人民出版社，2001年），頁455。

〔註65〕 馬千英編著：《中國造園藝術泛論》（臺北：詹氏書局，1985年6月），頁138。

水聲的媒介物。文人園林景觀最重要的組成要素是山和水，山水布局基本上有三種形式：以水爲主的布局、以山爲主的布局和山水均衡的布局。〔註66〕由上可見，樂天園林的布局基本以「水」爲主。園林之「水」既然被要求寫意化，自然少不了周圍助其寫意之物，如「石頭」便是重要之物，在水中放置幾片石便可享有潺湲聲，這樣的樂趣才是樂天欲追求的。除此之外，樂天對石頭的欣賞還別有一番風趣。唐代文人開始將石頭視爲一種藝術品：「園中的石並不是被看作是一種建築材料，它被認爲是一件『藝術品』……唐代以後，此風更盛，難得之石被視爲天下奇珍」〔註67〕，而樂天對石頭的描述集中在「太湖石」上。「石有族，聚太湖爲甲」〔註68〕，將太湖石視爲石頭之冠。在〈太湖石〉一詩中有一番闡述：

> 遠望老嵯峨，近觀怪嶔崟。纍高八九尺，勢若千萬尋。嵌
> 空華陽洞，重疊匡山岑。邈矣仙掌迥，呀然劍門深。形質
> 冠今古，氣色通晴陰。未秋已瑟瑟，欲雨先沈沈。天姿信
> 爲異，時用非所在。磨刀不如礪，搗帛不如砧。何乃主人
> 意，重之如萬金。豈伊造物者，獨能知我心。（頁491～492）

遠看太湖石給人清癯、高峻的印象，近看更覺形狀之怪奇，雖然只有高八九尺，氣勢卻如同萬丈高。太湖石凹凸不平的形貌，給予觀看者多種的想像空間。除了奇絕的怪狀，太湖石背後還蘊含悠久的時間和空間，隨著時間的流動，它吸納了天地間的靈氣，經過長時間的孕育，長成今日的形狀，因而樂天稱讚它「形質冠今古，氣色通晴陰」。太湖石具備天地靈氣，因而特別寒涼。特異的形狀、特質，卻無實用價值，如果要磨刀還不如找「礪」，如果要搗衣還不如用「砧」。雖無實際作用，樂天卻將之視爲萬金。樂天已將太湖石視爲藝術品，因此藝

〔註66〕林春輝發行：《文人園林建築：意境山水庭園院》（臺北：光復書局出版，1992年9月），頁133。

〔註67〕李允鉌著：《華夏意匠：中國古典建築設計原理分析》（臺北：明文書局，1990年2月），頁325。

〔註68〕白居易〈太湖石記〉：「石有族，聚太湖爲甲，羅浮天竺之徒次焉」，參見同註4，頁1544。

術品的價值是無法用金錢或實用性質去衡量。

　　不規則的石頭，給人的第一印象往往是「醜」。樂天在〈雙石〉一詩中便呈現對「醜石」的獨特看法：

> 蒼然兩片石，厥狀怪且醜。俗用無所堪，時人嫌不取……忽疑天上落，不似人間有。一可支吾琴，一可貯吾酒……人皆有所好，物各求其偶。漸恐少年場，不容垂白叟。迴頭問雙石，能伴老夫否。石雖不能言，許我爲三友。（頁461～462）

此詩創作於寶曆二年（826）〔註69〕，樂天任職蘇州刺史期間。此詩所指的「雙石」並沒有特定指哪一種石頭，但由樂天在〈池上篇〉所言「罷蘇州刺史時，得太湖石、白蓮、折腰菱、青板舫以歸」（頁1450），可知「雙石」指的便是「太湖石」。樂天在此將石的「醜」與「怪」並舉，並提到因爲雙石無俗用，因而被時人棄置不取。但樂天欣賞醜石正是以他對世俗的否定爲基礎，形狀奇特的雙石，在樂天眼中，反而產生不同於一般的審美樂趣。這種奇特之美，雖不合世俗的愛好，卻令愛好者賞玩不已。

　　石在古文化中一直占著重要地位，從女媧補天的傳說到曹雪芹的《石頭記》，從文人雅士書桌上的貢玩小品到園林中的石峰，均反映了人們愛石的嗜好。〔註70〕文人對石頭的討論及賞玩風氣相當盛行，但因每人情性的不同，從中體會到的感受也有所差異，例如樂天特別賞玩醜石，這樣的現象，王立解釋爲：

> 古代文人慣以帶有某種價值醞含的物作爲自身人格理想的對象化載體，因而愛醜石，實爲暗示著主體自身的清正儒雅，不同凡俗，且又曲高和寡；這是藝術化地在否定普遍一般中肯定個別特殊，確認自身的人格價值。〔註71〕

王立將「物」作爲自身理想人格的對象化載體，認爲樂天欣賞醜石，

〔註69〕同注8，頁1423。
〔註70〕參見劉天華：《畫境文心——中國古典園林之美》（北京：三聯書店，1994年10月），頁145。
〔註71〕詳見王立《心靈的圖景——文學意象的主題史研究》（上海：學林出版社，1999年2月），頁188。

因爲醜石透露出獨特，超脫世俗眼光的價值，正如樂天在世俗當中突顯自身的存在。樂天是否有這樣的比興意味，值得進一步商榷。在此，筆者寧願將石頭視爲單純之物，純粹爲了增加園林趣味。既把石頭當作一件藝術品，那藝術欣賞的角度則不能落入俗套，落腳點不在觀看者看到了什麼，而在主體感受到什麼，體味到什麼。因而樂天對石頭的外形並不在乎，反而奇形怪狀的石頭更能激發詩人的想像空間。

　　綜上所論，樂天寄跡山水的面向，由一開始親自尋幽訪勝的自然山水之樂，轉移到園林中的人爲山水之趣。對「水」的重視，從中生發出對石頭的審美意趣。不論園林或水景的布局，都力求「以小見大」的審美趨向，其中以「小池」最能體現這樣的趣味，底下將就「小池」這議題作一番論述。

第四節　居家環境的美感取向──「小池」生發的閒賞美學

　　樂天選擇處所及居家環境布置上有一套自己的見解，選擇處所方面，樂天有一個習慣：「樂天所至處必築居。在渭上有蔡渡之居，在江州有草堂之居，在長安有新昌之居，在洛中有履道之居，皆有詩以紀勝」〔註72〕，每至一地必當地築居，並有詩歌紀錄各居宅的特色。〔註73〕對於居宅的要求只在「安身」，即使面對長安新昌坊的

〔註72〕陳友琴：《白居易資料彙編》（北京：中華書局，1986 年 1 月），頁76。

〔註73〕歷來學者對樂天園林或居宅的關注，可算不少，相關論述有楊宗瑩：〈白居易的林園藝術〉，《教學與研究》6 期，1984 年 5 月；王能傑：〈白居易與廬山草堂〉，《省體專學報》18 期，1990 年 6 月；王能傑：〈白樂天經營洛陽履道宅始末〉，《省體專學報》19 期，1991 年 6 月；孫慧敏：〈致身吉且安──白居易的居宅選擇〉，《中國歷史學會史學集刊》32 期，2000 年 7 月；陳嘉英：〈由居室看文人的生活情韻──以廬山草堂、黃州竹樓爲例〉，《國文天地》18 卷 5 期，2002 年 10月。

居處環境:「階庭寬窄纔容足,牆壁高低粗及肩」(〈題新居,寄元八〉,頁 407),只能容足的階庭窄度,以及低矮的牆壁高度,樂天依舊泰然自處,「冷巷閉門無客到,暖簷移榻向陽眠」(同上),認爲冷僻、無門客打擾的處所,恰好能過著悠閒的生活。又如〈卜居〉一詩描寫的:「但求容立錐頭地,免似漂流木偶人」(頁 407),一方面只求自己有安身立命的地方,免得漂流似木偶人,另一方面又云:「但道『吾廬』心便足」(同上),表現以自宅爲足的心態。

　　雖然樂天一再指出選擇處所只爲了尋找安身立命之地,即使面對簡陋的環境也能怡然自處。但實際上,樂天是如何選擇居處的地理環境,可先看江州司馬時期的草堂,周圍松、竹相圍「有松數十株,有竹千餘竿。松張翠傘蓋,竹倚青琅玕」(〈香鑪峯下新置草堂,即事詠懷,題於石上〉,頁 137),並有飛泉、白蓮相伴──「何以洗我耳?屋頭落飛泉。何以淨我眼?砌下生白蓮」(同上),以飛泉洗耳,以白蓮淨眼,居處在此猶如「倦鳥得茂樹,涸魚反清源」般地回歸自然本質。至於履道坊的宅院:「都城風土水木之勝,在東南偏。東南之勝,在履道里。里之勝,在西北隅。西閈北垣第一第,即白氏叟樂天退老之地」(〈池上篇〉,頁 1450),履道坊是洛陽風土水木最佳的所在,樂天的居處又是履道坊中風景最美的地方,並將此地作爲日後退休養老之地。園林整個佈局是「地方十七畝,屋室三之一,水五之一,竹九之一」,可見「水」爲規畫園林的重點。樂天在〈吾廬〉一詩也提到:「眼下營求容足地,心中准擬掛冠時。新昌小院松當戶,履道幽居竹繞池。莫道兩都空有宅,林泉風月是家資」(頁 521～522),雖再次強調尋處所只求容足地,但已點出新昌宅的特點在「松」,履道宅的特色在「竹」、「池」,這些自然佳景才是樂天珍愛的家資。

　　看似簡單的居宅選擇,卻是經過精心挑選,樂天往往將居宅選擇在風景優美之地,主要以「水景」爲優先考量。即使居宅已有天然的飛瀑或水流經過,樂天依舊喜愛在自宅中進行開鑿「小池」的工作,

對居宅的布置也集中在「小池」論述上。「小池」之水是人工開鑿出來，若以水的流動性與否來區分，小池之水屬於「止水」。「止水」的相關論述如何開始，樂天爲何特別對「小池」有興趣，受當時文學論述的影響抑是詩人獨特的審美觀念，將是底下論述的要點。

一、「止水」觀所映現的審美意涵

中國自古以農立國，「水」在農耕中占著重要地位，它被廣泛地引用到水利、灌溉等實際生活層面，但相對地，也以「洪水」的型態出現，威脅人民的生活。洪水的記載出現在《尚書・堯典》：「湯湯洪水方割，蕩蕩懷山襄陵，浩浩滔天。下民其咨，有能俾乂」〔註74〕，流動的大水，浩浩盛大，初民咨嗟憂愁，爲之困苦。在此反映了洪水對他們的威脅性，因而在遠古時期，出現了數種洪水傳說，及洪水之神。〔註75〕之後，進入文明階段，出現許多文人對水本身投以關注的現象，例如孔子面對江河之水，嘆曰：「逝者如斯夫！不舍晝夜」〔註76〕；老子對水讚曰：「上善若水。水善利萬物而不爭，處眾人之所惡，故幾於道」〔註77〕，從中闡述水的特質及其哲理。唐代之前，不論對水的那方面論述，大都依其「流動」性質立論，至唐代，文人開啓另一種視野，轉向考察「止水」，筆者翻閱《全唐文》〔註78〕便發現「止水」〔註

〔註74〕見《十三經注疏・尚書正義》（北京：北京大學出版社，1999 年 12 月），頁 40。
〔註75〕由實際的洪水災難，興起許多傳說及神話，這些屬於「創世神話」中的一種，相關的論述，可參考這方面的書籍，如王孝廉：《中國的神話世界：各民族的創世神話及信仰》（臺北：時報出版，1987 年）；陶陽秀著：《中國創世神話》（上海：人民出版社，1989 年）等，筆者在此不多贅注。
〔註76〕《論語・子罕》：「子在川上曰：逝者如斯夫！不舍晝夜」，見同注 1，頁 119。
〔註77〕《老子》第八章，見王淮注釋：《老子探義》（臺北：商務印書館，1998 年 6 月），頁 33。
〔註78〕周紹良主編：《全唐文新編》（長春：吉林文史出版社，2000 年 12 月），爲唐賦引用的主要文本，爲避免贅注，底下出現相同文本時，僅注明卷別及頁數，不再於注腳中說明。

79〕的相關概念在賦中不斷被討論，可見這是當時的一種特殊文化現象。更何況，水是一種客體的存在，文人在其中的角色是「觀者」，作爲一位觀察者，如何由水觀照出生命本質與文人特有的審美情調，是文人必須面臨的課題。

　　早在先秦時代，莊子於〈德充符〉〈天道〉兩篇便有「止水照鑒」的哲學闡發，以水的靜止狀態說明有德者的人格特質。〈德充符〉云：「人莫鑑於流水而鑑於止水，爲止能止眾止」〔註80〕，莊子藉孔子之口說明止水能照鑒萬物的特性，並以此比喻王駘即使斷了腳，外形不好，但依然可以聚集許多學生受教的原因。此句話，成玄英疏曰：「夫止水所以留鑑者，爲其澄清故也」〔註81〕，切實把握止水所以能忠實反映物體的形貌，在於「澄清」的緣故。〈天道〉篇云：「萬物無足以鐃心者，故靜也。水靜則明燭鬚眉，平中準，大匠取法焉。水靜猶明，而況精神！聖人之心靜乎！天地之鑑也，萬物之鏡也」〔註82〕，以此說明聖人的心神如止水般寂靜，可以照鑑天地的精微，明察萬物的奧妙。總之，莊子以「止水」的澄靜清明特質表達有德者虛靜無爲的形象。

　　莊子以降對於「止水」及如何「鑒」止水的概念則沒有進一步的推展，直到唐代，文人又開始闡述這項命題。唐代文人賈曾及鄭絲在賦中先對「止水」作了一個初步的描繪：

> 其止水也，體靜而舒，惠風拂而逾益，明月來而不如，清則澈底，蒙紛濯洗，朗亦難雜。（賈曾：〈水鏡賦〉，頁 3136）

> 夫有名之域，有象之中，惟水能靜，惟鏡能空。水則無心而皎澈，鏡則照瞻而幽通。（鄭絲：〈水鏡賦〉，頁 3708）

「止水」的本質接近靜止、平舒狀態，即使風吹拂過，亦不減其特質；

〔註79〕唐賦中的「止水」概念大都出現在〈止水賦〉、〈鑒止水賦〉這類題目當中，有些則出現在〈水鏡賦〉中，因而這裡所指的「止水」，包含題目或文中有出現「止水」這詞彙，全都在討論範圍之內。

〔註80〕出自《莊子・德充符》：「仲尼曰：『人莫鑑於流水而鑑於止水，爲止能止眾止……』」，同註46，頁 193。

〔註81〕同註46，頁 194。

〔註82〕同註46，頁 457。

其明亮特性又爲明月所不及。止水「靜」、「明」特質又常與鏡子相對
照。因而鄭絪提出萬物萬象之中，唯有水擁有靜者的本質，也唯有鏡
子可以產生澄空的效果。水本無心卻可以表現皎澈的外形，鏡子具有
照形作用而可達幽通之境。可見唐代文人觀察到水的美，首先著眼在
它的映照特性，一泓平靜的湖水或池水，正如一面澄明的鏡子。

　　除了將止水與明鏡相對比外，唐代文人對「止水」呈現兩種不同
論述面向，一是承繼止水的映照特性，加以發揮；二是將止水視爲製
造水景之法，繼而形成一系列的沼、池、潭等類別，從中論述產生的
情趣之美。尋此脈絡而言，唐代文人對「止水」的考察點不外乎「鑒
形」與「娛情」兩大面向。先看唐代文人從「止水」發展出的一套「鑒
形」觀念，以王季友〈鑒止水賦〉爲例說明：

> 鑒於水者，不在於廣大，而在於澄淨。奔流則崇山莫辨，
> 靜息則纖芥必形。故能任人倫之巨細，隨物色之丹青，皆
> 一鑒而洞達……向使儵瀯不息，噴薄長注……雖有清明之
> 本質，豈能使形影之相遇，是知專而靜可以居要，明而動
> 亦不能照……觀於水，既定而後詳；水鑒於人，當止爲妙。
>
> （頁 5160）

王季友認爲觀看水的最佳切入角度，非著眼水的廣大與否，而在於水
是否能達到澄淨的效果。奔流之中的水崇山莫辨，但靜息中的水則萬
物皆顯，即使纖芥的物體也不例外。因而不管物體的大小，只要一照
到水面，皆能呈現萬物的本質，隨物色之丹青而顯現。即使擁有清明
本質但卻流動不已的水，也無法像「止水」可以照鑒天下萬物，因而
言道「專而靜可以居要，明而動亦不能照」。由「流水」與「止水」
的差異及「止水」清而靜的特性，得出人、水相互觀看的最佳方法，
在於「定」、「止」，唯有人在水面前處於定的狀況，水才能照映出詳
細的鏡像；同樣地，水唯有處在止的狀況下，也才能照鑒人。

　　唐代文人除了探討「止水」的照鑒功能，另一項探討層面乃從止
去水的源頭，圍成一個封閉系統的「止水」，以劉清〈止水賦〉爲例：

抑亦能遇坎則止，以竭爲平，居荒野而不動，合寒虛而自
清。晝則煙雲亂出，夜則星象羅生，若乃湖稱青草，澤若
雲夢。淺深瀁淳，表裏寒洞，當朱陽之夏晚，遇白露之秋
仲，紫關之鴻雁飛來，綠浦之蓮舟風送。既能止而利物，
所以歸之者眾。亦有鳳凰之沼、明月之潭，每澄流於庭院，
常不注於東南。蒙察窠之玩洽，渾琴酌而相參，以遊以賞，
如液如涵……籠碧天而似鏡，展紅霞而若錦，納眾影而不
遺，比群情而特甚。用使至人觀之而心察，智者樂之而情
審，達士愛而欲臨，高節聞而願飲。復乃養龜鶴，藏魚龍，
怪石積，明珠重，虛以受物，謙而克從。（頁4538）

劉清認爲流水一旦遇到低陷不平的地方便會停止前進，由流動不已的
水變成止水，性質由動而靜。居於荒野之中而不動，受寒氣薰染也不
改變其自清的本質，白天因水蒸氣的蒸發而出現烟雲瀰漫之景，夜晚
因繁星的倒映，水面上出現星象羅生的景象。以天然湖泊而言，如青
草湖與雲夢澤。每當朱陽之夏晚或白露之仲秋，都可見鴻雁歸來，綠
浦之蓮舟隨風搖盪。以私人庭院而言，有鳳凰之沼或明月之潭，同在
一處做官的文人常在此地設宴歡樂，並以琴酒相伴，遊賞性質濃厚。
沼、潭之止水還具備納眾影而不遺的功用，因而可以像鏡子囊括碧天
於水面上，天空的紅霞在水面上也顯得相當紅豔。此外，止水造出的
水景還可使文人從中生發一種娛樂、欣賞美感，並在其中養龜鶴、藏
魚龍、積怪石，培養出一種生動、活潑的氣象。

　　由上述兩方面的歸納，可知唐人涉及的「止水」對象，一是形容
靜止狀態的水；二是包含止去水的源頭，使其成爲一個密閉、靜止的
水面。前者常與鏡像分不開，後者則應用在水景佈局上。將此二者合
而爲一論述的，當推中唐時代的白居易，試看其〈玩止水〉的論點：

動者樂流水，靜者樂止水。利物不如流，鑒形不如止。淒
清早霜降，浙瀝微風起。中面紅葉開，四隅綠萍委。廣狹
八九丈，灣環有涯涘。淺深三四尺，洞澈無表裏。淨分鶴
翹足，澄見魚掉尾。迎眸洗眼塵，隔胸蕩心滓。定將禪不

別，明與誠相似。清能律貪夫，淡可交君子。豈唯空狎玩，

亦取相倫擬。欲識靜者心，心源只如此。（頁 493）

開頭先對水的存在形式作區分：流水之動與止水之靜。流動之水雖可

善利天下萬物，然若想以水借鑒萬物則不可不經由平靜之水的映照。

次言一方水池的範圍與格局：大小不過八九丈，深淺則三四尺。因為

是池水，所以處於平靜無波的狀態，更顯得水之「淨」、「澄」。此種

自然意境不僅可以洗滌、明亮雙眼，也可蕩除心中的塵垢。止水之「清」

可以遏止人的貪念產生；止水之「淡」，猶如君子之交淡如水——「水

能性淡為吾友」。最後說到，不論水或池，它們不僅僅是把玩的對象，

文人亦從中取其可效法的哲理。如果想瞭解靜者之心，則他們心上的

源頭便是從認識「止水」開始。

此詩中樂天明確提出「鑒形不如止」的概念，唐代文人面對「止

水」除了照鑒功能外，也從中學習、涵養自身修為。另外，此詩題目

中的「玩」字，可堪玩味。止水並不是一個嚴肅的客體，它也可供文

人玩味。就這一層意義而論，樂天已將「止水」與「水池」作了一番

結合，也說明了在有限的水景空間中卻能引發無限深遠的精神境界，

而這境界又指向一個寧靜自然的生命體驗。

唐代以前文人總追求浩瀚無涯的水景為美，如謝靈運「鑿山浚湖，

功役無已。尋山陟嶺，必造幽峻，巖嶂千里，莫不備盡」〔註83〕，追

求向外馳求的意境。唐之後，文人便不以景觀的廣闊或窮近真實的自

然山水為目的，可看出唐代文人境界的追求已趨向不再外求，只求在

咫尺的空間享受澄靜的心境與貼近自然的樂趣，也因為這樣的文化心

態，帶出對水的觀照轉向為微觀的「止水」境界。樂天〈玩止水〉一

詩已將「止水」的鑒形觀念應用在生活當中，這便是「環斗水為池」

的實踐，也就是「小池」的形成。接下來繼續考察白居易對「小池」

的關注，其背後呈顯的意義。

〔註83〕《宋書·列傳第二十七·謝靈運傳》，參見同註59，頁 1775。

二、由「小池」生發的閒賞美學

　　唐代文人從「止水」觀照出兩種面向：「鑒形」與「娛情」觀，樂天在閒適詩中大量承繼「止水」的「娛情」觀，經由對「小池」的開發、闡述，從中培養獨特的文人品味。不僅樂天喜愛「小池」，「小池」在唐代也形成一股風尚，「小池」大量被書寫，但這裡必須說明，唐代文人在詩、賦中出現的「盆池」〔註84〕、「家池」等相關詞彙。筆者在此只列「小池」，一方面爲了論述的方便，另一方面也是因應樂天在詩中常使用「小池」這概念。

　　最早涉及「小池」觀念的當屬唐太宗的〈小池賦並序〉，唐太宗見臣子許敬宗家的小池自成一方世界，因而寫賦賜之。即使小池面積不大，但唐太宗亦稱讚許敬宗懂得涵養高尚品味：「雖有慙於溟渤，亦足瑩乎心神」（《全唐文新編》，頁 36），可見在方圓數丈的小池也可享受追求浩瀚的江湖意趣。唐太宗的這篇〈小池賦〉無疑肯定文人對私家園林的建造，帝王嘉勉文人的雅行，有助於文人對此風氣的延展。唐太宗賜〈小池賦〉給許敬宗，因而許敬宗才會有〈小池賦應詔〉一篇，可視爲唐代第一位爲自己「小池」立論的文人。許敬宗鑿小池的動機是「臣忝班下列，胥宇上京，欣託巢之有庇，體壏戶之全生」（《全唐文新編》，頁 1724），帶著感謝上位者的恩澤而立論；「慕鑒止而端形，乃游智而清志」，又羨小池之水如止水且其形端正，故可以於其中發揮自己的聰明才智又可滌清自我的心志。於是面對著小池帶出的「溜激石兮長嘯，梟鼓浪兮相喧，竹凝露而全弱，荷因風而半翻」景觀，也足以達到「澡瑩心神，澄清耳目」的目的。

〔註84〕歷來學者對唐代「小池」、「盆池」議題的開展尚不多，據筆者所知，潘谷西曾提過：「隨著小園小型化趨勢的加強，園林欣賞也相應地出現近觀、細玩的喜好，小池、盆池的興起就是這種喜好的表現之一」，參見潘谷西主編：《中國美術全集 建築藝術編 3 園林建築》（臺北：錦繡出版社，1989 年 2 月），頁 11。漢寶德則注意到唐代的「盆池」，可參見漢寶德於〈中國園林的洛陽世界〉一文後所附錄的「唐人的『盆池』」，見於漢寶德：《物象與心境──中國的園林》（臺北：幼獅出版社，1990 年），頁 75～79。

　　但隨著唐朝日漸興盛、富強，盛唐文人並未對「小池」引起太大的迴響。此後，一直要到中唐時代才大量興起這股「小池」風尚。中唐時代的文人被貶謫、外放的次數明顯增多，又以元和時期五大詩人為最〔註85〕，白居易也曾貶到江州。從江州時期開始，樂天便與「小池」結下不解之緣，自己曾言：「從幼殆老，若白屋，若朱門，凡所止，雖一日二日，輒覆簣土為臺，聚泉石為山，環斗水為池，其喜山水，病癖如此」（〈草堂記〉，頁935），開鑿小池便是當中提及「環斗水為池」的原理。江州之地雖多淙淙的江水，但還不如自家宅院前開一池：

> 廉下開小池，盈盈方水積：中底鋪白沙，四隅瓷青石。勿言不深廣，但取幽人適。泛灩微雨朝，泓澄明月夕。豈無大江水，波浪連天白？未如床席前，方丈深盈尺。清淺可狹弄，昏煩聊漱滌。最愛曉暝時，一片秋天碧。（〈官舍內新鑿小池〉，頁130）

官舍內新鑿小池，這小池的規模不必大，方丈池水的格局即可。小池底面鋪著一層白沙，四周以瓷青石鋪排而成。勿言小池不夠深廣，只求能從中獲取適意之境。早上的一場微雨便可使水面產生一些波動，夜晚因明月的映照，也使水面呈現出一片泓澄景象。江州之地難道沒有波浪連天白的大江之水，只是都比不上自家宅院中的小池，它不僅清淺可供玩弄，還可洗滌煩囂，早晚還可映現出一片秋天碧藍的天空。

　　樂天不僅在自家宅院開鑿小池，也在香鑪峯下的草堂新開一池，並在其中養魚種荷，別有一番風味：

> 淙淙三峽水，浩浩萬頃陂：未如新塘上，微風動漣漪。小萍加泛泛，初蒲正離離。紅鯉二三寸，白蓮八九枝。遶水欲成徑，護堤方插籬。已被山中客，呼作白家池。（〈草堂前新開一池，養魚種荷，日有幽趣〉，頁137）

〔註85〕對此論述尚永亮有詳細說明，請參考尚永亮：《元和五大詩人與貶謫文學考論》（臺北：文津出版社，1993年12月）

淙淙的三峽水，雖能興起浩瀚萬里波；卻不如小塘裡因風興起的漣
漪之美。還在其中養魚種荷，池中加入漂浮的小萍，眾多初生的蒲
草，二三寸的紅鯉魚，以及八九枝的白蓮，不僅將小池布置成有生
機的空間，也從中得出幽趣。

　　書寫履道宅的相關詩作中，也常提到「池」，以「十畝閑居半是
池」（〈池上竹下作〉，頁 523）說明「池」在園林中占其極重要的地
位。大和三年樂天以太子賓客分司回到洛陽，不久後在自家園林中新
開一池，創作〈秋池二首〉〔註86〕說明從中獲得的情趣：

> 身閒無所為，心閒無所思。況當故園夜，復此新秋池。岸
> 闇鳥棲後，橋明月出時。菱風香散漫，桂露光參差。靜境
> 多獨得，幽懷竟誰知。悠然心中語，自問來何遲。

> 朝衣薄且健，晚簟清仍滑。社近燕影稀，雨餘蟬聲歇。閒
> 中得詩境，此境幽難說。露荷珠自傾，風竹玉相戛。誰能
> 一同宿，共翫新秋月。暑退早涼歸，池邊好時節。（頁 489）

第一首描述樂天回到洛陽的日子相當悠閒，不僅身閒無事可忙，心境
也跟著悠閒，無所牽掛。日光漸暗，月出橋明，菱香飄散，露光參差。
如此的幽靜只有樂天一人獨得，其中的幽懷又有誰明瞭。面對這樣的
幽境閒情，不禁暗自怪自己早該回到洛陽，過閒適生活。第二首仍描
寫池上的幽境，而其中的幽處又難以言說。一陣雨後蟬聲也停歇了，
荷葉上的露珠還自傾，風將竹樹搖曳地戛戛作響。秋天時節，沒了夏
天的暑氣，樂天希望有人可以一同在池邊欣賞秋天的明月。二首論述
的重點皆在言樂天於閒適的心境下得出小池的幽境，以一種悠閒的角
度看待周圍的事物。

　　退居洛陽的生活，閒適的心境更加濃厚，對「小池」也比往前有
了更多的關注，創作了一系列的詩作，而且不必再侷限於小池，更多
的是池上泛舟之樂，且看〈池上有小舟〉一詩：

> 池上有小舟，舟中有胡床。床前有新酒，獨酌還獨嘗。熏

〔註86〕創作於大和三年（829），同注 8，頁 1493。

　　若春日氣，皎如秋水光。可洗機巧心，可蕩塵垢腸。岸曲
　　舟行遲，一曲進一觴。未知幾曲醉，醉入無何鄉。夤緣潭
　　島間，水竹深青蒼。身閒心無事，白日為我長。我若未忘
　　世，雖閒心亦忙。世若未忘我，雖退身難藏。我今異於是，
　　身世交相忘。（頁 655）

池上有一小舟，小舟上有一輕便繩椅。坐椅前還準備了新釀成的酒，
樂天一人獨自品嚐酌飲。酒的香味猶如春天的香氣，酒的清澈無雜
質猶如秋水之光的明亮。在小舟上獨酌的樂趣不僅可以洗卻塵世的
機心，還可以洗盪出身體的塵垢。隨著岸上歌曲的彈奏，一曲進一
觴。不知不覺已經飲醉，沒多久便進入夢鄉。樂天還言：今日幸得
身閒心無事，因而白日為我長，供我恣情享用。由此可見，要能在
周遭環境培養出生活情趣，必須身心兩方面相互配合，唯有在身閒
心亦閒的情況下，才有可能。又如〈秋池獨汎〉一詩描寫樂天獨自
在秋池上獨自泛舟的情景：

　　蕭疏秋竹籬，清淺秋風池。一雙短舫艇，一張斑鹿皮。
　　皮上有野叟，手中持酒卮。半酣箕踞坐，自問身為誰。
　　嚴子垂釣日，蘇門長嘯時。悠然意自得，意外何人知。
　　（頁 661）

秋池上停著一隻短艇，艇上有一位披著鹿皮的野叟，手中還拿著酒杯。
半酣之際還箕踞而坐，自問此身為誰。自比為東漢的隱士嚴子陵在富
春江石磯上垂釣〔註87〕，以及效法阮籍與隱士孫登相會於蘇門山，互
相長嘯的高士曠達精神〔註88〕。從中獲得的悠然之意只能自得，外人
無法理解。

〔註87〕「嚴子垂釣日」語出東漢隱士嚴光垂釣的典故：「除為諫議大夫，不
　　　　屈，乃耕於富春山，後人名其釣處為嚴陵瀨焉。建武十七年，復特
　　　　徵，不至。年八十，終於家」，詳見《後漢書・隱逸傳》，宋・范曄
　　　　撰：《新校本後漢書并附編十三種》（臺北：鼎文書局，1987 年 1 月），
　　　　頁 2763～2764。
〔註88〕《晉書・阮籍傳》：「籍嘗於蘇門山遇孫登，與商略終古及栖神導氣
　　　　之術，登皆不應，籍因長嘯而退。至半嶺，聞有聲若鸞鳳之音，響
　　　　乎巖谷，乃登之嘯也」，參見同注24，頁 1362。

　　樂天閒來無事，也在池邊觀賞周遭的事物，並將其中的樂趣書寫下來，如〈池上二絕〉描述的：

> 山僧對棋坐，局上竹陰清。映竹無人見，時聞下子聲。
>
> 小娃撐小艇，偷採白蓮迴。不解藏蹤跡，浮萍一道開。
>
> （頁 729）

之前圍繞「小池」論述的詩作，常是樂天言當下自身的感受，但在這兩首絕句中，樂天則以旁觀者的角色，客觀的立場，描述觀看的樂趣。第一首描寫池邊的一景，兩位和尚專心對奕的情形。第二首才把池中的景象直寫出來，描寫一位小女孩撐著小艇，在池上偷採白蓮，但卻不懂得收藏自己的蹤影，只見池上浮萍順著船勢，打開了一道溝。這二首雖是樂天在池邊的即興之作，但可看出樂天觀察的細膩。

　　池上閒行之際，樂天隨手記錄當下的心情，並言晚年在洛陽體會的一番滋味，且看詩人在〈池上閒吟二首〉吟唱的：

> 高臥閒行自在身，池邊六見柳條新。幸逢堯舜無為日，得
> 作羲皇向上人。四皓再除猶且健，三州罷守未全貧。莫愁
> 客到無供給，家醞香濃野菜春。
>
> 非莊非宅非蘭若，竹樹池亭十畝餘。非道非僧非俗吏，褐
> 裘烏帽閉門居。夢遊信意寧殊蝶，心樂身閒便是魚。雖未
> 定知生與死，其間勝負兩何如。（頁 708）

樂天以高臥閒行的自在身，度過漫長的六年。幸逢自己身在堯舜無為的太平盛世，才能像羲皇上人過著逍遙的日子。除去漢初商山四個隱士的高齡外，樂天即使年紀已大但身體仍健朗；即使除去河南尹的職位，家境仍未貧困。也不用憂愁訪客來時無供給之物，因為自家釀的濃酒及自家栽種的野菜，正是招待賓客的好東西。第二首樂天言自家非莊也宅也非寺廟，只擁有竹樹、池亭十餘畝；自身非道非僧更非俗吏，只是身著褐裘，戴著烏帽，過著閉門而居的生活。並自言處在心樂身閒的狀況下，如魚在水中一樣自由、逍遙。雖然生死無定數，其間的勝負又有什麼好相比呢？還不如悠閒過日。

　　挖鑿的小池，是把天地原有的浩瀚之水縮小，再移到園林內，這縮移的藝術本身就具有集中性質。構成這種形式的藝術，有個先決條件，觀覽者必須發揮想像的能力，在其中神遊，在小中見大。換言之，小池是寫意化的園林藝術。觀覽者需有豐富的想像力，也必須處於閒情狀態下才有此可能，早在魏晉時期便有「會心處不必在遠」〔註89〕的看法，樂天也常在詩中言身心閒適的狀態。近代學者毛文芳論晚明的閒賞美學提出「閒賞」概念一詞，認爲：「『閒賞』包含了兩個理解層次，『閒』是界定『賞』的先決條件，必需有燕閒之情始能爲賞，這代表文人處於閒適和樂的情緒和生活狀態；而『賞』是『閒』所應從事的活動，得閒便要觀覽遊賞，這是文人閒適和樂的生活內容」〔註90〕，可知在「閒賞」活動中，「物」作爲其對象，雖佔有重要地位；但另一項更爲重要條件則是「心」的作用。處於閒適之下才能對周遭事物培養出一份雅致。由此可見，樂天處於閒適之下，開啓「小池」的另一番有情天地，便是閒賞的映現。

　　由上可知，即使居宅周圍的地理環境已有天然的水景，樂天依舊要在居宅中開鑿小池，主要著眼小池的便利性與當下性，不必捨近求遠，欣賞的也不是浩瀚無涯的水面，當下即是可供玩賞的一方池水。池水的作用在於享受片刻的清涼與觀看之美，〈小池二首〉便言此趣：「晝倦前齋熱，晚愛小池清。映林餘景沒，近水微涼生。坐把蒲葵扇，閒吟三兩聲」；「有意不在大，湛湛方丈餘。荷側瀉清露，萍開見遊魚」（頁 139），小池的「清涼」足以在悶熱的白晝令人感到神清氣爽。小池的寫意性不在範圍的大小，只要一方小池，即可享受觀看清露之

〔註89〕《世說新語・語言》：「簡文入華林園，顧謂左右曰：『會心處，不必在遠。翳然林水，便自有濠、濮閒想也。覺鳥獸禽魚，自來親人』」，見余嘉錫撰：《世說新語箋疏》(臺北：華正書局，1993 年 10 月)，頁 120～121。文中所言的「翳然林水」便是：應目所見；「濠濮閒想」便是：會心所感。

〔註90〕參見毛文芳：《晚明閒賞美學》(臺北：學生書局，2000 年 4 月)，頁 42。

荷的美態與遊魚之樂。

在中國園林的各式造景中，以水景的維護工作最為不易，文人開創出的「小池」由於它是密閉空間，靜止的水很容易成為「死水」。當然「死水」的觀念是現在社會才出現的詞彙，唐代社會並沒有創造出這樣的語彙。對此，樂天懂得「養護」的觀念，將一方「小池」視為一個獨立的自然生命體，在其中加入許多有生命的動植物，使其成為一個生生不息的空間。

樂天對「小池」的空間大小並不以為意，他只著眼小池帶出的生活情趣。這份玩賞之趣也得經由文人對小池的日常養護，以及透過文人無限的想像力，彌補沒有天然的大水面，才能在其中安適自處。在養護「小池」的過程其實也是養「心」的途徑。於「止水」的池中加入動植物增加生機，正代表文人心靈空間的開放性與流動性。可見，樂天不僅在閒情中著手觀賞生活周遭的事物，還將「止水」的靜止轉化為活潑的生機。

從樂天對居處的選擇至布置，可觀察出閒賞活動，主要建立在樂天悠閒的情境下，對周遭事物持有一份熱愛，藉由開鑿小池，養魚種荷等工作，從中培養生活樂趣。樂天已將傳統止水的鑒形觀轉化為娛情觀念，並在日常生活中細細品味，得出無窮滋味。看似生活中的瑣事，樂天卻以欣賞的角度分享給大家，也才能得知史料外文人的居家生活狀況，及如何用細玩的心態涵養出獨特的文人品味。

第五節　小結

經由上述的討論，可以針對白居易閒適詩中開展出的獨特文人品味這議題，做出以下幾點結論：

第一，古代一般官員對自己的生活樣態都沒有如樂天這樣大量書寫，樂天的閒適詩寫的盡是閒適心態下從事的活動，因而營造出的生活氛圍也有其特殊性。首先，樂天常喜愛掩關而居的生活，即使擁有

官員身份，但只要一有閒暇，樂天便脫下政治身份，回歸一位單純的詩人角色，貪婪地享受生活的美好，歌詠其中的適意，也意味著無意在政治上追逐。樂天可以掩門而居，園林佔有重要的地位，樂天可以在園林中避暑，可以在其中閒步、閒臥、閒坐，甚至臥眠。即使「晝寢」的行徑曾被孔子批判，但樂天依舊享受晏起的生活，並對於自己的晚起無愧疚之意，一切顯得相當自在、自適。古人常有的「夜未眠」、「睡眠障礙」等問題，在樂天身上均不見，他反以「安穩」形容睡眠的充足。上述所言的行徑均在閒靜的心智下從事，因而掩門而居的生活型態，其生活步調一切顯得相當緩慢，不在乎別人眼光，也無須考慮外在條件，只求內心的舒適。

　　第二，飲酒一直是中國長久的文化，深受文人喜愛。筆者在此以飲酒的角度切入，觀看樂天從中展現哪些不同的生命情調。從〈効陶潛體詩十六首〉中可得出樂天飲酒的目的可大分為消極與積極性兩方面，消極地為求解脫，勸人及時行樂，求醉於酒；積極地為求「自適」、「自娛」的生命境界。樂天在閒適詩中也常有藉酒消愁解憂的一面，另一方面也勸人飲酒，創作一系列的「勸酒」之作，歌頌飲酒的美妙。或者在「對酒」詩中呈現他的修養及對人生的看法，或者藉飲酒之時傾訴自己內心的想法，有時飲酒也成了朋友來往的最佳助興之物。因而飲酒在樂天身上展現許多不同的面向：以酒忘憂，以酒養性，以酒言情性，以酒相尋、相訪。不論與朋共飲或自己獨飲，皆能從中找尋到快樂。樂天喜愛在冬天的清晨五至七時，也就是卯時飲酒，空腹飲酒，酒力更為迅速通達四肢百骸。從飲酒中追求「自適」、「自娛」的生命境界，推崇陶淵明與劉伶，不慕名利，飲酒放達的人生態度。這種精神取向比起魏晉士人逼不得已，蘊含悲苦的飲酒，樂天的飲酒則顯得十分自適且放達，飲酒不再是一種工具，而是樂在其中。

　　第三，親近大自然，享受天然之趣，往往是古代士人喜愛從事的活動。樂天本身也有寄跡山水的呈現面向。真正開始寄跡山水，應該從江州司馬期間算起，這時親近山水而創作的閒適詩，大抵呈現三種

面向：一是，超脫世間名利，痛苦，從而尋得安頓自身的途徑；二是，發思古之幽情，企求與古聖賢精神相通；三是，藉著大自然的景色洗滌心靈，豐富創作靈感及素材。至於「山」及「水」的比重，在閒適詩中，以「水」占的比率較高。樂天不僅喜愛至天然水景遊玩，閒居園林的生活，也是以「水」的相關論述較多，引泉、新造小灘，甚至放石頭在其中，以期達到石水相激的悅耳之聲。樂天對「水」情有獨鍾，在於「水」一方面可以「濯塵纓」，洗去塵世的煩憂，另一方面在於它的「清涼性」，以此冷卻、洗滌心靈。從園林之水引發「石頭」的審美情趣，樂天對石頭的論述集中在形狀奇特的「太湖石」，且對「醜石」有特殊的審美視角，樂天對石頭的外形並不重視，形狀越奇特反能激起詩人無限的想像空間。因而，樂天寄跡山水的面向可說從親自尋幽訪勝的山水之樂，轉向園林的人為山水之趣。

　　第四，樂天每至一地習慣在當地擇居，擇居以「水景」為優先考量，對居宅的布置也集中在「小池」的論述。「水」若依流動性與否來分，可分為「流水」與「止水」兩種，「小池」屬於後者。「止水」的論述早在莊子時代便已展開，至唐代對「止水」的論述偏向兩種面向：一是形容靜止狀態的水，通常與鏡像分不開；二是包含止去水的源頭，使其成為一個密閉、靜止的水面，通常與水景布局分不開。唐代以前的文人總喜愛向外追求浩瀚無涯的水景，但至唐代審美風尚不再外求，自家園林的一方小池也能帶出無限情趣。唐代「止水」觀照出「鑒形」與「娛情」兩大面向，對「小池」的論述則集中在「娛情」概念的開展。許敬宗是第一位為自己「小池」立論的唐代文人，但直到中唐才興起「小池」風尚，以樂天的論述尤多，探討的面向也較廣。「小池」是把天地間原有的浩瀚之水縮小，再移到園林之內，不僅本身具有集中性質，觀賞者也必須發揮想像力，在閒情的狀態下，小中見大，神遊其中，形成閒賞美學的特點。

　　樂天身為文人，除了飽讀詩書，在朝為官，文氣縱橫外，也懂得生活，對生活周遭之物隨時保持高度的興味與細膩的觀察，能將生活

予以「藝術化」，並在其間獲得生命的安頓與自適。將生活的本體視為一個美感對象，不以實用性為考量標準，常是以無用為用的思維方式，脫離實用觀念，在身心悠閒的心境下，追求生活的美感。不必遠求，在自家園林中也能享有閒坐臥眠的閒趣，自適快樂的飲酒氛圍，可比擬山水之趣的種種布置。樂天生活美學的開拓，也宣示著中國士大夫除了在政治上謀求發展，也該為自己預留一塊小天地，作為修養身心、滋潤心靈的良方。

第七章　結　論

　　本論文由白居易的閒適詩切入，首先追溯中國閒適詩類的淵源，透過探索白居易之前創作具有閒適情調的七位詩人作品，思索他們創作詩歌的思維。繼而針對白居易創作的閒適詩立論，包含閒適詩提出的背景因素、閒適詩觀的核心議題、分類閒適詩者及其擇選標準，將白居易閒適詩的理論與作品作一番探討工作。最後，把握住白居易閒適詩的根本精神——「吟詠情性」加以發揮，考察閒適詩中如何體現詩人的情性，其情性的具體展現爲何。綜合前文所作的各項論述，可歸納出幾點研究心得於下：

一、傳統文人處於政治體制下閒適空間的發展性

　　「閒」與「適」具有不同的指涉意涵，最初之義都無關個人身心狀態的論述，「閒」原本是指物體本身的細縫，引申爲有空閒之義，道家對「閒」字作有一番論述，《莊子・刻意》篇透露出身閒的意味，可以將自我置身在大自然中，享受閒趣。除了探討身閒，也提到心閒的問題，換言之，便是讓主體內心達到一種虛靜的自由境界，排除掉主觀的雜念與慾望，才能取得內心的虛靜，也才能眞正體會悠閒的心境。之後對「閒」的層面再加以拓展者，當屬白居易，它對「閒」的闡發是與「適」一同論述，把「閒適」當成一個詞彙，加以義界與探討。到了明代，對於「閒」字的重視與闡發更是蔚爲風尚，例如謝肇

湉在《五雜俎》中已將「閒」指向心境的狀態，並說明主體自足的境界。又如張潮《幽夢影》中強調「閒」並不是無所事事，遊手好閒，而是能以一種悠閒的心態，進行一些高雅逸事，諸如讀書、交友、旅遊等面向。雖然「閒」的概念在此時大量被開發，但明人也注意到世人當中，若能知曉又能實踐「閒」之精神者，實在是少之又少。

至於「適」字，原本當作動詞用，直到莊子才把它重新詮釋，賦予新的意義，也試圖與主體的內心聯繫起來。至於「適」字，在莊子的詮釋系統當中，是被賦予「自適其適」的主體人格自由之義，推向主體心靈的建構。莊子以下，將「適」字作爲人生價值的意義，除了在莊子注中外，並不多見，直到唐代才起了變化，這也是筆者要在唐代談閒適詩發展的重要因素。由上可知，不論「閒」或「適」，在脫離本源義之後，經過文人的詮釋，已慢慢導向主體人格或心靈自由的層面。

但在傳統的知識份子觀點中，所關注者大都建構在政治體制下，雖以修身爲本，卻以治國爲終極目標，修身也是爲了能進入政治體制服務。在儒家的言論中，暮春之月的舞雩、詠歸之事，雖具有閒適的精神，但畢竟這種精神並不是主流。對於「適」的追求也大都出現在莊子的言論當中。一直要到中唐時代的白居易，才眞正提出一套「閒適」的言論，並有相關的詩作產生，理論與作品的相互印證，更能深究白居易的閒適精神。白居易之後，晚唐的姚合在《少監集》中也將某一部份的詩作歸列爲閒適詩；至元代方回《瀛奎律髓》是一本唐宋詩選本，書中將唐宋詩作分爲四十九類，當中有一類便是閒適詩。由此可見，白居易以降，閒適詩已被接受爲一個獨立的詩歌類型。但在白居易之前的時代，是否有閒適詩的產生呢？這是需要進一步探索的議題。

二、閒適意識的形成與閒適詩類的溯源

雖然白居易與方回都對閒適詩作了義界工作，賦予閒適詩獨立的意義，但觀看兩者的意見，將發現兩人對閒適詩的看法竟是不相同的。

白居易認定閒適詩是「退公獨處，移病閒居，知足保和，吟玩情性之作」，強調閒適詩的創作時機為公之暇，且具有知足保和、吟玩情性的核心特質。至於方回所認定的閒適詩，則從韓愈〈送李愿歸磐古序〉中「窮居而閒居」的觀點而來，提出「閒適者流，多在郊野，身在城府朝市，而有閒適之心，則所謂大隱」、「仕宦而閒適，已選置宦情類中」，從中可知方回對於閒適詩只認定郊野的閒適，因而將白居易認定的為公之暇的閒適劃歸到「宦情類」。由白居易及方回的觀點，也可明瞭閒適詩雖變成詩類之名，但具體指涉內涵在不同文人身上有不同的觀看角度。

雖然考察角度不盡相同，但可看出方回是在白居易的基礎之上提出閒適類與宦情類的界定標準。方回的特點主要呈現在兩方面，一方面分化白居易閒適類的範圍，將白居易所言的閒適類，依據身份的不同，分為宦情類與閒適類二種。另一方面，方回所言的閒適精神，深化了白居易所言的「知足保和，吟玩情性」特質。就宦情類而言，「知足保和」的體現，主要來自高位者的憂畏心境，或是位卑者不得已的情性寫照；若就閒適詩而言，「知足保和」的呈現主要源自人與自然的和諧，取用自然，外在的幽寂閒境造就心靈的閒適。綜合白居易及方回對閒適詩的看法，可瞭解若能有知足保和的心態，皆可創作出閒適意味的詩作。

白居易之前雖無閒適詩類的區分，但之前的詩人是否會在在不自覺當中，創作出具有閒適情調的詩歌，是考察的另一個要點，但何謂具有閒適情調的詩歌也是要再進一步界定的議題。考察白居易之前的詩人，其閒適詩作必定分散在各種類型當中，因而筆者考察閒適詩作者時，並不限定在某一詩類，而是以詩人的閒適精神取向為主。筆者根據方回閒適詩類所擇選的詩人，以及楊承祖等近代學者的研究，從中發掘創作閒適詩最早的源頭可追溯到陶淵明，陶淵明以下，孟浩然、王維、李白、杜甫、韋應物、柳宗元，是白居易之前或同時代創作閒適詩的代表者。這七位詩人當中，擇選出閒適詩的指標在於：不論他

們處在何種環境下，擁有何種身份，從事何種活動，只要能體現主體內心的悠閒與適意，並以此達到精神自由及自足的境界。每位詩人因情性的不同，體現的閒適詩也有所不同，重點在考察詩人如何在不同的際遇與遊歷當中展現閒適之情。

根據每位詩人閒適詩體現的特質加以類分，可以得出三種不同的創作思維進路，其一爲安於當下，以目前的生活自足：陶淵明、杜甫、柳宗元、韋應物皆因不同的因素，在田園山水或在居家環境中體會心境的平和與閒適，路徑雖有所不同，但都能揭示詩人安於當下，以目前的生活自足的情懷。其二，避開政治，浪遊四方以求當下之適：孟浩然及李白在山水懷抱中排遣對人生的苦悶，重新找到自我定位，也尋得心境的閒適、平和。其三，公餘之暇，自我面向的書寫：王維及韋應物二人懂得利用爲官閒暇之際，開展個人的生活空間，書寫自我面向，並在工作之餘展開閒暇活動。

在第一類的思維進路中，陶淵明是屬於回歸田園，在找尋俯仰自得的道路上呈現閒適之情。陶淵明反璞歸眞，不僅回歸原始耕作環境，也回歸自我本眞個性，沒有政治場合的應酬，在田園生活中隨著大自然的作息而生活，與鄰里建立一種純眞無機的感情，彼此相互討論詩作，或者歡暢地飲酒。詩人是在一種知足的心態下創作詩歌，歌詠自我回歸田園的自由，趁著農餘之暇也能與好友一同出遊，或獨自在家也能從書本及彈琴中找尋生活情趣，在其中悠遊自得。因而陶淵明的閒適詩便在脫離政治，農耕之餘，歌詠自我身心自足的詩歌。杜甫創作閒適詩的兩個重要據點是在浣花草堂與瀼西茅舍，偏僻的地點，優美的環境，讓身經戰亂的杜甫暫時得到心靈的解放，因而，杜甫閒適詩創作可說是一條遠離戰亂，尋求心境平和的道路。田園環境，平和的心境，成爲杜甫創作閒適詩的兩大條件，因而在耕種的空間中，謳歌生活的平和、美好，能在漂泊生涯中獲得當下的平和生活，杜甫顯得相當自足且珍惜。

一般文學史上均認爲柳宗元貶謫之後的山水記遊之作，凝聚著詩

人長期貶謫生涯的痛苦，時時流露出鬱憤之情。但是貶謫永州後創作
的詩歌，也有一些具有閒情意味的詩歌，這類便是柳宗元具有閒適情
調的部分，因而柳宗元閒適詩的創作可謂脫離政治，自肆山水的怡情
養性，讓柳宗元能在遠離京城時，除了激憤不平之外，也能悠遊在山
水中，體會人生的另一種境界。跳脫對政治的牽繫及積極參與度，也
能經營自我的天地，對政治的苦悶之情也轉而平和、悠閒，自適其中。
韋應物的仕途時仕時隱，但面對自己退居的閒居生活，往往心中充滿
自適之情。罷官閒居的日子，除去官職身份，韋應物行為處事顯得更
為自由、悠閒，沒有政治的牽絆，所有時間全歸詩人自行運用，加上
罷官閒居的處所，通常遠離城市，少了塵世喧囂之音，多了一些寧靜
的氣氛，因而閒適詩歌的書寫也增加許多。

　　在第二類的思維進路中，筆者以「遊」的心態為切入點。「遊」
字的意涵在安土重遷、勤勞務本的農業社會中通常給予負面評價，但
到了屈原，給予另一種思考角度：將「遊」定義在一種懷才不遇、不
得已之下的遊，帶有無奈、惆悵之感，「去國懷鄉」的強烈情感。孟
浩然、李白二位文人也因不同的因素，轉而遊歷四方，徜徉在山水之
中，相較於屈原充滿政治、無奈、悲情性的遊歷，則有一番不同的體
現。孟浩然雖擁有滿腔的理想抱負，終身未曾踏入仕途，正因為如此，
開啟孟浩然詩作的另一個視角，到處遊歷，在親近自然山水的過程中，
感受到自然之美，心境的平和。因而，孟浩然的閒適詩便是在終生不
仕，縱情勝景逸趣當中展現的情懷。遠離都城文化，造就屬於自己的
「疏淡清樸」風格。歸隱生活的平常閒居狀態，也是開啟詩人自由心
態的另一面貌。總之，都顯示出一種閒淡飄逸的韻致，平凡安閒中體
現的歡欣情致。李白原本對於山水就持有一份高度熱愛，離開長安後，
李白繼續到許多地方遊歷，開啟往後漫長的旅遊之路。正因為脫離政
治環境，投入名山的懷抱，在大自然洗禮下，創作具有閒逸精神的篇
章，深深震撼著人們的心靈。除了兩年生活在京城，其他的歲月李白
幾乎在遊歷名山大川中度過。遊歷名山的過程其實也是李白尋找心靈

依託的方式，政治環境並不適合他的個性，他只能浪遊四方，在尋幽訪勝、拜訪隱逸之士的旅程中，享受片刻的閒適之情。因而李白閒適詩的體現是一種浪遊四方，珍惜當下閒情。

在第三類的思維進路中，對於身兼政府官員的文人而言，繁重的公務常讓他們處在壓力之中，若能趁公餘的閒暇之時或者退公之際，放鬆心情，享受日常生活情趣，拋開日常公務，身心便處在一種自由狀態，心靈也隨之得到解放。王維及韋應物的閒適詩便在這樣的情況下被創作出來。王維嚮往歸隱山林的生活，但終其一生幾乎都在爲官中度過，直至臨終前一年，仍任尚書右丞的高官職位。王維雖然也有辭官隱居的時候，但畢生多半時間都在爲官，這種亦官亦隱的背景，賦予閒適詩不同的味道。這種半官半隱的形式，呈現在讀者面前的詩人形象，永遠是那麼優雅自在，在園林中靜坐、觀賞自然景物、賦詩吟詠，在不急不迫的氛圍中，與自然渾爲一體，並體現出詩人悠然自得的心境。韋應物趁著爲官閒暇之際，暫時拋開惱人的政治公務，將自身從官場瑣務中抽離，享受片刻的閒暇。有時就地取材，便在郡齋內進行宴會、避暑、種藥等放鬆身心的行爲，有時也出外遊玩。因而韋應物公餘之暇的閒適詩，便體現出悠遊自得的生活情趣。

在陶淵明與杜甫閒適詩中，二人都擅長表現日常生活層面，「日常生活」這個文學議題從杜甫開始被發揚光大，中唐詩人白居易承繼這項特點，並在閒適詩中發揮得淋漓盡致。王維的「吏隱」概念也影響白居易閒適詩的創作。韋應物在郡齋內創作的閒適詩，也開創日後爲官的文人創作閒適詩的契機。閒適詩的創作地點趨向「邊緣化」，詩的地理環境，或在山中，或在依山傍水的「人境」之外的「幽處」，這個特殊的空間提供給隱者一個良好的活動場地。上述這四項特質，不盡然在七位閒適詩人中都有體現，但在白居易閒適詩中，卻都得到相當大的發展空間，這些則必須等待底下對白居易閒適詩作的具體的驗證。

這七位詩人雖不能完全代表白居易之前創作閒適詩歌的總數量，

但透由這七位詩人的閒適作品探析，可瞭解這七位詩人的閒適作品大都蘊含在山水、田園詩中，與白居易的閒適詩有其本質上的不同，白居易創作的閒適詩大都產生在為官之際，為官的閒適是白居易獨創之處。另一方面，也是藉著溯源工作，從中凸顯白居易閒適詩的特色。

三、白居易閒適詩的提出與作品呈現

白居易閒適詩的理論比作品更早被提出來，先有理論架構，再從作品中選編出符合的詩歌，另外，樂天沒有明確指出閒適詩的範圍，前集中雖有明確標出四卷的閒適詩，但後集閒適詩的分類不復出現，以致閒適詩的指涉範圍不明確。還有，前後集分類改變方式的原因，以及閒適詩理論與作品之間的印證關係。凡此種種問題，便是論文第三章與第四章所要的論述的重點。

白居易分別在元和十年（815）以及大和八年（834）提出閒適詩論點，可見，閒適詩創作不僅貫穿詩人一生，從中體現的知足心也是詩人終身奉行的原則。閒適詩的核心議題主要在「吟詠情性」，白居易所言的情性觀是承繼鍾嶸的觀點，認為詩歌主要在梳理個人的內在情性，不須外找，而是往內心世界探索。

閒適詩創作雖是貫串詩人一生，但每個階段對閒適詩的擇選作業，並非全部由白居易一人完成：貶江州司馬前的作品，是由白居易親自擇選而出；江州司馬任內（815）開始至寶曆元年（825）的閒適詩是交由元稹代輯；但長慶三年（823）至寶曆元年（825）的閒適詩，卻在白居易的前後集中出現混淆的情形，因而這部分的閒適詩筆者獨立一節加以探討。由此，白居易的閒適詩創作可分作前後兩期來探討，前期又可分為三個階段：元和十年貶官前的作品、江州司馬任內至長慶二年的作品、長慶三年至寶曆元年的作品。至於後期的閒適詩則專指寶曆元年以後的作品。

根據筆者對前期閒適詩的考察，歸納出前期閒適詩的特點如下：以「不才」為自我定位，以不足為滿足；凝聚社群，包含古人與今人，

暢言與自己同類文人的閒適之樂；親近自然，包含遊山玩水與營造生活情境。寶曆元年以後的作品不復以內容分類，諷諭、閒適、感傷各類的作品不再加以區分，只以詩歌形式分類，因而筆者參照前期對閒適詩的定義作爲擇選標準，透過此標準來分析後期閒適詩的書寫情況。綜合而論，前後期的閒適詩特點大體而言差異性不大，後期的閒適詩往往比前集詩作更有所發揮，表現也更爲透徹。這樣的現象正好說明：樂天晚年的生活大都在閒適中度過，因而後期的閒適詩數量比前期增加許多，詩人恆常沉浸在閒適氛圍當中，因而也就不需要特別標明閒適詩。

　　白居易對「閒適詩」既提出理論根據，又有實際作品呈現，有助於考察「閒適詩」理論與作品間的相關性。「吟詠情性」，體現的面向不外乎「獨善」與「知足保和」兩種，「獨善」與「知足」的概念在先秦時代均被視爲哲學命題，在詩歌創作過程中，哲學命題如何放進詩歌討論，這是探討樂天閒適詩的另一重要考察點。理性的哲學內涵運用在感性的詩歌書寫，這種書寫特色，筆者稱之爲「斂理入情」──在主情的詩歌中加入理性的哲學思考。樂天言「獨善」並非講個人道德修爲，也非在政治失意後所求的獨善其身，不同於逃避現世的消極態度，樂天的獨善面向可說是追求閒適生活的過程；而追尋的閒適也非退居山野才能體會，反而是在一種豐衣足食後所享有的閒適自得。另一方面，樂天對名利、官場的看透，因而凡事不貪求，滿足於目前的狀態，行爲皆有所節制，內心自然能產生「知足」心態，「知止」、「知足」內外配合，才能將自身抽離政治場，因而即使樂天一生爲官，卻仍可安享天年；真正體驗《老子》所言「知足不辱，知止不殆，可以長久」的真理。

四、白居易閒適詩中自我建構的策略及意義

　　經過三、四章對樂天閒適詩作一個整體的爬梳工作後，發現樂天在閒適詩中喜言自我，不論個性、日常生活起居各方面，在詩中皆有精彩的呈現。樂天承繼魏晉時代的自覺意識，不斷在詩中告訴自己也

向世人訴說自我。透過詩歌傳達自己行爲反映出的精神樣貌，樂天常常化身爲一位自我描述者，藉著詩歌的書寫，自身往事的再現，試圖陳述自我角色的安置與主體建構。白居易書寫自我的面向主要分成三部分：「寫眞」詩類的自我審察與描寫、「中隱」機制的開啓與自我定位、自我小眾社會的建構。寫眞詩類中的自我敘說資料又可分爲兩類：一是當下的敘說，二是現在的「我」和過去的「我」之間辯證的過程。前者主要以鏡子爲考察對象，後者則以寫眞畫爲考察對象，兩者之間最大的差別在於：照鏡子看到的只是現在的自己，而「寫眞」描畫的自己和觀看畫像的自己之間，已存有一個時間差。前者側重在「自我描寫」，描寫當下的自己；後者則重在「自我審察」，追蹤過去之我到現在之我的變化軌跡。樂天很早便明瞭自我的眞實個性不適合在政治場中周旋，但囿於種種的現實因素，始終沒有離開過官場，但越到晚年，樂天對於自我與政治的衝突與矛盾感卻漸漸消失了，這自我改變的脈絡，正好呈現在「寫眞」類型的詩歌當中，從早期矛盾與退隱之心，到晚期平和順遂之心，其中的轉變來自樂天從中發展出一套「中隱」機制。

　　「一生耽酒客，五度棄官人」（〈醉中得上都親友書〉），從大和三年（829）開始，白居易先後以告長假的方式辭去蘇州刺史、刑部侍郎、河南尹、同州刺史、太子少保等職。長慶二年（822）出守杭州，也是出於自願。可見，白居易不計官位高低，只求能過適意的生活，遠離政治中心。這些舉措的特點在於他並非徹底屛退寂處，丟掉世俗社會的享受和樂趣，而是要在仕途上化險爲夷、化拘束煩擾爲閒適暢快。[註1]因而，樂天沒有完全與人世隔絕，也沒有全然地放棄官職，他只是選擇了一個可以悠遊享樂又可避開政治風暴的安全空間——洛陽，在此擔任太子少傅、太子賓客等閒職，依舊留居在城市裡，營造享樂的生活環境。正是在這種基礎上，白居易提倡一條「中隱」道路，將傳統「仕」、「隱」之間的矛盾得到另一種新的解決方式，似出

[註 1] 余恕誠：《唐詩風貌》（合肥：安徽大學出版社，2000 年 3 月），頁 112。

復似處，非忙亦非閒，為官之間仍可恣情遊樂。對於分司的閒職、中隱士的身份，樂天津津樂道，相當自足。因而《唐宋詩醇》評曰：「胸中無罣礙，乃得此空明洒脫之境」〔註2〕，確實由於白居易能以委運知足的心態看待，因而可以灑脫自在，超然於政治之外。

　　白居易最後十八年的歲月都在洛陽度過，洛陽中有各種世俗的遊樂，詩人的世俗性於此也可窺出。既可遊樂，又無長安政治上的角逐色彩，這便是白居易在後期所要宣揚的中隱快樂。另外，樂天歸隱洛陽，不僅替自我尋找到一條安穩、快樂的道路，並構成了一個「集體」的概念，與文人、僧徒形成一個小型社群。樂天是在閒適的生活中尋找擁有相同心態的文人或同好者，一同分享晚年適意的生活。

五、白居易閒適詩中開展出的獨特文人品味

　　閒適詩體現的，不只是樂天當下生活狀態的描寫與呈現，更用其敏銳的心靈感受周遭世界，並記錄其心境；在從政的同時，為自己保留一塊個人天地，尋找「適意」、「自適」的生活空間，從中發展出一套獨特的文人品味美學，不走菁英路線，也不流於鄙俗，而是創造屬於自我的生活風格。筆者取其掩關而居、飲酒、寄跡山水、居家環境布置四部分，論述樂天與前人的不同觀看角度，以及從中體現的文人品味。樂天對於政治活動並不趨之若鶩，閒暇之際反喜愛待在家中，因而常不願出門，「尋常多掩關」、「無事多掩關」的心語在早期閒適詩便呈現出來。孔子斥責的晝寢行為，卻成為樂天津津樂道的詩材，閒適詩中大量書寫「晏起」、「晚起」等慵懶的白天作息，並在其中自得其樂。睡眠在樂天的閒適詩中成為一項享受，毫無睡眠障礙的問題。樂天掩關而居的閒靜活動，其心智指向閒靜的身心狀態，活動項目包含杜門掩關、閒坐臥眠、睡眠時間的增多與睡眠品質的安穩以及宴坐

〔註2〕愛新覺羅弘曆評白居易〈中隱〉一詩言道：「胸中無罣礙，乃得此空明洒脫之境」，參見陳友琴編：《白居易資料彙編》（北京：中華書局，1986年1月），頁293。

的種種行為，不論何種行為都較偏向閒靜的一面。

樂天飲酒受到陶淵明的影響很大，目的有消極與積極兩面，消極面乃為求解脫，勸人及時行樂，求醉於酒；積極面則在於追求「自適」、「自娛」的生命境界。樂天不僅以酒忘憂，以酒養性，也以酒言情性。再者，樂天也將酒當成朋友往來的重要媒介，以酒相尋、相訪。因而，樂天飲酒生活的另一面向，就是以酒招客，享受共飲的樂趣。

除了與朋友共飲，樂天也常獨飲，不論因個人獨處引發的孤寂，或因氣候引發的悶氣，都能藉著飲酒找尋快樂的天地。樂天的飲食習慣除了「早茶午酒」外，特別之處還在於喜歡在冬天清晨飲酒，常在詩中提及「卯時」飲酒。總之，樂天的飲酒雖也有消極為求解憂的一面，但更重要在於已不把酒視為純粹的生活調劑品看待，而把酒當作精神超脫的必需品，因而越到晚年，樂天越沉酣於飲酒當中。

樂天身為京官期間，雖有出遊紀錄，但還談不上寄跡山水，頂多在長安附近的名勝逗留，真正寄跡山水是在江州司馬時期。樂天寄跡山水的面向，由一開始親自尋幽訪勝的自然山水之樂，轉移到園林中的人為山水之趣。對「水」的重視，從中生發出對石頭的審美意趣。不論園林或水景的布局，都力求「以小見大」的審美趨向，其中以「小池」最能體現這樣的趣味。

唐代以前文人總以追求浩瀚無涯的水景為美，唐代文人境界的追求已趨向不再一味向外求，傾向在咫尺的空間中，享受澄靜的心境與貼近自然的樂趣，也因為這樣的文化心態，帶出對水的觀照轉向為微觀的「止水」境界。唐代文人從「止水」觀照出兩種面向：「鑑形」與「娛情」觀，樂天在閒適詩中大量承繼「止水」的「娛情」觀，經由對「小池」的開發、闡述，從中培養出獨特的文人品味。藉由開鑿小池，養魚種荷等工作，培養生活樂趣。樂天將傳統止水的鑑形觀轉化為娛情觀念，並在日常生活中細細品味，得出無窮滋味。看似生活中的瑣事，樂天卻以欣賞的角度分享給大家。

政壇對士人而言是一個大的吸引磁場，許多文人奮不顧身想進入

其中一窺究竟；而身在其中的士人，往往有了地位、權勢，更是對政治眷戀不已，不願離去，因而在政治場中能夠悠游自得者實在寥寥無幾。然而白居易卻可以嘯傲蘇杭，醉吟東都，開發出一條「中隱」道路，過著悠遊閒適的生活。外在的政治、黨爭對他並沒有太大的影響，因而能夠擁有超然的精神與生活，實在難能可貴。白居易對歷代封建文人的啓迪，除了一般所認知的前期的諫章諷諭詩，中後期謫居時的曠達樂觀，在黨爭的漩渦急流中保持自我，以中隱謀求雅逸生活，更是影響深遠。〔註3〕而最能展現白居易曠達樂觀的精神，莫過於閒適詩的創作。因而，閒適詩最能代表白居易的思想精神，也最能體現白居易獨特的生命面向與人格特質。因此，有關白居易閒適精神對後代文人的影響層面，是另一個值得開拓的議題，也是筆者未來可再深入探究的方向。

〔註 3〕相關論述可參閱章尚正：〈白蘇論〉，收入孫以昭主編：《中國文化與古典文學》（合肥：安徽大學出版社，1997 年 8 月），頁 152。

參考書目舉要

依作者姓氏筆畫排序，同一作者再依書籍筆畫排序

一、相關典籍及著述

（一）白居易

1. 白居易著、朱金城箋校：《白居易集箋校》（上海：上海古籍出版社，1988 年 12 月）。
2. 白居易著、顧學頡校點：《白居易集》（北京：中華書局，1999 年 11 月）。
3. 白居易撰、汪立名編：《白香山詩集》（臺北：世界書局，1978 年 5 月）。
4. 白居易撰：《白居易集》（臺北：漢京出版社，1984 年 3 月）。
5. 白居易撰：《白居易全集》（上海：上海古籍出版社，1999 年）。
6. 陳友琴編：《白居易資料彙編》（北京：中華書局，1986 年 1 月）。

（二）其他

1. 丁仲祜編訂：《續歷代詩話》（臺北：藝文出版社，1983 年 6 月）。
2. 元稹撰：《元稹集》（臺北：漢京出版社，1983 年 10 月）。
3. 方回編：《瀛奎律髓》（臺北：商務印書館，1978 年）。
4. 王仁裕撰：《開元天寶遺事》（臺北：藝文印書館，1966 年，百部叢書集成）。
5. 王夫之等撰、丁福保編：《清詩話》（臺北：木鐸出版社，1988 年 9 月）。
6. 王先謙撰：沈嘯寰、王星賢點校：《荀子集解》（北京：中華書局，1992 年 2 月）。

7. 王叔岷主編:《鍾嶸詩品箋證稿》(臺北:中央研究院中國文哲研究所,1992 年 3 月)。

8. 王淮注釋:《老子探義》(臺北:商務印書館,1998 年 6 月)。

9. 王弼注、孔穎達疏:《尚書正義》十三經注疏本(北京:北京大學出版社,1999 年 12 月)。

10. 王溥撰:《唐會要》(臺北:世界書局,1989 年 4 月)。

11. 王維撰、趙殿成箋注:《王摩詰全集箋注》(臺北:世界書局出版社,1996 年 6 月)。

12. 王讜撰、周勛初校證:《唐語林校證》(北京:中華書局,1997 年 12)。

13. 司空圖撰、袁枚撰:《詩品集解·續詩品注》(臺北:河洛圖書出版社,1974 年 9 月)。

14. 司馬光編著、胡三省注:《資治通鑑》(北京:中華書局,1996 年 7 月)。

15. 列禦寇撰、張湛注:《列子》(臺北:中華書局,1982 年 11 月)。

16. 朱景玄撰:《唐朝名畫錄》(臺北:商務印書館,1983 年,景印文淵閣四庫全書),子部八。

17. 何晏注、邢昺疏:《論語注疏》十三經注疏本(北京:北京大學出版社,1999 年 12 月)。

18. 何寧:《淮南子集釋》(北京:中華書局,1998 年 10 月)。

19. 李白著、安旗等編:《李白全集編年注釋》(成都:巴蜀書社,1990 年 12 月)。

20. 李白著;瞿蛻園、朱金城校注:《李白集校注》(上海:上海古籍出版社,1998 年 2 月)。

21. 李隆基撰、李林甫注、日·廣池千九郎校注、日·內田智雄補注:《大唐六典》(西安:三秦出版社,1991 年 6 月)。

22. 李鷹撰:《洛陽名園記》收入《筆記小說大觀》(臺北:新興書局,1976 年),十三編。

23. 杜佑撰、王文錦等人點校:《通典》(北京:中華書局,1992 年 6 月)。

24. 杜甫著、仇兆鰲注:《杜詩詳註》(北京:中華書局,1995 年 4 月)。

25. 周紹良主編:《全唐文新編》(長春:吉林文史出版社,2000 年 12 月)。

26. 屈守元、常思春:《韓愈全集校注》(成都:四川大學出版社,1996 年 7 月)。

27. 房玄齡撰:《新校本晉書並附編六種》(臺北:鼎文書局,1987 年 1 月)。

28. 姚合撰：《姚少監詩集》上海商務印書館縮印明鈔本（臺北：商務印書館，1967 年）。

29. 柳宗元著、王國安箋釋：《柳宗元詩箋釋》（上海：上海古籍出版社，1993 年 9 月）。

30. 柳宗元撰：《柳河東集》（臺北：河洛圖書，1974 年 12 月）。

31. 洪興祖：《楚辭補注》（臺北：大安出版社，1995 年 6 月）。

32. 胡仔《苕溪漁隱叢話》（臺北：木鐸出版社，1982 年 8 月）。

33. 胡應麟撰：《詩藪》（臺北：廣文書局，1973 年 9 月）。

34. 韋應物著；陶敏、王友勝校注：《韋應物集校注》（上海：上海古籍出版社，1998 年 12 月）。

35. 徐鵬校注：《孟浩然校注》（北京：人民文學出版社，1998 年 2 月）。

36. 張伯偉：《全唐五代詩格校考》（西安：陝西人民教育出版社，1996 年）。

37. 張溥輯：《漢魏六朝百三名家集》（臺北：文津出版社，1979 年 8 月）。

38. 張潮：《幽夢影》（臺北：文津出版社，1985 年 12 月）。

39. 許清雲著：《皎然詩式輯校新編》（臺北：文史哲出版社，1984 年 3 月）。

40. 許慎撰、段玉裁注：《說文解字注》（臺北：天工書局，1998 年 8 月）。

41. 郭象注、成玄英疏：《南華真經注疏》（北京：中華書局，1998 年 7 月）。

42. 郭慶藩輯：《莊子集釋》（臺北：華正書局，1997 年 11 月）。

43. 陳元龍等輯：《御定歷代賦彙》（臺北：商務印書館，1979 年）。

44. 黃暉撰：《論衡校釋》（臺北：商務出版社，1983 年）。

45. 逯欽立校注：《陶淵明集》（臺北：里仁書局，1985 年 4 月）。

46. 逯欽立輯校：《先秦漢魏南北朝詩》（臺北：木鐸出版社，1988 年 7 月）。

47. 楊伯峻編著：《春秋左傳注》（臺北：洪葉出版社，1993 年 5 月）。

48. 趙岐注、孫奭疏：《孟子注疏》十三經注疏本（北京：北京大學出版社，1999 年 12 月）。

49. 趙希鵠：《洞天清祿集》叢書集成初編（北京：中華書局，1985 年）。

50. 趙翼：《甌北詩話》（臺北：木鐸出版社，1982 年 4 月）。

51. 劉昫等撰：《新校本舊唐書附索引》（臺北：鼎文書局，1981 年 1 月）。

52. 劉肅：《大唐新語》（北京：中華書局，1997 年 12 月）。

53. 劉勰著、周振甫注：《文心雕龍注釋》（北京：人民文學出版社，2002年7月）。

54. 歐陽修，宋祁撰：《新校本新唐書附索引》（臺北：鼎文書局，1981年）。

55. 鄭玄注、賈公達疏：《周禮注疏》十三經注疏本（北京：北京大學出版社，1999年12月）。

56. 蕭統撰、李善注：《文選》（臺北：藝文印書館，1998年12月）。

57. 閻文儒、閻萬鈞著：《兩京城坊考補》（鄭州：河南人民出版社，1992年6月）。

58. 謝肇淛：《五雜俎》（臺北：偉文圖書出版社，1977年4月）。

59. 魏徵等撰：《新校本隋書附索引》（臺北：鼎文書局，1987年5月）。

60. 嚴可均校輯：《全上古三代秦漢三國六朝文》（京都：中文出版社，1981年6月）。

61. 嚴羽著、郭紹虞校釋：《滄浪詩話校釋》（臺北：里仁書局，1987年4月）。

二、近人相關研究論著

1. 日·川合康三著；蔡毅譯：《中國的自傳文學》（北京：中央編譯出版社，1999年4月）。

2. 文崇一：《中國人的價值觀》（臺北：東大圖書，1993年10月）。

3. 方瑜：《杜甫夔州詩析論》（臺北幼獅出版社，1985年5月）。

4. 木齋、張愛東、郭淑雲著：《中國古代詩人的仕隱情結》（北京：京華出版社，2001年6月）。

5. 毛文芳：《晚明閒賞美學》（臺北：學生書局，2000年4月）。

6. 王立：《中國古代文學十大主題——原型與流變》（臺北：文史哲出版社，1994年7月）。

7. 王立《心靈的圖景——文學意象的主題史研究》（上海：學林出版社，1999年2月）。

8. 王拾遺編著：《白居易生活繫年》（銀川：遼寧人民出版社，1981年6月）。

9. 王國瓔：《中國山水詩研究》（臺北：聯經出版社，1986年10月）。

10. 王國瓔：《古今隱逸詩人之宗——陶淵明探析》（臺北：允晨出版社，1999年9月）。

11. 王瑤：《中古文學史論》（臺北：長安出版社，1986年6月）。

12. 布丁：《文人情趣的智慧》（臺北：國際村文庫書店，1993 年 10 月）。

13. 任曉紅：《禪與中國園林》（北京：商務印書館，1994 年 8 月）。

14. 朱光潛：《詩論》（上海：上海古籍出版社，2001 年 6 月）。

15. 朱自清：《朱自清說詩》（上海：上海古籍出版社，1999 年 12 月）。

16. 何寄澎：《典範的遞承──中國古典詩文論叢》（臺北：文史哲出版社，2002 年 3 月）。

17. 余英時：《中國知識階層史論》〈古代篇〉（臺北：聯經出版社，1997 年 4 月）。

18. 吳功正：《唐代美學史》（西安：陝西大學出版社，1999 年 7 月）。

19. 吳可道：《空靈的腳步》（新竹：楓城出版社，1982 年 6 月）。

20. 吳汝鈞：《中國佛學的現代詮釋》（臺北：文津出版社，1998 年 5 月）。

21. 吳相洲：《唐代歌詩與詩歌──論歌詩傳唱在唐詩創作中的地位和作用》（北京：北京大學出版社，2000 年 5 月）。

22. 吳偉斌：《白居易全傳》（長春：長春出版社，1999 年 1 月）。

23. 呂正惠：《杜甫與六朝詩人》（臺北：大安出版社，1989 年 5 月）。

24. 呂正惠：《抒情傳統與政治現實》（臺北：大安出版社，1989 年 9 月）。

25. 宋肅懿：《唐代長安之研究》（臺北：大立出版社，1983 年 8 月）。

26. 岑仲勉：《岑仲勉史學論文集》（北京：中華書局，1990 年 7 月）。

27. 李允鉌：《華夏意匠：中國古典建築設計原理分析》（臺北：明文書局，1990 年 2 月）。

28. 李亮偉：《涵泳大雅──王維與中國文化》（北京：中華書局，2003 年 10 月）。

29. 李浩著：《唐代園林別業考論》（修訂版）（西安：西北大學出版社，1998 年 1 月）。

30. 李從軍：《唐代文學演變史》（北京：人民文學出版社，1993 年 10 月）。

31. 李清筠：《時空情境中的自我影像──以阮籍‧陸機‧陶淵明詩為例》（臺北：文津出版社，2000 年 10 月）。

32. 孟二冬：《中唐詩歌之開拓與新變》（北京：北京大學出版社，1998 年 9 月）。

33. 尚永亮：《元和五大詩人與貶謫文學考論》（臺北：文津出版社，1993 年 12 月）。

34. 林文月：《山水與古典》（臺北：三民書局，1996 年 6 月）。

35. 林春輝發行：《文人園林建築：意境山水庭園院》（臺北：光復書局出版，1992 年 9 月）。

36. 侯迺慧：《詩情與幽境——唐代文人的園林生活》（臺北：東大圖書出版，1991 年 6 月）。

37. 施鳩堂：《白居易研究》（臺北：天華出版社，1981 年 10 月）。

38. 胡曉明：《萬川之月——中國山水詩的心靈境界》（北京：三聯書店，1996 年 3 月）。

39. 范宜如、朱書萱合著：《風雅淵源——文人生活的美學》（臺北：臺灣書店，1998 年 3 月）。

40. 茅于美：《中西詩歌比較研究》（北京：中國人民大學出版社，1987 年 12 月）。

41. 韋鳳娟：《悠然見南山——陶淵明與中國閒情》（臺北：中華書局，1993 年 1 月）。

42. 孫昌武：《詩與禪》（臺北：東大圖書公司，1994 年 8 月）。

43. 徐復觀：《中國藝術精神》（臺北：學生書局，1988 年 1 月）。

44. 馬千英編著：《中國造園藝術泛論》（臺北：詹氏書局，1985 年 6 月）。

45. 馬自力：《清淡的歌吟——中國古代清淡詩風與詩人心態》（江蘇：蘇州大學出版社，1995 年 6 月）。

46. 馬茂元撰：《馬茂元說唐詩》（上海：上海古籍出版社，2000 年 4 月）。

47. 張弘：《迷路心回因向佛——白居易與佛禪》（鄭州：河南人民出版社，2002 年 3 月）。

48. 張仲謀：《兼濟與獨善——古代士大夫處世心理剖析》（北京：東方出版社，1998 年 2 月）。

49. 張晉藩主編：《中國官制通史》（北京：中國人民大學出版社，1992 年）。

50. 張健編著：《大唐詩魔——白居易詩選》（臺北：五南出版社，1998 年 4 月）。

51. 許尤娜：《魏晉隱逸思想及其美學涵義》（臺北：文津出版社，2001 年 7 月）。

52. 許總：《唐詩體派論》（臺北：文津出版社，1994 年 10 月）。

53. 郭杰：《元白詩傳》（長春：吉林人民出版社，2000 年 1 月）。

54. 陳昌明：《緣情文學觀》（臺北：臺灣書店，1999 年 11 月）。

55. 陳寅恪：《元白詩箋證稿》（北京：三聯書店，2001 年 4 月）。

56. 陳寅恪：《唐代政治史述論稿》（臺北：商務印書館，1994 年 8 月）。

57. 陳蘭村：《中國傳記文學發展史》（北京：語文出版社，1999 年 1 月）。

58. 章尚正：《中國山水文學研究》（上海：學林出版社，1997 年 9 月）。

59. 章羣：《唐史》（臺北：華岡出版社，1978 年 6 月）。

60. 傅剛：《《昭明文選》研究》（北京：中國社會科學院出版，2000 年 1 月）。

61. 傅樂成：《隋唐五代史》（臺北：長橋出版社，1979 年 3 月）。

62. 傅錫壬：《牛李黨爭與唐代文學》（臺北：東大圖書，1984 年 9 月）。

63. 彭安湘：《白居易研究新探》（重慶：西南師範大學出版社，1989 年 1 月）。

64. 程兆熊：《論中國庭園花木》（臺北：明文書局，1987 年 6 月）。

65. 楊仲義：《中國古代詩體簡論》（北京：中華書局，1997 年 12 月）。

66. 楊宗瑩：《白居易研究》（臺北：文津出版社，1985 年 3 月）。

67. 楊樹藩：《唐代政制史》（臺北：正中書局，1967 年 3 月）。

68. 葛培嶺：《白居易》（臺北：知書房出版社，2001 年 12 月）。

69. 葛曉音：《山水田園詩派研究》（瀋陽：遼寧大學出版社，1993 年 1 月）。

70. 賈文昭：《文藝叢話》（合肥：安徽大學出版社，2002 年 1 月）。

71. 賈晉華：《唐代集會總集與詩人群研究》（北京：北京大學出版社，2001 年 6 月）。

72. 寧稼雨著：《魏晉風度——中古文人生活行為的文化意蘊》（北京：新華書店，1992 年 9 月）。

73. 漢寶德：《物象與心境——中國的園林》（臺北：幼獅出版社，1990 年）。

74. 趙春林主編：《園林美學概論》（北京：中國建築工業出版社，1992 年 6 月）。

75. 趙謙：《唐七律藝術史》（臺北：文津出版社，1992 年 9 月）。

76. 劉天華：《畫境文心——中國古典園林之美》（北京：三聯書店，1994 年 10 月）。

77. 劉文剛：《孟浩然年譜》（北京：人民文學出版社，1995 年 10 月）。

78. 劉明華：《叢生的文體——唐宋文學五大文體的繁榮》（南京：江蘇教育出版社，2002 年 1 月）。

79. 劉若愚著、杜國清譯：《中國文學理論》（臺北：聯經出版社，1998 年 9 月）。

80. 劉健輝等編著：《杜甫在夔州》（重慶：重慶出版社，1992 年 11 月）。

81. 劉揚忠：《詩與酒》（臺北：文津出版社，1994 年 1 月）。

82. 蔡英俊主編：《抒情的境界》（臺北：聯經出版社，1996 年 6 月）。

83. 鄧德龍編著：《中國歷代官制》（武昌：武漢大學出版社，1990 年 7 月）。

84. 學海出版社編：《杜甫年譜》（臺北：學海出版社，1981 年 9 月）。

85. 蕭麗華：《唐代詩歌與禪學》（臺北：東大圖書出版，2000 年 10 月）。

86. 謝思煒：《白居易集綜論》（北京：中國社會科學出版社，1997 年 8 月）。

87. 謝思緯：《隋唐氣象》（臺北：雲龍出版社，1995 年 2 月）。

88. 鍾優民：《新樂府詩派研究》（瀋陽：遼寧大學出版社，1997 年 9 月）。

89. 蹇長春、尹占華著：《白居易評傳》（南京：南京大學出版社，2002 年 5 月）。

90. 簡明勇：《杜甫七律研究與箋註》（臺北：五洲出版社，1973 年）。

91. 羅中峯：《中國傳統文人審美生活方式之研究》（臺北：洪葉文化事業，2001 年 2 月）。

92. 羅宗強：《隋唐五代文學思想史》（北京：中華書局，1999 年 8 月）。

93. 羅聯添：《白樂天年譜》（臺北：國立編譯館出版，1989 年 7 月）。

94. 羅聯添：《唐代文學論集》（臺北：學生出版社，1989 年 5 月）。

95. 龔克昌、彭重光選注：《中國詩苑英華──白居易卷》（濟南：山東大學出版社，1997 年 4 月）。

三、相關理論著作

1. 尤瑟夫・皮柏（Josef Pieper）著、劉森堯譯：《閒暇文化的基礎》（臺北：立緒文化事業，2003 年 12 月）。

2. 方漢文：《後現代主義文化心理：拉康研究》（上海：三聯書店，2000 年 11 月）。

3. 米德（George Herbert Mead）著：胡榮、王小章譯：《心靈、自我與社會》（臺北：桂冠圖書，1998 年 4 月）。

4. 沈毅著：《洞悉人類心靈的一面透鏡》（臺北：水牛圖書，1992 年 7 月）。

5. 車文博主編：《弗洛伊德文集》（長春：長春出版社，1998 年 2 月）。

6. 美・托馬斯・古德爾、杰弗瑞・戈比著：成素梅等譯：《人類思想史中的休閒》（昆明：雲南人民出版社，2002 年 1 月）。

7. 馬斯洛著、劉千美譯：《自我實現與人格成熟——存有心理學探微》（臺北：光啓出版社，1989 年 12 月）。

8. 郭爲藩：《自我心理學》（臺北：師大書苑出版，1996 年 12 月）。

四、單篇論文（期刊、論文集）

1. 方瑜：〈浣花溪畔草堂閒——論杜甫草堂時期的詩〉，收入中國古典文學研究會主編：《古典文學》第二集（臺北：學生書局，1980 年 12 月）。

2. 王文生：〈「詩言志」——中國文學思想的最早綱領〉，《中國文哲研究集刊》第 3 期，1993 年 3 月。

3. 史素昭：〈試論白居易閒適詩的分期、內容及藝術特色〉，《廣州大學學報》（社會科學版），2002 年第 10 期。

4. 史素昭：〈獨善和兼濟相交織，知足與保和相融合——試論白居易閒適詩體現出來的人生態度〉，《懷化學院學報》2002 年第 3 期。

5. 宇文所安：〈自我的完整映象——自傳詩〉，收入樂黛雲、陳珏編選：《北美中國古典文學研究名家十年文選》（南京：江蘇人民出版社，1996 年 5 月）。

6. 朱琦：〈論韓愈與白居易〉，收入中國唐代文學學會主編：《唐代文學研究》第四輯（桂林：廣西師範大學出版社，1993 年 11 月）。

7. 吳鶯鶯：〈張籍與韓愈、白居易的交游及唱和〉，《湘潭師範學院學報》（社會科學版）2001 年第 6 期。

8. 李立信：〈論《白氏長慶集》中的格詩〉，《東海中文學報》十二期，1998 年 12 月。

9. 李恆田：〈毛詩派、鍾嶸「吟詠情性」比較論〉，《晉東南師範專科學校學報》2000 年第 4 期。

10. 李敬一：〈論白居易前期的「隱處」意識〉，《淮陰師範學院學報》2001 年第 1 期。

11. 李瑞騰：〈唐詩中的山水〉，收入中國古典文學研究會主編：《古典文學》第三集（臺北：學生書局，1981 年 12 月）。

12. 屈萬里：〈先秦說詩的風尚和漢儒以詩教說詩的迂曲〉，收入羅聯添：《中國文學史論文選集》（一）（臺北：學生書局，1986 年 5 月）。

13. 林水檺：〈從橫眉怒目到焚香掃地——談韋應物的憤慨與平淡〉，《中國文哲研究通訊》8 卷 1 期，1998 年 3 月。

14. 林明珠：〈試論白居易宴集詩的藝術表現〉，《International Journal of the Humanities》第六期，1997 年 6 月。

15. 林明珠：〈試論白居易詩中表現自我的藝術〉,《International Journal of the Humanities》第五期,1996 年 6 月。

16. 日‧松浦友九著、李寧琪譯：〈論白居易詩中「適」的意義──以詩語史的獨立性爲基礎〉,《山西師大學報》(社會科學版)1997 年第 1 期。

17. 邵曼珣：〈壯遊與臥遊：論明代中期蘇州文苑之遊〉,收入元培科學技術學院國文組主編：《主題文學學術研討會論文集》(臺北：萬卷樓圖書,2002 年 8 月)。

18. 侯迺慧：〈唐代郡齋詩所呈現的文士從政心態與困境轉化〉,《國立政治大學學報》第七十四期,1997 年 4 月。

19. 高友工作、劉翔飛譯：〈律詩的美典(下)〉,《中外文學》第十八卷第三期,1989 年 8 月。

20. 張安祖：〈「兼濟」與「獨善」〉,《文學評論》1983 年第 2 期。

21. 張長臺：〈昭明文選分類評述〉,《東吳大學中國文學系刊》7 期,1981 年 5 月。

22. 張思齊：〈白居易閒適詩與基督教聖詩簡論〉,收入中國唐代文學學會主編：《唐代文學研究》(第九輯)(桂林：廣西師範大學出版社,2002 年 4 月)。

23. 張嘉慧：〈「詩大序」的「詩言志」說〉,《雲漢學刊》第 4 期,1997 年 5 月。

24. 曹淑娟：〈人間情愛的關注〉,收入蔡英俊主編：《抒情的境界》(臺北：聯經出版社,1996 年 6 月)。

25. 陳仲豪：〈劉勰文心雕龍與蕭統文選的分類比較〉,《傳習》3 期,1985 年 6 月。

26. 陳志信：〈游移於通脫於抒情之間──論柳宗元的山水文學〉,《漢學研究》15 卷 1 期,1997 年 6 月。

27. 陳忻：〈從「閒適」走向「自適」──論江州時期與忠州時期白居易思想的發展變化〉,《重慶師院學報》(哲社版)2000 年第 4 期。

28. 陳忻：〈論中國古代文人朝隱的三種類型〉,《重慶師院學報》(哲學社會科學版)2002 年第 1 期。

29. 陳茂仁：〈白居易「格詩」意涵試探〉,《中正大學中國文學研究所研究生論文集刊》1999 年 5 月。

30. 傅璇琮：〈唐玄肅兩朝翰林學士考論〉,《文學遺產》2000 年第 4 期。

31. 勞思光口述、王家鳳記錄：〈閒談閒適〉,《光華》23 卷 4 期,1998 年 4 月。

32. 曾守正：〈中國「詩言志」與「詩緣情」的文學思想──以漢代詩歌
爲考察對象〉，《淡江人文社會學刊》第 10 期，2002 年 3 月。

33. 曾廣開：〈元和體概說〉，收入湖北大學中國古代文學學科編：《中國
古代文學論集》（北京：中華書局，2002 年 1 月）。

34. 楊承祖：〈閒適詩初論〉，收入臺靜農先生八十壽慶論文集編輯委員
會編撰：《臺靜農先生八十壽慶論文集》（臺北：聯經出版社，1981
年 11 月）。

35. 葛培嶺：〈論白居易思想的權變品格〉，收入陳飛主編：《中國古典文
學與文獻學研究》（第一輯）（北京：學苑出版社，2002 年 11 月）。

36. 賈晉華：〈「平常心是道」與「中隱」〉《漢學研究》16 卷第 2 期，1998
年 12 月。

37. 廖美玉：〈杜甫「歸田意識」的形成與實踐──兼論越界的身份認同
與創作視域〉，收入陳文華主編：《杜甫與唐宋詩學：杜甫誕生一千
二百九十年國際學術研討會》（臺北：里仁書局，2003 年 6 月）。

38. 廖美玉：〈漢魏詩人夜未眠的心智模式〉，《成大中文學報》第九期，
2001 年 9 月。

39. 廖美玉：〈「歸田」意識的形成與虛擬書寫的至樂取向〉，《成大中文
學報》第十一期，2003 年 11 月。

40. 廖棟樑：〈詩與超越──試論王維及其詩〉，《輔仁學誌・人文藝術之
部》28 期，2001 年 7 月。

41. 漢寶德：〈中國人的休閒觀〉，《講義》10 卷 6 期，1992 年 3 月。

42. 聞一多：〈聞一多讀《詩》〉，收入胡先媛著：《先民的歌唱──《詩
經》》（雲南：雲南人民出版社，1999 年 7 月）。

43. 臺靜農：〈唐代自然派的詩人──王維、孟浩然〉，《臺大中文學報》
第 4 期，1991 年 6 月。

44. 趙榮蔚：〈論白居易後期閒適詩歌的創作心態〉，《陰山學刊》2002 年
第 4 期。

45. 劉國盈：〈韓愈和白居易交游考〉，《北京社會科學》1997 年第 1 期。

46. 劉曾遂：〈試論韓孟詩派的復古與尚奇〉，《浙江學刊》1987 年第 6 期。

47. 劉翔飛：〈論唐代的隱逸風氣〉，《書目季刊》12 卷 4 期，1979 年 3
月。

48. 歐麗娟：〈李、杜「閒適詩」比較論〉，《國立編譯館館刊》27 卷 2 期，
1998 年 12 月。

49. 蔡英俊：〈傳統詩學「詩言志」的精神〉，《鵝湖》1 卷 10 期，1976
年 4 月。

50. 鄭毓瑜：〈詩歌創作過程的兩種模式——「詩緣情」與「詩言志」〉，《中外文學》11 卷 9 期，1983 年 2 月。

51. 鄧振源：〈論閒〉，《華梵學報》第 9 卷，2003 年 6 月。

52. 鄧新躍：〈白居易閒適詩與禪宗人生境界〉，《湘潭師範學院學報》（社會科學版）2002 年第 4 期。

53. 鄧新躍：〈韓愈白居易文學交游考〉，《中國韻文學刊》2000 年第 2 期。

54. 盧佑誠：〈「持人情性」與「吟詠情性」——劉勰、鍾嶸詩學觀比較〉，《文藝理論研究》1998 年第 4 期。

55. 檀作文：〈試論白居易的閒適精神〉，《安慶師範學院學報》（社會科學版）2002 年第 1 期。

56. 謝思煒：〈論自傳詩人杜甫——兼論中國和西方的自傳詩傳統〉，《文學遺產》1990 年第 3 期。

57. 謝虹光：〈論白居易兩京時期山水詩〉，《山西廣播電視大學學報》2002 年第 4 期。

58. 謝蒼霖：〈白居易閒適詩中的「知足」心〉，《江西教育學院學報》（社會科學）2001 年第 5 期。

59. 韓學宏：〈「霄漢風塵俱是繫」——白居易「中隱」思想研究〉，《中華學苑》52 期，1999 年 2 月。

60. 韓學宏：〈白居易詩中的「老境」〉，《華梵學報》第四卷第一期，1997 年 5 月。

61. 顏崑陽：〈從飲酒論陶淵明的生命境界〉，《鵝湖》11 卷 12 期，1986 年 6 月。

五、學位論文

1. 吳秋慧：《唐代宴飲詩研究》（臺北：國立政治大學中國文學研究所博士論文，2000 年）。

2. 呂正惠：《元和詩人研究》（臺北：私立東吳大學中國文學研究所博士論文，1983 年）。

3. 沈芬好：《白居易詩集中季節詩研究》（嘉義：私立南華大學文學研究所碩士論文，2003 年）。

4. 林明珠：《白居易詩探析》（臺北：私立東吳大學中國文學研究所博士論文，1997 年）。

5. 林珍瑩：《唐代茶詩研究》（嘉義：國立中正大學中國文學研究所博士論文，2003 年）。

6. 侯迺慧：《唐代文人的園林生活——以全唐詩人的呈現爲主》（臺北：國立政治大學中國文學研究所博士論文，1990 年）。

7. 陳家煌：《白居易生命歷程對詩風影響之研究》（高雄：國立中山大學中國文學研究所碩士論文，1999 年）。

8. 黃亦眞：《白詩研究》（臺北：私立文化大學中國文學研究所碩士論文，1977 年）。

9. 蔣淨玉：《白居易詩歌中的陶淵明風範》（嘉義：國立中正大學中國文學研究所碩士論文，2002 年）。

10. 韓庭銀：《白居易詩與釋道之關係》（臺北：國立政治大學中國文學研究所碩士論文，1986 年）。

六、網路資料

1. 中央研究院漢籍電子文獻《翰典全文檢索系統》，網址：
   http://www.sinica.edu.tw/ftms-bin/ftmsw3

2. 故宮【寒泉】古典文獻全文檢索資料庫，網址：
   http://210.69.170.100/S25/

3. 中華民國期刊論文索引影像系統，網址：
   http://www2.read.com.tw/cgi/ncl3/m_ncl3

4. 國家圖書館全國博碩士論文資訊網，網址：
   http://datas.ncl.edu.tw/theabs/1/

5. 中國期刊全文資料庫，網址：http://cnki.csis.com.tw/

附錄一：白居易生平大事記

唐時代	西元紀年	樂天年紀	大事記
大曆七年	772	1	誕生
大曆十一年	776	5	開始學作詩。
建中三年	782	11	樂天去滎陽，避亂於越中。
貞元三年	787	16	始知有進士。舊唐書本傳稱曾攜詩文謁著作郎顧況，受稱譽。
貞元四年	788	17	今年暨明年，樂天或旅居蘇、杭。
貞元七年	791	20	樂天二十歲以後，勤苦學文，以至於口舌成瘡，齒髮衰白。
貞元九年	793	22	季庚因皇甫政之薦轉任襄州別駕，樂天隨父到襄州。
貞元十年	794	23	五月二十八日，季庚卒於襄陽官舍。
貞元十一年	795	24	樂天在徐州符離縣守喪。
貞元十五年	799	28	本年春，長兄幼文爲饒州浮梁縣主簿，樂天自徐州從行。秋，樂天自潯陽到宣城，應拔解，試詩、賦各一篇。不久，又到長安應進士試。
貞元十六年	800	29	以第四人及第（進士）。
貞元十九年	803	32	拔萃選登第，授秘書省校書郎。
元和元年	806	35	樂天將應制舉，辭校書郎，與微之退居於華陽觀，揣摩當代時事，作策林七十五道。四月，應材識兼茂明於體用科。二十八日發榜，樂天入第四等，授盩厔縣尉。
元和二年	807	36	樂天以文辭、詩筆見賞於憲宗。十一月四日，自集賢院召赴銀台候旨進見，五日召入翰林試制詔文五篇，授翰林學士。
元和三年	808	37	四月二十八日，樂天除左拾遺仍充翰林學士。

元和五年	810	39	樂天爲拾遺二年，任滿當改官，憲宗命中人宣旨自行選擇。樂天以母病家貧，請判司京兆府。五月五日授京兆府戶曹參軍。
元和六年	811	40	四月母陳氏卒於長安。第二日，辭翰林學士，退居下邽縣渭村。
元和九年	814	43	冬，入朝除左贊善大夫。
元和十年	815	44	貶江州司馬。
元和十一年	816	45	遊廬山，過柴桑栗里訪陶淵明故宅，有詩。在廬山香鑪峯下構築草堂。
元和十三年	818	47	在潯陽識郭虛舟，煉燒丹藥。十二月二十日，授忠州刺史。
元和十五年	820	49	本年冬，召爲尚書司門員外郎。十二月二十八日除主客司郎中知制誥，進階朝議郎。
長慶元年	821	50	十月，除中書舍人。
長慶二年	822	51	國事日非，樂天連上疏，上皆不用，因求外任。七月授杭州刺史。
長慶四年	824	53	五月秩滿去杭，除左庶子分司東都。這一年秋天回到洛陽，以俸祿所餘，購買履道里故散騎常侍楊憑的宅第，價不足，以兩馬償付。
寶曆元年	825	54	三月四日除蘇州刺史，二十九日發東都，五月五日到任。
寶曆二年	826	55	得眼病，作詩二首。因病告百日假，作詠懷詩二篇、自詠詩五首，有休官歸洛之意。最後以病免郡事，秋冬之交離蘇州。
大和元年	827	56	三月，徵拜秘書監，賜金紫。
大和二年	828	57	二月，授刑部侍郎。
大和三年	829	58	以病（眼病）免官東歸，以太子賓客分司東都。
大和四年	830	59	冬，眼病復作，有病眼詩。十二月閏，敕書下，以居易代韋弘景爲河南尹。
大和七年	833	62	以病（頭風病）免河南尹，再授賓客分司。
大和九年	835	64	九月，詔授同州刺史代楊汝士，辭病不就任。十月二十三日除太子少傅分司、進封馮翊縣開國侯。
會昌元年	841	70	是年罷少傅官，以刑部尚書致仕。
會昌六年	846	75	八月卒於洛陽。

附錄二：白居易閒適詩一覽表

一、元和十年任江州司馬前的閒適詩創作

時間記年	詩人年齡	詩人官職／地點	詩卷／詩題
貞元十六年（800）	29	長安	卷五／及第後歸覲留別諸同年。
貞元十七年～貞元十九年（801～803）	30～32	華州	卷五／旅次華州贈袁右丞。
貞元十九年（803）	32	秘書省校書郎／長安	卷五／常樂里閑居偶題十六韻。
貞元十九～永貞元年（803～805）	32～34	秘書省校書郎／長安	卷五／答元八宗簡同游曲江後明日見贈。
永貞元年（805）	34	秘書省校書郎／長安	卷五／感時、首夏同諸校正游開元觀因宿玩月、永崇里觀居、早送舉人入試。
元和元年（806）	35	盩厔尉／盩厔	卷五／招王質夫、酬楊九弘貞長安病中見寄。
元和元年～元和二年（806～807）	35～36	盩厔尉／盩厔	卷五／寄李十一建。
元和二年（807）	36	盩厔尉／盩厔	卷五／祗役駱口因與王質夫同游秋山偶題三韻、見蕭侍御憶舊山草堂詩因以繼和、病假中南亭閒望、仙游寺獨宿、前庭涼夜、官舍小亭閒望、早秋獨夜、聽彈古淥水。
元和三年（808）	37	左拾遺‧翰林學士／長安	卷五／松齋自題、冬夜與錢員外同直禁中、和錢員外禁中凤興見示、夏日獨直寄蕭侍御。

元和三年～元和五年（808～810）	37～39	長安	卷五／松聲、禁中。
元和三年～元和六年（808～811）	37～40		卷五／禁中寓直夢游仙游寺。
元和五年（810）	39	左拾遺・翰林學士／長安	卷五／贈吳丹、禁中曉臥因懷王起居；卷六／自題寫眞。
元和五年（810）	39	京兆戶曹參軍・翰林學士／長安	卷五／初除戶曹喜而言志、秋居書懷。
元和五年（810）	39	下邽	卷六／隱几。
元和五年～元和六年（810～811）	39～40	長安	卷五／題楊穎士西亭、題贈鄭秘書徵君石溝溪隱居。
元和五年～元和六年（810～811）	39～40		卷五／秋山、贈能七倫。卷六／夏日。
元和六年（811）	40	下邽	卷六／渭上偶釣、春眠、閑居、首夏病間。
元和六年～元和八年（811～813）	40～42	下邽	卷五／清夜琴興。
元和六年～元和九年（811～814）	40～43	長安	卷五／養拙。
元和六年～元和九年（811～814）	40～43		卷五／贈王山人。
元和六年～元和九年（811～814）	40～43	下邽	卷六／遣懷。
元和七年（812）	41	下邽	卷六／適意二首、晚春沽酒、蘭若寓居、麴生訪宿、聞庾七左降因詠所懷、答卜者、歸田三首、秋游原上、九日登西原宴望、寄同病者、游藍田山卜居、村雪夜坐、觀稼、聞哭者、自吟拙什因有所懷。
元和七年～元和九年（812～814）	41～43	下邽	卷六／新構亭台示諸弟姪、東陂秋意寄元八、閑居、詠拙。
元和八年（813）	42	下邽	卷五／效陶潛體詩十六首。卷六／東園玩菊。
元和九年（814）	43	下邽	卷六／詠慵、冬夜、村中留李三固言宿、友人夜訪。

元和九年（814）	43	藍田	卷六／游悟眞寺一百三十韻。
元和九年（814）	43	太子左贊善大夫／長安	卷六／酬張十八訪宿見贈。
元和十年（815）	44	太子左贊善大夫／長安	卷六／朝歸書寄元八、酬吳七見寄、昭國閑居、喜陳兄至、贈杓直、寄張十八、題玉泉寺、朝回游城南。
元和十年（815）	44	自長安赴江州途中	卷六／舟行。

二、江州司馬任內至寶曆元年（825）爲太子左庶子分司爲止的閒適創作

時間記年	詩人年齡	詩人官職／地點	詩卷／詩題
元和十年（815）	44	江州司馬／江州	卷六／盜浦早冬、江州雪。
元和十年～元和十一年（815～816）	44～45	江州司馬／江州	卷七／題潯陽樓。
元和十一年（816）	45	江州司馬／江州	卷七／訪陶公舊宅、北亭、泛盜水、答故人、官舍內新鑿小池、宿簡寂觀、讀謝靈運詩、北亭獨宿、約心、晚望、春游二林寺、出山吟、歲暮。
元和十一年～元和十二年（816～817）	45～46	江州司馬／江州	卷七／早春、春寢、睡起晏坐、詠懷、詠意、食笋、游石門澗、招東鄰。
元和十二年（817）	46	江州司馬／江州	卷七／聞早鶯、栽杉、過李生、題元十八溪亭、香鑪峯下新置草堂即事詠懷題於石上、草堂前新開一池養魚種荷日有幽趣、登香鑪峯頂、答崔侍郎錢舍人書問因繼以詩、烹葵、小池二首、閉關、秋日懷杓直、題舊寫眞圖。

元和十二年～元和十三年（817～818）	46～47	江州司馬／江州	卷七／截樹、望江樓上作、題座隅、昔與微之在朝日同蓄休退之心迨今十年淪落老大追尋前約且結後期、垂釣、晚燕、贖雞、食後、齊物二首、山下宿、閑居。
元和十三年（818）	47	江州司馬／江州	卷七／白雲期、弄龜羅、對酒示行簡、詠懷、夜琴、山中獨吟、達理二首、湖庭晚望殘水、郭虛舟相訪。
長慶二年（822）	51	自長安至杭州途中	卷八／長慶二年七月自中書舍人出守杭州路次藍溪作、初出城留別、過駱山人野居小池、宿清源寺、宿藍橋對月、自望秦赴五松驛馬上偶睡睡覺成吟、鄧州路中作、朱藤杖紫驄吟、桐樹館重題、過紫霞蘭若、感舊紗帽、思竹窗、馬上作、秋蝶、登商山最高頂、枯桑、山路偶興、山雉、初下漢江舟中作寄兩省給舍自蜀江至洞庭湖口有感而作、自蜀州至洞庭湖口有感而作。
長慶二年（822）	51	杭州刺史／杭州	卷八／初領郡政衙退登東樓作、清調吟、狂歌詞、郡亭、詠懷、吾雛。
長慶三年（823）	52	杭州刺史／杭州	卷八／立春後五日、郡中即事、郡齋暇日辱常州陳郎中使君早春晚坐水西館書事詩十六韻見寄亦以十六韻酬之、官舍、題小橋前新竹招客、病中逢秋招客夜酌、食飽。
長慶四年（824）	53	杭州刺史／杭州	卷八／嚴十八郎在郡日改制東南樓予晏游其間頗有幽致聊成十韻、南亭對酒送春、玩新庭樹因詠所懷、仲夏齋戒月、除官去未間、三年為刺史二首、別萱桂。
長慶四年（824）	53	杭州至洛陽途中	卷八／自餘杭州歸宿淮口作、舟中李山人訪宿。

長慶四年（824）	53	左庶子分司／洛陽	卷八／洛下卜居、洛中偶作、贈蘇少府、移家入新宅、琴、鶴、自詠、林下閒步寄皇甫庶子、晏起。
長慶四年～寶曆元年（824～825）	53～54	左庶子分司／洛陽	卷八／池畔二首。
寶曆元年（825）	54	左庶子分司／洛陽	卷八／春葺新居、贈言、泛春池。

三、卷二十三的閒適詩

時間記年	詩人年齡	詩人官職／地點	詩卷／詩題
長慶三年（823）	52	杭州刺史／杭州	卷二十三／閑臥。
長慶四年（824）	53	杭州刺史／杭州	卷二十三／北院、詩解。
長慶四年（824）	53	左庶子分司／洛陽	卷二十三／好聽琴、愛詠詩、小院酒醒、履道新居二十韻、分司、臨池閑臥、吾廬、題新居寄宣州崔相公。
寶曆元年（825）	54	左庶子分司／洛陽	卷二十三／池上竹下作、閑出覓春戲贈諸郎官、城東閑行因題尉遲司業水閣。

四、寶曆元年後的閒適詩創作

時間記年	詩人年齡	詩人官職／地點	詩卷／詩題
寶曆元年（825）	54	蘇州刺史／蘇州	卷二十一／郡齋旬假命宴呈座客示郡寮、題西亭、郡中西園、北亭臥、九日宴集，醉題郡樓，兼呈周、殷二判官、霓裳羽衣歌、小童薛陽陶吹觱篥歌、啄木曲。 卷二十四／答劉和州、去歲罷杭州今春領吳郡慚無善政聊寫鄙懷兼寄三相公、自到郡齋僅經旬日方專公務未及宴遊偷閑走筆題二十四韻兼寄常州賈舍人湖州崔郎中仍呈吳中諸客、登閶門閑望、秋寄微之十二韻、郡西亭偶詠、郡中夜聽李山人彈《三樂》、對酒吟、偶飲、宿湖中、題新館、西樓喜雪命宴。

寶 曆 二 年（826）	55	蘇州刺史／蘇州	卷二十一／題靈巖寺、雙石、宿東亭曉興、日漸長贈周殷二判官、自詠五首、吳中好風景二首、卯時酒、自問行何遲、有感三首。 卷二十四／正月三日閒行、夜歸、郡中閒獨，寄微之及崔湖州、池上夜宴、春盡勸客酒、仲夏齋居偶題八韻寄微之及崔湖州、六月三日夜聞蟬、夜遊西武秋寺八韻、重詠、百日假滿、題報恩寺、晚起、宿靈巖寺上院、自喜、江上對酒二首。 卷二十五／想歸田園、琴茶。
寶 曆 二 年（826）	55	蘇州至洛陽途中	卷二十四／喜罷郡。
大 和 元 年（827）	56	洛陽	卷二十一／就花枝。 卷二十五／初到洛下閒遊、太湖石。
大 和 元 年（827）	56	秘書監／洛陽	卷二十一／寄庾侍郎。 卷二十五／酬皇甫賓客。
大 和 元 年（827）	56	秘書監／長安	卷二十五／閒詠、初授秘監並賜金紫閒吟小酌偶寫所懷、新昌閒居招楊郎中兄弟、秘省後廳、松齋偶興、閒行、閒出、與僧智如夜話、晚寒、偶眠。
大 和 元 年～大 和 二 年（827～828）	56～57	秘書監／洛陽	卷二十一／寄崔少監。
大 和 元 年～大 和 二 年（827～828）	56～57	長安	卷二十一／寄皇甫賓客。
大 和 二 年（828）	57	秘書監／洛陽	卷二十五／宿竇使君莊小亭、龍門下作、履道春居、洛下諸客就宅相送偶題西亭、答林泉。
大 和 二 年（828）	57	刑部侍郎／長安	卷二十五／閒出、晚從省歸、北窗閒坐。 卷二十六／雨中招張司業宿、對琴待月、楊家南亭、齋月靜居、宿裴相公興化池亭、讀鄂公傳、贈朱道士、和令狐相公《新於郡內栽竹百竿，坼壁開軒，且夕對玩，偶題七言五韻》、聞新蟬贈劉二十八、贈王山人、病假中龐少尹攜魚酒相過。 卷二十七／戊申歲暮詠懷三首。

大和三年（829）	58	刑部侍郎／長安	卷二十二／和微之詩二十三首之和《知非》、和微之詩二十三首之和《自勸》二首、感舊寫真。 卷二十六／自題新昌居止因招楊郎中小飲、南園試小樂、詠家醞十韻、對酒五首。 卷二十七／想東遊五十韻。 卷二十八／自問、晚桃花。
大和二年～大和三年（828～829）	57～58	刑部侍郎／長安	卷二十二／和微之詩二十三首之和《朝迴與王鍊師遊南山下》、和微之詩二十三首之和《嘗新酒》。
大和三年（829）	58	太子賓客分司／長安至洛陽途中	卷二十五／京路、華州西、從陝至東京、宿杜曲花下。 卷二十七／長樂亭留別。
大和三年（829）	58	太子賓客分司／洛陽	卷二十二／授太子賓客歸洛、秋池二首、中隱、問秋光、引泉、知足吟、太湖石、偶作二首、葺池上舊亭、崔十八新池、玩止水。 卷二十七／歸履道宅、詠閑、同崔十八寄元浙東王陝州、偶吟、白蓮池汎舟、池上即事、酬裴相公見寄二絕、自題、偶吟、偶作、遊平泉贈晦叔、不出門、對鏡、分司初到洛中偶題六韻兼戲呈馮尹。 卷二十八／酬別微之、贈鄰里往還。
大和三年～大和四年（829～830）	58～59	太子賓客分司／洛陽	卷二十八／勸行樂、老慵。
大和四年（830）	59	太子賓客分司／洛陽	卷二十二／聞崔十八宿予新昌弊宅時予亦宿崔家依仁新亭一宵偶同兩興暗合因而成詠聊以寫懷、日長、慵不能、朝課、香山寺石樓潭夜浴、安穩眠、池上夜境、書紳、秋遊平泉贈韋處士閑禪師。 卷二十七／勸酒十四首、即事、偶吟二首、勉閑遊。 卷二十八／晚起、酬皇甫賓客、池上贈韋山人、無夢、閑吟二首、獨遊玉泉寺、晚出尋人不遇、苦熱、銷暑、橋亭卯飲、舟中夜坐、閑忙、觀遊魚、看採蓮、看採菱、登天宮閣、日高臥、思往喜今、晚起。

大和五年（831）	60	河南尹／洛陽	卷二十一／耳順吟寄敦詩夢得。 卷二十二／遊坊口懸泉偶題石上。 卷二十五／池窗。 卷二十八／題西亭、吾土、不准擬二首、府中夜賞、府西池北新葺水齋即事招賓偶題十六韻、履道池上作、六十拜河南尹、水堂醉臥問杜三十一。
大和三年～大和五年（829～831）	58～60	洛陽	卷二十一／對鏡吟。
大和六年（832）	61	河南尹／洛陽	卷二十一／六年春贈分司東都諸公、答崔賓客晦叔十二月四日見寄。 卷二十二／六年寒食洛下宴遊贈馮李二少尹、閑多。 卷二十六／快活、不出、琴酒、臥聽法曲《霓裳》、夜招晦叔。 卷二十七／任老、晚歸府、從龍潭寺到少林寺題贈同遊者、自詠。 卷二十八／醉吟、晚歸早出、南龍興寺殘雪、履道居三首、醉後重贈晦叔。
大和七年（833）	62	河南尹／洛陽	卷三十一／洛中春遊呈諸親友、將歸一絕。
大和七年（833）	62	太子賓客分司／洛陽	卷二十九／詠興五首、再授賓客分司、把酒、首夏、秋日與張賓客舒著作同遊龍門醉中狂歌凡百三十八字、秋池獨汎、冬日早起閑詠、歲暮。 卷三十一／罷府歸舊居、睡覺偶吟、自喜、喜照密閑實四上人見過、贈皇甫六張十五李二十三賓客、池上閑詠、自詠、把酒思閑事二首、香山寺二絕、藍田劉明府攜酎相過與皇甫郎中卯時同飲醉後贈之。
大和八年（834）	63	太子賓客分司／洛陽	卷二十九／神照禪師同宿、張常侍相訪、早夏遊宴、詠所樂、詠懷、北窗三友、吟四雛。 卷三十／洛陽有愚叟、飽食閑坐、風雪中作、雪中晏起偶詠所懷兼呈張常侍韋庶子皇甫郎中雜言。 卷三十一／池上閑吟二首、早春招張賓客、營閑事、池邊、且遊、西街渠中種蓮疊石頗有幽致偶題小樓、早服雲母散、早夏遊平泉迴、宿天竺寺迴、菩提寺上方遠眺。

			卷三十二／喜閑、詩酒琴人例多薄命予酷好三事雅當此料而所得已多爲幸斯甚偶成狂詠聊寫庫愧懷、閑臥、新秋喜涼、早秋登天宮寺閣贈諸客、曉上天津橋閑望偶逢盧郎中張員外攜酒同傾、八月十五日夜同諸客玩月、醉遊平泉、冬初酒熟二首、冬日平泉路晚歸。
大和九年（835）	64	太子賓客分司／洛陽	卷二十九／晚歸香山寺因詠所懷、張常侍池涼夜閑讌贈諸公、詠懷。 卷三十／覽鏡喜老、對琴酒、閑吟、小臺、睡後茶興憶楊同州、早熱二首、偶作二首、池上作、何處堪避暑、詔下、七月一日作。 卷三十二／閑臥有所思二首、初夏閑吟兼呈韋賓客、洛陽堰閑行、池上二絕、偶吟、南塘暝興、小宅。
大和九年（835）	64	太子少傅分司／洛陽	卷三十／自賓客遷太子少傅分司、自在。 卷三十二／詠懷。 卷三十三／從同州刺史改授太子少傅分司。
大和九年～開成元年（835～836）	64～65	太子少傅分司／洛陽	卷三十三／自題小草堂、新亭病後獨坐招李侍郎公垂。
開成元年（836）	65	太子少傅分司／洛陽	卷二十九／府西亭納涼歸、老熱、新秋喜涼因寄兵部楊侍郎、懶放二首呈劉夢得吳方之。 卷三十／春遊、隱几贈客、夏日作、晚涼偶詠。 卷三十三／閑臥寄劉同州、殘酌晚餐、尋春題諸家園林、家園三絕、老來生計、春盡日天津橋醉吟偶呈李尹侍郎、池上逐涼二首、香山避暑二絕、老夫、香山下卜居、無長物、秋雨夜眠、雪中酒熟欲攜訪吳監先寄此詩、題酒甕呈夢得。
開成二年（837）	66	太子少傅分司／洛陽	卷二十九／秋涼閑臥、六十六、三適贈道友、寒食、和裴令公《一日日一年年雜言》見贈。 卷三十／狂言示諸姪。 卷三十二／詠老贈夢得。 卷三十三／迂叟、閑遊即事、六十六、贈夢得、晚春酒醒尋夢得、宅西有流水牆下構小樓臨玩之時頗有幽趣因命歌酒聊以自娛獨

			醉獨吟偶題五絕、偶作、幽居早秋閒詠、歲除夜對酒。 卷三十四／分司洛中多暇數與諸客宴遊醉後狂吟偶成十韻因招夢得賓客兼呈思黯奇章公、小歲日喜談氏外孫女孩滿月。 卷三十六／立秋夕涼風忽至炎暑稍消即事詠懷寄汴州節度使李二十尚書、開成二年夏聞新蟬贈夢得、題牛相公歸仁里宅新成小灘。
開成三年 （838）	67	太子少傅分司／洛陽	卷三十四／閒適、自題酒庫、春日題乾元寺上方最高峰亭、久雨閒悶對酒偶吟、雨後秋涼、東城晚歸、與夢得沽酒閑飲且約後期、自詠。 卷三十六／遊平泉宴浥澗宿香山石樓贈客、池上幽境、夏日閒放、新浴沐、三年除夜。
開成四年 （839）	68	太子少傅分司／洛陽	卷三十四／白髮。 卷三十五／病中詩十五首之病中五絕。 卷三十六／春日閑居三首、病中宴坐。
開成三年 ～開成四 年（838～ 839）	67～68	太子少傅分司／洛陽	卷三十六／小閣閑坐、自題小園。
開成五年 （840）	69	太子少傅分司／洛陽	卷三十五／老病相仍以詩自解、殘春晚起伴客笑談、池上早夏、足疾、老病幽獨偶吟所懷、夜涼、自戲三絕句。 卷三十六／閑題家池寄王屋張道士。 卷三十七／閒居、喜老自嘲。
會昌元年 （841）	70	太子少傅分司／洛陽	卷三十五／感秋詠意、百日假滿少傅官停自喜言懷、新澗亭、偶吟自慰兼呈夢得、雪暮偶與夢得同賽仕裴賓客王尚書。 卷三十六／逸老、官俸初罷親故見憂以詩諭之、春池閑汎、閏九月九日獨飲、新小灘、偶吟、雪夜小飲贈夢得、卯飲。
會昌二年 （842）	71	致仕刑部尚書／洛陽	卷三十五／閑樂。 卷三十六／北窗竹石、飯後戲示弟子、閑坐看書貽諸少年、對酒閑吟贈同老者、晚起閑行、不出門、達哉樂天行、履道西門二首、喜入新年自詠、灘聲、攜酒往朗之莊居同飲、下日與閑禪師林下避暑、池畔逐涼。 卷三十七／刑部尚書致仕。

會昌元年～會昌二年（841～842）	70～71	洛陽	卷三十六／閑居偶吟招鄭庶子皇甫郎中、亭西牆下伊渠水中置石激流潺湲成韻頗有幽趣以詩記之、閑居自題戲招宿客。
會昌四年（844）	73	洛陽	卷三十七／狂言七言十四韻。
會昌二年～會昌四年（842～844）	71～73	洛陽	卷三十七／不與老爲期、閑坐、偶作寄朗之。
會昌五年（845）	74	洛陽	卷三十七／閑眠、胡吉鄭劉盧張等六賢皆多年壽予亦次焉偶於弊居合成尙齒之會七老相顧既醉甚歡靜而思之此會稀有因成七言六韻以紀之傳好事者。
會昌二年～會昌五年（842～845）	71～74	洛陽	卷三十七／閑居貧活。
會昌六年（846）	75	洛陽	卷三十七／自詠老身示諸家屬、自問此心呈諸老伴、齋居偶作。